Morro de Santos Rodrigues
Cemitério de S. Francisco de Paula
Casa de Correção
Caixa d'água de Barro Vermelho
Asilo de Mendigos
Morro de S. Diogo
Ilha dos Melões
Praia Formosa
Morro do Pinto
Ilha das Moças
Praia do Alferco
Saco
Morro do Nheco
Fábrica de Gás
Morro da Gamboa
Praia da Chichorra
Est. Marítima da Estr. de Ferro D. Pedro II
Morro do Neves
Morro do Senado
Morro Formiga
Morro da Providência
Morro do Livramento
Morro Valongo
Morro da Saúde
Praia do Lazareto
Quartel
Casa da Moeda
Senado
Praça da Aclamação
Câmara Municipal
Convento Santa Tereza
Morro de S. Antônio
Convento de S. Antônio
Teatro D. Pedro II
Lapa
Praia da Lapa
Convento da Ajuda
Largo da Ajuda
Morro da Conceição
Praça Municipal
Praça 28 de Setembro
Morro de São Bento
Arsenal da Marinha
Praia dos Mineiros
Observatorio
Morro do Castelo
Hospital Militar
Santa Casa de Misericórdia
Praça D. Pedro II
Praia de Santa Luzia
Praia D. Manoel
Cais em construção
Arsenal de Guerra
Ponta do Calabouço
Dique de Santa Cruz
Dique Imperial
Ilha das Cobras
Fortaleza
Morro
R. Malvina Reis
Rio Comprido
R. Barão de Ubá
R. de São Cristóvão
R. de São Luís
Santos Rodrigues
R. Itapiru
R. dos Coqueiros
R. de Catumbi
R. Barão de Pirassununga
R. D. Feliciana
R. D. Julia
R. Diogo Antônio Feijó
Visconde de Sapucaí
R. de São Leopoldo
Canal do Mangue
R. Visconde de Itaúna
R. Senador Eusébio
R. do Gen. Pedra
R. de Santa Ana
R. do Gen. Caldwell
R. Riachuelo
R. de Paula Matias
R. do Monte Alegre
Marquês de Castro
R. de Silva Manoel
R. Resende
R. dos Inválidos
R. do Lavradio
R. da Relação
R. do Conde d'Eu
R. Barão de Pernambuco
R. São Lourenço
R. do Núncio
R. do Hospício
R. do Regente
R. de São Jorge
R. Gen. Câmara
R. de São Pedro
R. Largo de S. Joaquim
R. da Imperatriz
R. da Saúde
R. da Conceição
R. dos Andradas
R. Uruguaiana
R. dos Ourives
R. do Rosário
R. da Alfândega
R. do Ouvidor
R. Quitanda
R. do Carmo
R. 1º de Março
R. Visconde de Inhaúma
R. Teófilo Ottoni
R. da Prainha
R. Municipal
R. de Santa Teresa
Ladeira de Santa Teresa
R. Marrecas
R. Sen. Dantas
R. da Ajuda
R. de Santa Luzia
R. da Misericórdia
R. São José
R. da Assembléia
R. 7 de Setembro
R. da América
R. do Morro da Providência
R. do Costa
R. Nova do Livramento
Travessa Gamboa
O
N
S
L

Jô Soares
SHERLOCK HOLMES IN RIO

Roman

Aus dem brasilianischen
Portugiesisch von
Karin von Schweder-Schreiner

Insel Verlag

Die Originalausgabe erschien 1995
unter dem Titel *O Xangô de Baker Street*
bei Companhia das Letras, São Paulo.

Erste Auflage 1997

Druck: Graphischer Großbetrieb Pößneck
Printed in Germany

DIESES BUCH ist meinen Freunden Rubem Fonseca, Fernando Morais und Hilton Marques gewidmet, die sich die Mühe und mir die Freude gemacht haben, es vorweg zu lesen.

Und Flávia, die mir über die Schulter gesehen und es noch vor ihnen gelesen hat.

FÜR IHRE HILFSBEREITSCHAFT und wertvolle Unterstützung bei den Recherchen zu diesem Buch danke ich Angela Marques da Costa und Lilia Schwarcz. Ebenso Ricardo und Paulo Santoro, Affonso Romano de Sant'Anna, Edinha Diniz, Antônio Houaiss, Massimo Ferrari, João Lara Mesquita, José Bonifácio de Oliveira Sobrinho, Eliana Caruso, Walter de Logum-edé, Israel Klabin, Max Nunes, Júlio Medaglia und Maria Emília Bender. Und nicht zuletzt dem DEDOC-Team: Juraci, Duncan, Luís Arturo, Pepe, Bizuca, Zulmira, Eliseu, Ferrão und Jorge Miguel, die mir bei meinen nächtlichen Anfragen eine so große Hilfe waren.

Wir sind alle kleine oder große Narren!

Baudelaire

Humor ist keine Gemütsverfassung,
sondern eine Weltanschauung.

Wittgenstein

1

FRÜHMORGENS UM DREI KONNTE MAN NOCH EIN paar Negersklaven sehen, die aus den Freudenhäusern in der Rua do Regente Kübel voller Abfälle und Exkremente heraustrugen. Alles wurde irgendwo in der Nähe übereinandergekippt, womit sich die Zahl der Dreckhaufen, die in jenem Maimonat des Jahres 1886 das Stadtbild von Rio de Janeiro zierten, um einen weiteren erhöhte. Manche Sklaven wetteiferten darum, wer am schnellsten den höchsten Haufen errichtete, und wenn beim besten Willen nichts mehr draufpaßte, pflanzten sie auf die Spitzen Wimpel aus Papierfetzen. Dann mußte die Bevölkerung auf die schweren Regenfälle warten, die natürliche Müllabfuhr, die alles die Straßen hinunterspülte und, die Stadt verpestend, dem Meer zuführte. Nach den Unwettern sorgten vor die Nase gehaltene, parfümierte Taschentücher dafür, daß die Reichen und der Adel sich einbilden konnten, das prekäre Abwassersystem der City Improvements käme dem beneidenswerten Pariser Kanalisationsnetz gleich.

In der Rua do Regente, Ecke Rua do Hospício, steht eine ganz in Schwarz gekleidete, bleiche Gestalt, den breitkrempigen Hut bis zu den Augen ins Gesicht gezogen, und beobachtet verstohlen, wie die letzten Freier gehen. Trotz der nächtlichen Hitze in einen Umhang gehüllt, der ihr bis zu den Füßen reicht, wartet sie regungslos. Unter dem Umhang, der die schlanke Statur noch betont, zeichnet sich ein unförmiger Gegenstand ab, der ebensogut ein Paket wie eine große Pistole sein kann. Aus dem dritten Freudenhaus kommt weinseligen Schritts ein junges Mädchen, fast noch ein Kind, heraus. Ihr roter Rock ist seitlich bis zum

Oberschenkel geschlitzt, ihre Brüste sind entblößt, denn die gelbe Bluse aus dünnem, billigem Stoff hat den gierigen Attacken der Gäste nicht standgehalten. In ihrem Vollrausch merkt sie kaum, daß ihre Brustwarzen zu sehen sind. Sie sucht nach einer nicht ganz so verdreckten Stelle, um sich zu übergeben, und muß über sich selbst lachen: »Wenn schon übergeben, warum dann nicht da, wo es am schmutzigsten ist?« Aber etwas in ihr sträubt sich dagegen. Und wenn es zehnmal Erbrochenes ist, so ist es doch von ihr und soll sich nicht mit fremdem Kot vermischen. Sie biegt in eine dunkle Gasse ein und streitet sich mit ein paar Ratten um den dürftigen Platz. An die Hintermauer eines der Bordelle gelehnt, das Kinn in den Hof hineingebeugt, wartet sie auf den Brechreiz. Als handelte es sich nur um eine bis zur Erschöpfung einstudierte Grand-Guignol-Szene, stürzt sich der schwarzgekleidete Mann mit einem Dolch in der Hand auf sie und schlitzt ihr chirurgisch präzise den Hals auf. Aus der klaffenden Kehle schießt ein Blutstrahl, vermischt mit dem ersten Schub Erbrochenem, das sich bereits schlundaufwärts befand. Ohne jede Eile kniet sich der Mann neben die junge Hure. Mit dem Dolch schneidet er ihr beide Ohren ab und steckt sie sorgfältig in die Tasche seines Gehrocks. Als er aufsteht, wird endlich offenbar, was sein Umhang verbarg. Weder Paket noch Pistole – eine Geige. Er reißt eine Saite vom Wirbel, die Mi- oder E-Saite, hebt den Rock des Mädchens an und wickelt sie um die krausen Schamhaare der Toten. Befriedigt kehrt er ganz gelassen in die Rua do Regente zurück und spielt dabei auf den restlichen drei Saiten des Instruments eins der vierundzwanzig *Capricci* von Paganini.

Das erregt applaudierende Publikum hatte das Gefühl, einem historischen Augenblick im brasilianischen Theaterleben beizuwohnen. Seit Monaten hatte sich die ganze Stadt auf ihren Empfang vorbereitet, und das Kaiserliche Theater São Pedro de Alcântara an der Praça da Constituição im Stadtteil Rossio war vor ihrer Ankunft renoviert worden. Die Künstlergarderobe war von Madame Rosenvald von der Casa das Parasitas in der Rua do Ouvidor neu ausgestattet und entsprechend den Anweisungen, die der Sekretär der Schauspielerin zuvor brieflich übermittelt hatte, vergrößert worden. Nun standen eine neue Sesselgarnitur, ein Sofa und eine Recamière mit grünem Samtrautenpolster darin. Ein Wandschirm trennte diesen Teil der Garderobe, in dem die Schauspielerin ihre Gäste empfangen wollte, von dem kleinen Raum ab, wo sie sich umkleidete. Auf der Bühne bedankte sich die hinreißende, die einzigartige, die göttliche Sarah Bernhardt auf französisch für den brasilianischen Applaus. Die Premiere am Tag zuvor mit *Feodora* von Victorien Sardou war ein rauschender Erfolg gewesen, doch die Aufführung der *Kameliendame* an diesem Abend war nicht ohne Zwischenfälle verlaufen. Der Schauspieler Philippe Garnier in der Rolle des Armand Duval war so unvorsichtig gewesen, mit glattrasiertem Gesicht aufzutreten anstatt mit dem prächtigen Schnurrbart, ohne den Marguerite Gauthiers Geliebter unvorstellbar war. Ein paar Studenten hoch oben im letzten Rang hatten zu Buhrufen angesetzt und auf das elegante Publikum in den Fauteuils des ausverkauften Parketts glühende Zigarettenkippen geworfen. Der Schriftsteller Artur Azevedo hatte sich von seinem Platz erhoben und in einer leidenschaftlichen Rede die Aufführung mit den Worten verteidigt, la Bernhardt »repräsentiert ganz Frankreich«. Er hatte Sarah Bernhardt in Paris kennengelernt, und er war es auch, der ihr den Beinamen »die Göttliche« gegeben hatte. Am Ende der Vorstellung betraten vier livrierte Knaben die Bühne und überreichten im Auftrag des Kaisers Blumensträuße. Sie waren in den kaiserlichen Palastgärten gepflückt und außerordentlich geschmackvoll, mit Ausnahme vielleicht der mächtigen Hortensien, die von der Sommerresidenz in Petrópolis stammten. Romantische junge Burschen, die in den ersten Reihen saßen, ließen auf die Göttliche einen Regen von Kamelien niedergehen, das Symbol der Bewegung zur Sklavenbefreiung und gleichzeitig eine wenig subtile Anspielung auf die Paraderolle der größten Schauspielerin der Welt.

»*C'est pardonnable et c'est charmant* …«, sagte la Bernhardt sotto voce zu ihren Schauspielerkollegen, die sich das Lachen verkniffen, während sie dem Blumenhagel auszuweichen versuchten. Der Vorhang von São Pedro senkte sich zum dreiundzwanzigsten Mal.

»*Ça suffit*«, sagte Sarah, »sonst stehen wir länger zum Dankesagen auf der Bühne, als die ganze Vorstellung gedauert hat. Das würde Alexandre uns niemals verzeihen.« Sie meinte Dumas-fils, den Autor des Stücks.

Sarah und ihre Truppe waren wenige Tage zuvor, am 27. Mai 1886, mit der *Cotopaxi* in Rio eingetroffen. Obwohl es einer der mildesten Monate im Jahr war, klagte die Französin über die Hitze, zeigte sich indes entzückt über den Empfang am Hafenanleger und noch entzückter, als Studenten die Pferde vor ihrer Kutsche ausspannten und darauf bestanden, an Stelle der Tiere das Gefährt den Kai entlang zu ziehen. Später, auf dem Weg zum Hotel, wollte sie den Kutscher bitten, das Verdeck zurückzuklappen, damit sie sich die Umgebung besser ansehen konnte und auch die Menschen, die sich in den Straßen drängten, um einen Blick auf die berühmte Französin zu erhaschen, doch der brasilianische Dolmetscher, der sie begleitete, hielt sie davon ab:

»Nein, Madame. In Brasilien gilt es als unschicklich, mit zurückgeklapptem Verdeck zu fahren.«

»Warum?«

»Das weiß ich nicht, Madame. Ich glaube, weil man den Eindruck erwecken will, daß es hier gar nicht so heiß ist.«

Nun aber konnte sie es kaum abwarten, in ihre Garderobe zu verschwinden und das schwere Bühnenkostüm abzulegen. Zwar sah sie mit ihren zweiundvierzig Jahren wie ein Mädchen aus und hatte fast die Energie einer Halbwüchsigen, doch die Tropen sind nun mal die Tropen. Ihr blieb keine Zeit, ihr Vorhaben auszuführen. Vor der Garderobe erwartete sie bereits, umringt von seinem Gefolge, Pedro de Alcântara João Carlos Leopoldo Salvador Bibiano Francisco Xavier de Paula Leocádio Miguel Gabriel Rafael Gonzaga, Kaiser Pedro II. von Brasilien. Der Herrscher hatte Sarah Bernhardt auf einer seiner Europareisen gesehen und zählte zu den glühendsten Befürwortern, sie nach Rio zu holen. Er war eigens zur Premiere aus Petrópolis angereist.

»*Vive l'empereur!*« rief der Bühnenmythos schon von weitem beim Anblick Seiner Majestät, und wer den Ausruf hörte, konnte nicht feststellen, ob darin ein ironisch-spöttischer Unterton mitschwang. Dom Pedro II. errötete vor Freude. Es war das erste Mal, daß ihm diese Begrüßung auf französisch zuteil wurde.

»*Et vive la reine du talent!*« erwiderte der Kaiser.

Halblaut flüsternd, als sollte Dom Pedro es nicht hören, bemerkten die umstehenden Hofschranzen zueinander:

»Sehr schlagfertig! Sehr geistreich!«

In der Garderobe nahmen sie auf den neuen Sitzmöbeln Platz, die den kleinen Raum schmückten. Alle waren tadellos gekleidet, in Galauniformen und Abendanzügen. Hätten sich nicht unter sämtlichen Achseln kreisrunde Schwitzflecken abgezeichnet, hätte man meinen können, sie befänden sich in einem Pariser Salon. Sarah wies ihren Sekretär Maurice Grau an, Champagner zu servieren, während sie sich hinter den Wandschirm zurückzog und sich mit Hilfe der Garderobiere kiloschwere verschwitzte Röcke und Unterröcke vom Leib riß.

»Ich hoffe, die Aufführung hat Eurer Majestät gefallen.«

»Wie hätte sie mir nicht gefallen sollen? Ich bedauere nur, daß unsere Bühnen noch nicht dem Niveau der europäischen Theater entsprechen.«

»Ach, Majestät … eine Bühne ist immer nur eine Bühne. Das Wesentliche ist, was man auf die Bühne stellt …«

»Dann haben wir heute die beste, die schönste und die strahlendste Bühne der Welt gehabt«, antwortete der Kaiser galant. »Ich habe nur bedauert, daß eine sehr gute Freundin und vermutlich eine Ihrer größten Verehrerinnen, die Baronin de Avaré, Maria Luísa Catarina de Albuquerque, nicht hier sein konnte. Sie spricht Französisch wie wir und hat als Schülerin Theater gespielt. Die Nonnen sagten, sie habe großes Talent. Bei einem Weihnachtsspiel, das die Karmeliterinnen aufgeführt haben, hat sie als ein Engel des Herrn die Mütter und Väter der Schülerinnen zu Tränen gerührt.«

»Und was hat eine derart begabte Zuschauerin daran gehindert, sich die Aufführung anzusehen?« erkundigte sich Sarah und trank einen Schluck Champagner, um den ironischen Ton der Frage zu überspielen.

»Stellen Sie sich vor, die Senhora Baronin war im Besitz

einer überaus kostbaren Geige, einer Stradivari. Nun ja, vor ein paar Tagen ist die Geige entwendet worden, und seitdem ist Dona Luísa untröstlich. Kein Kürbisdessert und kein Lundu-Tanz der Sklaven kann sie in ihrer tiefen Schwermut aufheitern. Ihre Neger sagen schon, die *sinhá* leide an *banzo*.«

Sarah lächelte, ohne recht zu verstehen.

»Banzôô? *Qu'est-ce que c'est?*«

»So nennen die Sklaven die Schwermut, die Traurigkeit, Madame. Sie sehnen sich nach der Mutter Afrika. Stellen Sie sich vor, manchen sterben sogar vor *saudade*. Apropos, *saudade* ist ein unübersetzbares Wort. Es bedeutet ungefähr das gleiche wie *avoir le cafard*.«

»Und die Polizei? Was sagt die Polizei?«

»Unseligerweise möchte die Baronin Maria Luísa die Behörden nicht einschalten. Die Geige war ein Geschenk von mir, und obwohl unsere Freundschaft rein platonischer Natur ist, wäre die Kaiserin nicht sehr erfreut, diese ganze Geschichte in der Zeitung zu lesen.«

»Vielleicht kann ich Ihnen und Ihrer Baronin behilflich sein. Zufällig, Kaiserliche Hoheit, bin ich mit Sherlock Holmes, dem besten Detektiv der Welt, sehr gut befreundet. Ihre Majestät haben doch sicherlich schon von Sherlock Holmes gehört.«

»Ich muß eine Bildungslücke gestehen, Madame. Diesen Namen höre ich zum ersten Mal.«

»Deshalb sage ich ständig zu seinem Freund, Dr. Watson, er soll sich aufraffen und der Welt von Holmes' phantastischen Abenteuern berichten. Vielleicht befolgt der gute Doktor doch noch irgendwann meinen Rat. Sherlock Holmes ist der erste Detektiv auf der Welt, der mit logischen Schlußfolgerungen arbeitet. Einmal hat er den Schmuck, den eine russische Sängerin verloren hatte, wiedergefunden, indem er lediglich die Kleidung untersucht hat, die sie bei einem Abendessen zu Ehren des Kaisers getragen hatte.«

»Zu meinen Ehren?!«

»Nein, Majestät, zu Ehren Napoleons III. ...«

»Ich selbst kenne keinen Detektiv«, antwortete Dom Pedro und überspielte damit das kleine Mißverständnis. »Obwohl ich mysteriöse Geschichten manchmal ganz gern lese. Ich weiß nicht, ob Sie die Prosa von Edgar Allan Poe kennen, Madame. Poe hat eine faszinierende Gestalt geschaffen, den Detektiv Auguste Dupin. Er kommt in ›Der Doppelmord in der Rue Morgue‹ vor und auch noch in anderen Geschichten wie ›Der Fall Marie Rogêt‹ und ›Der entwendete Brief‹. Ich war tief beeindruckt, denn Dupin kann einzig und allein mit Hilfe logischer Folgerungen sogar die Gedanken eines Menschen erraten.«

»Und ich bin sicher, daß diese erfundene Person Holmes nicht das Wasser reichen kann. Ich glaube, er fände es wunderbar, Brasilien kennenzulernen, und würde einer Einladung Eurer Majestät nicht widerstehen können. Binnen kürzester Zeit würde er die Geige Ihrer Freundin wiederbeschaffen«, schloß Sarah Bernhardt und trat strahlend in einem prächtigen weißen Kleid hinter dem Wandschirm hervor. »Und nun, wenn Majestät gestatten, erwartet mich ein Souper im Grandhotel. Ich sterbe vor Hunger. Ich esse nie vor der Vorstellung und möchte nun endlich die brasilianische Küche kennenlernen, von der man mir so viel berichtet.«

Mit diesen Worten streckte die Schauspielerin dem Kaiser die Hand entgegen, worauf dieser sie respektvoll küßte. Entzückt über den Charme der Göttlichen, verließen alle die Garderobe. Dom Pedro notierte unauffällig den Namen des Detektivs in einem Büchlein.

2

DAS GRAND HOTEL BEFAND SICH IM STADTTEIL Catete in der Rua Marquês de Abrantes. Auf der Kuppe eines kleinen, ganz von Grünanlagen und Büschen bedeckten Hügels erbaut, kam es in den Genuß der kühlen Brisen von der Meeresbucht her, die man in der Ferne sah. Das Hotel war für seine geräumigen Gemächer und seinen ausgezeichneten Service bekannt. Die Straßenbahnen, die vor dem Eingang hügelaufwärts und hügelabwärts fuhren, gaben dem Hotel ein europäisches Flair. Der riesige Speisesaal war erlesen geschmückt. Spitzentischdecken aus der nördlichen Provinz Ceará, mächtige Kerzenleuchter in der Tischmitte, Geschirr aus Limoges, Baccarat-Gläser und schweres feuervergoldetes Silberbesteck von Christofle. Im Halbkreis um den Tisch warteten stehend mehrere Journalisten und ein paar Namen der intellektuellen Boheme der Stadt Rio de Janeiro. Unter den Anwesenden der Journalist Pardal Mallet, Redakteur der *Gazeta de Notícias*, und der amüsante Guimarães Passos, Dichter und Archivar des Kaiserlichen Hofmeisteramts, einer der bestbezahlten Staatsdiener des Kaiserreichs. Passos pflegte zu sagen, er stehe in der Öffentlichkeit dem Staat zu Diensten, doch privat der Dichtkunst. Als Betroffener ein Verfechter des Kaiserreichs, führte er die Nächte hindurch in den Kneipen der Stadt hitzige Diskussionen mit seinen republikanisch gesinnten Freunden. Außer diesen beiden waren anwesend Múcio Prado, Redakteur und Gesellschaftskolumnist des *Jornal do Commercio*, Belmiro de Almeida, der kürzlich die Zeitschrift *Rataplan* aus der Taufe gehoben hatte, Eduardo Joaquim Correa von dem humoristischen Blatt *O Mequetrefe*, der Karikaturist Angelo Agostini von der *Revista Ilustrada*, der unermüdlich neue satirische Zeichnungen des Kaisers veröffentlichte, und schließlich der millionenschwere Dandy Alberto Fazelli, Sohn italienischer Einwanderer, der sich unwiderstehlich fand. Obwohl Albertinho als der meistbegehrte Beau der Stadt galt, hatte er beschlossen, sein Leben als alter Junggeselle zu beenden, vorzugsweise in Paris. Seine Freunde spöttelten, weit besser wäre es, in Paris zu leben und dafür hier zu sterben. Mit den Journalisten warteten der junge Buchhändler Miguel Solera de Lara, Besitzer der Buchhandlung *O Recanto de Afrodite*, einer der Treffpunkte der Intellektuellen von Rio de Janeiro, der Marquês de Salles, mit tiefen Ringen unter den Augen und immer schwarz gekleidet, eine Art *enfant gâté* bei Hof und eifriger Leser seines Fast-Namensvetters Marquis de Sade, sowie der berühmte Schneider Salomão Calif, der das halbe elegante Rio einkleidete, ganz zu schweigen von den Fazendeiros aus São Paulo, die allein zu dem Zweck in die Hauptstadt reisten, um von den Künsten seiner Zauberschere zu profitieren. Ebenfalls anwesend der Hotelbesitzer Aurélio Vidal mit seinen Freunden, die den größten Teil des Speisesaals füllten. Bemerkenswert war, daß kein Schauspieler eingeladen war und daß sich auch keine einzige Frau im Raum befand, abgesehen von den schwarzen Sklavinnen, die mit den anderen Dienstboten zusammen das Souper servieren sollten. Die Fenster standen offen und gaben den unvergleichlichen Blick auf die Bucht frei. Um diese Jahreszeit genügten vier Schwarze mit Fächern, um für Kühlung zu sorgen. Plötzlich kam einer der Pagen, die im Foyer Koffer trugen, hereingelaufen:

»Seu Aurélio! Seu Aurélio! Die Dame ist da!«

Über den Kopf des keuchenden schwarzen Bengels hinweg erblickten sämtliche Männeraugen die sagenhafte

Französin, ganz in Weiß gekleidet. Noch ganz aufgeregt lief der Bursche ins Foyer zurück und hätte die Dame fast umgerannt, wäre sie nicht zur Seite gewichen. Stille trat ein, absolutes Schweigen, und jählings brach der ganze Raum in frenetischen Applaus aus:

»Bravo! Bravo!«

»*Messieurs*, ich bitte Sie! Die Vorstellung ist längst zu Ende, und ich bin hungrig.«

Alle lachten und drängten zusammen, um die Erscheinung, die sich herabgelassen hatte, dem brasilianischen Boden die Ehre zu erweisen, aus noch größerer Nähe zu sehen. Die Schauspielerin betrat den Speisesaal in Begleitung ihres Sohnes Maurice Bernhardt, eines bildschönen jungen Mannes von zweiundzwanzig Jahren. Maurices Vater war der belgische Prinz Henri de Ligne, in den Sarah Bernhardt sich in ihrer Jugend verliebt hatte. Das Kind hatte sie nur mit ihrem Namen und dem Vermerk »Vater unbekannt« eintragen lassen – das Ende einer melodramatischen Romanze. Der verliebte Prinz hatte beschlossen, die Schauspielerin, die am Anfang ihrer Karriere stand, zu heiraten. Wie Duvals Vater in der *Kameliendame* suchte Henris Onkel, der General de Ligne, Sarah in Paris auf, ohne daß der Prinz davon wußte. In einem höflichen, doch sachlichen Gespräch machte er der Schauspielerin klar, daß der Prinz im Falle einer Eheschließung auf der Stelle von der königlichen Familie enterbt und damit seine Position und sein gesamtes Vermögen verlieren würde. Blutenden Herzens trennte sich Sarah Bernhardt vom Prinzen unter dem Vorwand, die Karriere sei ihr wichtiger. Der Prinz Henri de Ligne hat den wahren Grund für diesen schmerzlichen Bruch nie erfahren.

Falls Sarah an jenem Abend tatsächlich geglaubt hatte, die einheimische Küche kennenzulernen, wurde sie enttäuscht. Die Speisenfolge, von einem eigens zu diesem Anlaß engagierten französischen Küchenchef zusammengestellt, imitierte bis ins letzte Detail die Pariser Restaurants. Roland Blanchard war nach Rio gekommen, um »sein Glück in Amerika zu machen«, und lebte seit vielen Jahren im Stadtteil Botafogo. Hin und wieder kochte er für den Kaiser, und er hatte ein Buch mit Rezepten und Ratschlägen veröffentlicht, in dem er auch lehrte, daß ein Löffel, der bereits zum Munde geführt worden war, nicht zur Schüssel geführt werden dürfe. Des weiteren erklärte er, falls jemand ein unwiderstehliches Spuckbedürfnis verspüre, sei es besser, dazu den Fußboden und nicht den Teller zu benutzen. Das Menü des Abends bestand aus Wildbret, Salaten, Fisch, Schinken, Käse, Wein und Champagner. Nicht einmal Reis als brasilianische Note war in den Rezepten des Franzosen vorgesehen. Sarah setzte sich zur Rechten von Aurélio Vidal, der am Kopfende saß, neben ihr nahm der Marquês de Salles Platz und gegenüber Guimarães Passos. An dessen Seite bemühte sich Alberto Fazelli, ihr so nah wie möglich zu sein, weshalb sein Ellbogen fast im Teller seines Nachbarn hing. Sofort begannen die Journalisten mit ihren Fragen, das Souper geriet zu einer Pressekonferenz:

»Was essen Sie, wenn Sie aufstehen?«

»Trinken Sie zwischen zwei Akten?«

»In welchen Dingen sind Sie abergläubisch?«

»Wie gefällt Ihnen Brasilien?«

»Welche Schuhgröße tragen Sie?«

»Wieviel wiegen Sie mit Kleidern?«

»Und ohne Kleider?«

»Stimmt es, daß Sie Ihre Rollen nur auswendig lernen können, wenn Sie ein heißes Fußbad nehmen?«

»Wie alt sind Sie?«

»Wie finden Sie die brasilianischen Männer?« fragte anzüglich Alberto Fazelli, der zwar kein Journalist, aber ebenso lästig war.

»Vorläufig finde ich lediglich, daß sie zu viele Fragen stellen«, antwortete Sarah und leerte ein Glas Wein.

Um das Thema zu wechseln, unterbrach Guimarães Passos die Fragerei:

»Ich hoffe, Sie verzeihen meinen Kollegen ihren Überschwang, Madame. Zu meinem großen Bedauern konnten einige meiner Freunde nicht zu diesem Abendessen kommen. Ich bin sicher, Sie hätten großes Vergnügen an einer Unterhaltung mit Olavo Bilac gehabt, übrigens ein hervorragender Dichter. Leider ist noch kein Buch von ihm veröffentlicht.«

»Olavô Bilac?«

»Ja.«

»Und warum ist er nicht gekommen?«

»Unseligerweise ist mein Freund Olavo auf die Idee verfallen, Republikaner zu werden, und muß sich zur Zeit verstecken. Er hat eine kleine Schmähschrift gegen die Monarchie veröffentlicht und wird von unserem Polizeikommissar Mello Pimenta gesucht. Mello hat geschworen, daß Bilac irgendwann eine Nacht im Gefängnis verbringen wird. Sind Sie auch der Meinung, Madame, daß es für eine Wende in unserer Politik noch zu früh ist?«

»*Je ne me mêle pas de ces affaires* ...«, antwortete Sarah lächelnd.

»Was hat sie gesagt?« fragte begierig Pardal Mallet am anderen Tischende.

Alberto Fazelli übersetzte nach Gehör:

»Sie hat von Mello und seinen Affären gehört.«

Múcio Prado vom *Jornal do Commercio* stellte eilfertig richtig:

»So ganz stimmt das nicht, Albertinho. Sie hat nur gesagt, daß sie sich aus solchen Angelegenheiten heraushält.« Und das Mißverständnis nutzend, schob er eine Frage ein: »Ich weiß, daß Sie unseren Kaiser gesehen haben. Was können Sie von dieser Begegnung berichten, Madame?«

»Nur daß der Kaiser sehr sympathisch ist und sich Sorgen macht«, vertraute die *commédienne* mit gesenkter Stimme dem Kolumnisten an. »Stellen Sie sich vor, man hat einer Freundin von ihm, einer Baronin, eine Stradivari-Geige gestohlen, die Baronin ist untröstlich. Ich habe ihm noch vorgeschlagen, Sherlock Holmes, einen englischen Detektiv, den ich sehr gut kenne, herzuholen, damit er das Rätsel aufklärt.«

Múcio erkannte sofort, daß dies eine schöne Notiz für seine Seite war: Baronin, Freundin des Kaisers, das konnte nur Maria Luísa Catarina de Albuquerque sein. Bislang wußte man nur von einer einzigen Stradivari in Rio de Janeiro, und die gehörte dem Geiger José White, einem ausgezeichneten kubanischen Musiker, der bei Hof ein und aus ging. Offenbar handelte es sich bei dieser zweiten Geige um ein heimliches Präsent von Dom Pedro. Nur wenige am Tisch schenkten der Mitteilung Beachtung, vielleicht, weil sie das schnelle, gesäuselte Französisch der Schauspielerin nicht verstanden, doch der Journalist wußte, daß der Klatsch einen kleinen Skandal bei Hof auslösen würde.

Das Essen war so gut, daß trotz der Anwesenheit der Göttlichen sich alle über ihre Teller beugten. Als sie nach dem Dessert neue Fragen stellen wollten, erhob sich Sarah rasch:

»Meine Herren, es war alles köstlich, aber morgen habe ich Probe. Bitte, bleiben Sie sitzen.« Bevor ihr jemand helfen konnte, war sie behende aufgestanden, wobei ihre Serviette zu Boden fiel. Den Magen gefüllt, doch leicht wie eine Feder verließ sie den Speisesaal und begab sich zur Treppe, die zu ihren Gemächern führte.

Alberto Fazelli hob die Serviette auf, schnupperte daran, als wäre es das Spitzentaschentuch der geliebten Frau, und stellte tiefsinnig fest:

»So etwas nennt man sich auf französisch verabschieden.«

Der Kommissar Mello Pimenta hatte zur Zeit größere Sorgen, als Olavo Bilac auf den Fersen zu bleiben. Die Erklärung, er werde den Dichter für eine Nacht hinter Gitter bringen, war weit eher ein Stoßseufzer in momentanem Zorn gewesen als eine ernsthafte Androhung. Eigentlich gab es gar keinen Grund, den »subversiven« Bilac zu verfolgen. Vor allem nicht jetzt, wo er die Ermittlungen in diesem Verbrechen aufgenommen hatte.

Mello Pimenta war klein und dick und trug einen buschigen schwarzen Schnauzbart à la Balzac. Obwohl er sehr unter der Hitze litt, sah man ihn immer in Anzug und Weste, darunter ein Hemd mit steifen Manschetten und gestärktem Kragen, der ihm den Hals einschnürte. Erstaunlicherweise schwitzte Pimenta nie. Das schwammige Äußere des Kommissars täuschte all jene Missetäter, die seine Beweglichkeit unterschätzten – Mello Pimenta konnte flott wie ein Mops laufen. Neben ihm, in einer Arztschürze voller dunkler Flecken von geronnenem Blut, stand Dr. Saraiva, staatlicher Gerichtsmediziner. Saraiva, spindeldünn, trug einen Spitzbart und langes weißes, ebenfalls beflecktes Haar, denn der zerstreute Gerichtsmediziner hatte den Tick, sich am Kopf zu kratzen, wenn er bei der Autopsie, die er gerade vornahm, nachdenken mußte. Wenn man die beiden nebeneinander sah, mußte man unweigerlich an Don Quijote und seinen treuen Knappen denken. Sie befanden sich in der Leichenhalle des Dritten Büßerordens am Largo da Carioca. Die Polizei benutzte sie immer, wenn das offizielle Leichenschauhaus der Santa Casa da Misericórdia am Largo do Moura schon vor Toten überquoll. Der auf dem kalten Steintisch liegende Körper der jungen Ermordeten war geöffnet und bot sich noch obszöner an als zu der Zeit, da sie, ebenfalls in der Horizontalen, ihr Gewerbe ausübte. Gefunden hatte sie ein portugiesischer Besenverkäufer, der in aller Frühe seine Ware anpries: »Beeesen, wuuunderbare Beeesen! Und Feeederstaubwedel!« Kaum war er beim Einbiegen in die noch dunkle Gasse bei der Rua do Regente auf den grauenhaften Anblick gestoßen, hatte der arme Mann alles fallen lassen und war schreiend davongerannt:

»Ogottogott! Das ist die Hölle! Das ist der Satan!«

Geschickt wie ein Experte mit langjähriger Praxis – Saraiva hatte seine Berufslaufbahn als Militärarzt im Paraguay-Krieg begonnen – hatte der Professor den klassischen Einschnitt in Form eines Y ausgeführt, so daß die inneren Organe der jungen Prostituierten freilagen. Pimenta kam dieses Ritual sinnlos vor, da die Todesursache schwerlich eine andere sein konnte als der Schnitt durch die Kehle, der so tief war, daß er fast den Kopf vom Rumpf abgetrennt hatte. Trotzdem, für Saraiva galt: Vorschrift ist Vorschrift. Mit eintöniger Stimme sezierte und dozierte er vor dem Kommissar weiter:

»Der fortgeschrittenen Leichenstarre nach zu urteilen, muß der Tod in der Nacht zum Mittwoch, dem 26. Mai 1886, eingetreten sein. Das Opfer ist vermutlich zwischen fünfzehn und einundzwanzig Jahre alt. Der Körper war bei Auffinden vollkommen erkaltet und leblos. Lippen blaurot verfärbt, Pupillen rund und regulär, beidseitig erweitert. Leber angegriffen, wahrscheinlich aufgrund übermäßigen Genusses von alkoholischen Getränken. Hätte das Opfer nicht bei dem Mordanschlag den Tod gefunden, wäre es mit Sicherheit Kandidat für eine verfrühte Leberzirrhose gewesen. Die Todesursache ist auf die Verletzung am Hals zurückzuführen, bei der Kehlkopf und Rachen mit einem von links nach rechts quer verlaufenden Schnitt durchtrennt wurden. Die Verwundung wurde durch ein scharfes Instrument beigebracht. Dem Druck nach zu urteilen, der dabei ausgeübt wurde, muß der Täter über erhebliche Körperkräfte verfügen. Die beiden Ohren des Opfers wurden, ebenfalls fachgerecht, abgetrennt. Das Opfer ...«

Der Kommissar Mello Pimenta unterbrach ihn ungeduldig:

»Saraiva, das wissen wir schon alles. Gibt es kein Detail, das bei der ersten Untersuchung übersehen wurde?«

»Doch, natürlich. Das Beste habe ich für den Schluß aufbewahrt.« Mit diesen Worten legte er dem Kommissar die aufgerollte Geigensaite in die Hand, die er an den Schamhaaren der blutjungen Hure entdeckt hatte.

»Was ist das?«

»Das weiß ich nicht genau. Sieht aus wie die Saite einer Mandoline oder eines anderen Musikinstruments.«

»Zumindest ist es ein Anhaltspunkt. Die Saite von einer Mandoline.«

»Oder von einem Cavaquinho, was weiß ich. Aber mit Sicherheit von einem Musikinstrument.«

»Ist der Mörder womöglich ein Musiker?«

»Kann sein, kann auch nicht sein. In Anbetracht der

Brutalität der Tat und der Stelle, wo ich die Saite gefunden habe, weiß ich nur, daß er ziemlich verrückt ist.«

»Wieso? Wo befand sich die Saite denn?« fragte Pimenta mißtrauisch.

»Zwischen den Schamhaaren der Kleinen. Armes Ding, ganz spärlich waren die noch ...«

Mit spitzen Fingern wickelte Pimenta die Saite in ein Taschentuch und wischte sich die Hände am Rockaufschlag ab.

»Kann ich sie mitnehmen?«

»Natürlich, die gehört Ihnen. Soll ich sie als Geschenk einpacken?« Dr. Saraivas Lachen hallte ihm noch in der Tür nach.

3

IN DER WOHNUNG DER BAKER STREET NUMMER 221 *B* hatte Sherlock Holmes soeben für Dr. Watson und sich selbst den Tee serviert. Watson war offensichtlich ganz in seine Zeitungslektüre vertieft.

»Zwei Stück, Watson?«

»Hm? Ja, bitte ... Merkwürdig ... sehr merkwürdig ...«

»Darf ich fragen, was so merkwürdig ist?« erkundigte sich Holmes, reichte ihm die Tasse und begab sich zu seinem Lieblingssessel.

»Beim Lesen dieser Nachrichten beschleicht mich ein eigenartiges Déjà-vu-Gefühl.«

»Ganz klar, mein lieber Watson ...«, bemerkte Sherlock Holmes, womit er die Worte aussprach, auf die sein Freund immer besonders gereizt reagierte.

»Wieso?«

»Sie lesen die *Times* von gestern.«

Während Watson sein Kinn, das ihm heruntergefallen war, wieder anhob, ging die Tür auf, und die Haushälterin Mrs. Hudson kam mit einem Telegramm herein. Sie war in heller Aufregung.

»Beruhigen Sie sich, Mrs. Hudson. Ich vermute, das ist eine Nachricht von Inspektor Lestrade«, sagte der Detektiv.

»Da haben Sie falsch vermutet, Mr. Holmes, dieses Telegramm kommt aus Brasilien. Vom Kaiser persönlich!«

»Vom Kaiser von Brasilien? Was will der denn von Ihnen?« fragte Watson gespannt.

»Das weiß ich erst, wenn ich es gelesen habe«, erwiderte Holmes. »Danke, Mrs. Hudson. Wie ich sehe, handeln Sie den Anweisungen Ihres Arztes zuwider und essen weiterhin heimlich zum Frühstück Eier.«

Die arme Frau zuckte zusammen und stotterte verschämt:

»Das stimmt, Mr. Holmes. Ich kann einfach nicht widerstehen ... Wie haben Sie das herausgefunden?«

»Ganz einfach, Mrs. Hudson. Während Sie es mit schlechtem Gewissen verdrückten, ist Ihnen etwas Eigelb auf die Bluse gefallen und hat einen gelben Fleck hinterlassen. Also habe ich den Schluß gezogen, daß Sie die Anweisungen des Arztes nicht befolgen.«

Die Haushälterin blickte verlegen auf ihren Blusenkragen.

»Na ja, Mr. Holmes, was Sie als gelben Fleck bezeichnen, ist in Wirklichkeit eine goldene Brosche, die meiner Mutter gehört hat. Komisch ist nur, daß ich heute morgen tatsächlich ein Omelett gegessen habe.«

»Das ist eindeutig. Meine Folgerungen sind immer richtig. Nur Ihre Brosche, die sitzt an der falschen Stelle. Sie können gehen.«

Höchst widerstrebend verließ die neugierige Haushälterin den Raum und schloß die Tür. Watson dachte zum wiederholten Male, wie töricht es von diesem großen Mann war, daß er aus Eitelkeit keine Brille tragen wollte. Holmes trat an den Schreibtisch und öffnete das Telegramm mit einem Messer, mit dem er vor ein paar Jahren in Spitalfields bei der Jagd auf einen Missetäter attackiert worden war.

»Interessant, Watson. Stellen Sie sich vor, der Kaiser von Brasilien, Dom Pedro II., lädt uns in die Hauptstadt Rio de Janeiro ein.«

»Wie bitte? Heißt die Hauptstadt von Brasilien nicht Buenos Aires?«

»Nein, Watson. Buenos Aires ist die Hauptstadt von Argentinien.«

»Und was will der brasilianische Kaiser von Ihnen?«

»Anscheinend hat man einer Freundin von ihm eine Stradivari entwendet, und Dom Pedro bittet mich, diskrete Nachforschungen anzustellen.«

»Wie hat er denn von uns erfahren?«

»Von mir, mein lieber Watson, nicht von uns. Zum Glück für den Kaiser gibt meine liebe Freundin Sarah Bernhardt dort gerade ein Gastspiel.«

»Phantastisch! Die haben da drüben also schon Theater?«

»Aber selbstverständlich, Watson. Brasilien ist ein besonderes Land. Die einzige Monarchie in ganz Amerika. Der Kaiser soll ein sehr gebildeter Mann sein.«

»Wieso Sie sich mit einem derart abgelegenen Kaiserreich so gut auskennen, ist mir ein Rätsel«, brummelte Watson.

Der Detektiv besaß eine höchst widersprüchliche Bildung. Holmes konnte durchaus mit detaillierten Kenntnissen über fremde Länder oder aus Geologie, Musik, Botanik, Chemie und Anatomie aufwarten, von der Lehre des Kopernikus oder dem Aufbau des Sonnensystems hingegen wußte er erstaunlich wenig. Watson wollte es nicht in den Kopf, daß einem derart kultivierten Menschen des neunzehnten Jahrhunderts nicht bekannt zu sein schien, daß die Erde sich um die Sonne drehte. Und das störte ihn gelegentlich etwas. Der großmütige Sherlock klopfte dem Arzt herablassend auf die Schulter:

»Grämen Sie sich nicht, mein Guter. Diese Informationen habe ich durch Zufall erfahren. Von einem schottischstämmigen Amerikaner, den ich in Frankreich kennengelernt habe.«

»Wer ist das?«

»Er heißt Alexander. Sie kennen ihn nicht.«

»Alexander?«

»Ja, Alexander Graham Bell, der Erfinder des Telefons, dieses modernen Wunderapparats.«

»Ich wußte gar nicht, daß Sie sich mit Amerikanern abgeben«, stichelte Watson verstimmt.

»Wir haben uns vor sechs Jahren kennengelernt. Erinnern Sie sich, daß ich damals nach Paris gereist bin? Bell war gekommen, um den mit fünfzigtausend Francs dotierten Prix Volta für seine Erfindung entgegenzunehmen.«

»Jetzt erzählen Sie mir nicht, daß Graham Bell den Kaiser von Brasilien kennt«, fuhr Watson, noch immer ungläubig, fort.

»Doch, und nicht nur das, auf der Ausstellung zur Jahrhundertfeier in Philadelphia hat Dom Pedro das Telefon auch als erster öffentlich benutzt. Bell hat mir die Geschichte laut lachend erzählt. Er hat ihm nämlich ungewollt einen Streich gespielt. Wissen Sie, wie der erste Satz lautete, den er den Monarchen sprechen ließ, als dieser den Apparat ausprobierte?«

»Woher sollte ich ...«

»*To be or not to be, that is the question* ... und dann fügte der Kaiser verblüfft hinzu: ›Himmel! Das Ding kann sprechen!‹« schloß der Detektiv und mußte lachten. Dann zündete er nachdenklich seine Pfeife neu an. »Vielleicht wäre es eine gute Gelegenheit, das Land kennenzulernen ... Immerhin stammt Dom Pedro von den vornehmsten Herrscherhäusern ab. Bragança, Bourbon, Orléans, Habsburg, da könnte unsere liebe Königin Victoria fast neidisch werden«, erklärte Holmes, schloß die Augen halb und blies Watson eine Rauchwolke ins Gesicht.

»Gut, dann packe ich wohl am besten die Koffer. Wenn

Sie die Augen halb schließen und mir eine Rauchwolke ins Gesicht blasen, ist das ein Zeichen, daß Sie auf Reisen gehen wollen.«

»Nicht zu voreilig, Watson. Vorher sollten Sie in Ihrer *Times* von gestern nachsehen, wann der nächste Dampfer nach Brasilien geht.«

Watson schlug die Seite mit den Schiffsbewegungen auf.

»Hier steht es. Wir haben Glück. Die *Aquitania* von den Cunard Lines läuft morgen nach Südamerika aus.«

»Ausgezeichnet. Sagen Sie Mrs. Hudson, sie möchte sich um die Reservierung kümmern. Wenn das kein Zufall ist, Watson – Sie lesen eine Zeitung von gestern, und wir reisen morgen ab. Hoffentlich ist das kein schlechtes Omen«, überlegte Sherlock Holmes, was allerdings ziemlich sinnlos klang.

»Ich wußte gar nicht, daß Sie abergläubisch sind, Holmes«, bemerkte Watson, lächelte endlich und stand auf.

»*Yo no creo en brujas, pero que las hay, las hay.*«

»Was heißt das?«

»Ich habe nicht die geringste Ahnung, aber die Spanier sagen das immer, wenn sie auf Aberglaube zu sprechen kommen«, antwortete Holmes, denn fürs Übersetzen von archaischen iberischen Redensarten fehlte ihm die Geduld.

Mit dem Gedanken, daß er noch nie ein so langes Telegramm gesehen hatte, verließ Watson den Raum.

4

ER ZIEHT DIE NACHTLAMPE DICHTER AN DAS Anatomiebuch heran, in dem er gerade liest. Es ist der Précis d'anatomie et de dissection *von H. Beaunis. Sein spezielles Interesse gilt den Kapiteln, die der Kunst des Sezierens gewidmet sind. Bei der ersten Frau hatte er keine besonders guten Kenntnisse benötigt. Da hatte der Unterricht in Florett- und Säbelfechten ausgereicht, den er von klein auf in der Sportschule des Baron de Francken bekommen hatte. Die Kehle der kleinen Dirne war aufgeplatzt wie der Schlund der schwarzen Ziegen, die er schon als Junge mit einem einzigen Hieb desselben Dolchs bei den Zauberritualen enthauptet hatte, an denen ihn die Neger auf seines Vaters Kaffeefazenda heimlich teilnehmen ließen. Die Sklaven nannten ihn Oluparun. Aber er ist kreativ. Beim nächsten Mal will er nicht wieder im selben Stil zuschlagen. Deshalb sitzt er in der drückendfeuchten Nacht in seinem fast klösterlichen Zimmer und verschlingt die Seiten, die ihm vor Erregung den Atem stocken lassen: »Bevor man sich für eine Körperregion entscheidet, ist es unerläßlich, daß man perfekte Kenntnisse … Vorzugsweise junge, sehr junge, kräftige Körper wählen. Zum Einschnitt in der Haut ansetzen und die Kutanschichten in Streifen sezieren, dabei das Gewebe ablösen, das den Muskel überzieht. Schneiden …* couper profondément …« *Französisch ist eine merkwürdige Sprache:* profondément, profond dément. *Er zieht das Portugiesische vor:* profundamente, profunda mente, mente profunda, *profunder Geist. Dann verscheucht er die abschweifenden Gedanken und setzt seine finstere Lektüre fort. Er will gut vorbereitet sein.*

JORNAL DO COMMERCIO

ZUM GELEIT

Schon fast dreißig Jahre ist es her, daß Auguste Comte starb! Ein grandioser Denker, den die Menschheit zutiefst vermißt! Für ihn, der geistig Hobbes nahestand, ist Aufgabe aller Wissenschaft, die Gesetzmäßigkeiten der Phänomene zu erkennen. Wissen, um vorherzusagen, sehen, was ist, um daraus zu folgern, was sein wird, das ist der Zweck all seines Forschens.

Als unvergleichliches Genie der Weltphilosophie beweist er, daß der endgültige Zustand des menschlichen Geistes das positive Stadium ist! Die Vernunft, nicht über vorgefaßte Grundsätze, sondern über Erfahrungswerte. Dieser große Denker, dieser moderne Aristoteles und wichtigste Vertreter des Positivismus wird, auch wenn er tot ist, zweifellos für immer als der größte Unsterbliche unseres Jahrhunderts in Erinnerung bleiben!

*

ZUSAMMEMSTOSS VON FAHRZEUGEN

In der Rua da Alfândega ist gestern der Tilbury Nr. 104 so heftig mit einem Fuhrwerk zusammengestoßen, daß er an mehreren Stellen beschädigt wurde. Die Unsitte, das Steuern von schnellen Fuhrwerken unvorsichtigen Individuen ohne ausreichende Erfahrung anzuvertrauen, muß ein Ende haben. Nicht nur das niedrige Alter der Wagenlenker birgt Gefahren. Unannehmlichkeiten gleicher Art treten auf, wenn der Kutscher in Straßen mit starkem Fahrzeugverkehr das Zugtier nicht in der Gewalt hat.

*

AUS DER WISSENSCHAFT

In Rom wurde der Anthropologische Kongreß beendet, der zum Ziel hatte, den Menschen von Laster und Verbrechen zu erlösen. Die zahlreichen an dem illustren Kongreß teilnehmenden Experten kamen zu dem Schluß, Kriminelle seien in erster Linie Retardierte, die sich fünf Kategorien zuordnen lassen: Täter aus Veranlagung, geisteskranke Täter, Triebtäter, Täter im Affekt oder aus Leidenschaft sowie gewohnheitsmäßige Täter.

*

PRIVATE ANZEIGEN

Zu verkaufen: Drei erstklassige Sklaven, davon ein Bursche, 17 Jahre alt, adrett, ein weiterer, 35 Jahre, sehr anstellig, geschickt in Feldarbeit, sowie eine Mulattin von 19 Jahren, hübsches Äußeres.

Wagen und Sklave: Eine Viktoria, sehr gut erhalten, mitsamt Pferdegeschirr zu verkaufen, und ein Sklave mittleren Alters, gesund und ohne Mängel, für Arbeit jeder Art zu kaufen gesucht.

Aufgepaßt: Von Privat schlanke, hübsche, unaufdringliche Haussklavin zu verkaufen, sehr vielseitig begabt, 18 Jahre alt, bei guter Gesundheit, ausgezeichnete Zähne, kann bügeln, nähen und zuschneiden. Der Grund für den Verkauf wird dem Käufer nicht mißfallen.

POLIZEIBERICHT

Noch immer gibt es keine Erkenntnisse über das gräßliche Verbrechen, das in dieser Woche in einer Gasse an der Rua do Regente verübt wurde. Die grauenhafte Tat hat die ganze Stadt Rio de Janeiro schockiert. Obwohl es sich beim Opfer um ein Mädchen mit lockerem Lebenswandel handelt, sind angesichts der Grausamkeit des Mordes selbst Damen unserer Gesellschaft über das traurige Los der Unglücklichen erschüttert. Der mit dem Fall beauftragte Kommissar Mello Pimenta führt intensive Ermittlungen unter Einsatz sämtlicher Mittel der modernen Kriminologie und verspricht, den schrecklichen Mord in Kürze aufzuklären.

*

MONDÄNES LEBEN

Von Múcio Prado

Vorgestern hatte ich das Vergnügen, mit der phantastischen Sarah Bernhardt zu soupieren. Neben strahlender Schönheit und Talent besitzt sie auch Intelligenz und lebhaften Esprit, die sie jedem Mann ebenbürtig machen. Zugegen waren, abgesehen von der Crème unserer im Journalismus tätigen Intellektuellen, einige junge Herren aus den besten Familien, wie der *sportsman* Albertinho Fazelli, der stilvolle Buchhändler Miguel Solera de Lara und der kulturbeflissene Marquês de Salles. Außerdem verschönte die Tafel der renommierte Schneider Salomão Calif, der trotz orientalischer Herkunft mit seiner schwungvollen Schere die schönsten Modelle des Okzidents zaubert. Der großzügige Gastgeber Aurélio Vidal, Besitzer des Grandhotel, das die Göttliche beherbergt, hatte seine Freunde um sich versammelt.

Das jeder Tafel des europäischen Adels würdige Menü bestand aus *melons au porto, turbot Cambacérès, jambon de Prague en croûte-sauce Madère, poularde Néva*, Salat, Käse und Eis. Dazu wurden ein 65er weißer Bordeaux und ein 75er roter Burgunder gereicht, übrigens exzellente Jahrgänge. Und natürlich Champagner. Doch »la pièce de résistance« des üppigen Mahls wurde vom Ehrengast serviert, die dem bescheidenen Verfasser im Vertrauen verriet, daß unserem hochverehrten Monarchen Dom Pedro II. der Diebstahl einer Geige aus dem Besitz der Maria Luísa Catarina de Albuquerque, Baronin de Avaré, Sorge bereitet. Handelt es sich doch, werter Leser, um eine Stradivari!

Auf Anregung von Sarah Bernhardt persönlich wird unser hilfsbereiter Kaiser den englischen Detektiv Sherlock Holmes (oder heißt er Herlock Sholmes?) hierher einladen, damit er das geheimnisvolle Verschwinden des vielbegehrten teuren Instruments aufklärt. Wir wußten von der berühmten Stradivari des Virtuosen White, doch daß sich zwei dieser Raritäten auf brasilianischem Boden befinden, ahnte niemand.

Wer mag der schönen Baronin ein solch fürstliches Präsent verehrt haben?

*

Die Kaiserin Teresa Cristina Maria de Bourbon war wütend. Sie ging in dem kleinen Salon zwischen den beiden kaiserlichen Schlafgemächern hin und her. In der Hand die Zeitung, auf der Seite mit Múcio Prados Artikel aufgeschlagen. Ihr für gewöhnlich gelassener Blick funkelte den Kaiser an:

»Also, mein Herr Gemahl, welche Absicht steckt hinter diesem Scherz? Daß ich wieder einmal zum Gespött des Hofes werde?« Sie war wie immer diskret in grauen Tönen gekleidet, doch in diesem Moment wirkten ihre wedelnden Rockschöße auf Dom Pedro, als hätte er die rote Capa eines Stierkämpfers vor sich. Der berühmte Bart des Kaisers, der ihn älter als sein Vater aussehen ließ, zitterte nervös. Er versuchte es mit einer fadenscheinigen Ausrede.

»Ich kann Ihnen versichern, daß es sich um ein Mißverständnis handelt. Niemals …«

»Mißverständnis?« fiel ihm die Kaiserin vor Zorn bebend ins Wort. »Welches Mißverständnis? Habe ich nicht schon oft genug Kommentare über Ihre Freundschaft mit dieser törichten Person hören müssen?«

Dom Pedro wollte ihr ein Kompliment machen, hätte ihr gern gesagt, daß sie in solchen Augenblicken des Zorns noch hübscher wurde, doch war Schönheit nicht der größte Vorzug seiner Gemahlin. Außerdem lahmte sie noch stärker, wenn sie zürnte. Wann immer sie in ihrer Kalesche vorüberfuhr, witzelte das einfache Volk über ihren hinkenden Gang. »Das Humpeln kommt vom Rumpeln!« rief der Pöbel lachend. Manche böse Zungen behaupteten, als der junge Herrscher die ihm versprochene Braut bei der Ankunft im Hafen von Rio zum ersten Mal sah, habe er die Tränen verbergen müssen, die ihm über das Gesicht liefen. »Er hat geweint, das stimmt, aber gewiß nicht vor Freude …«

»Euer Majestät besitzen also die Dreistigkeit, dieser Frau eine in der ganzen Welt heißbegehrte Geige zu schenken? Ein Juwel in Form einer Fiedel!«

»Das ist ja das Absurde! Ich weiß nicht, woher der Bursche das hat.«

»Aus derselben Quelle, der Sie es anvertraut haben. Aus dem Munde einer ... einer ... Schauspielerin!« stieß Teresa Cristina hervor.

»Pardon, meine Beste. Ich sehe keinen Grund, diesem Wort eine derart herabsetzende Nuance zu verleihen. Zu der Vorstellung im Theater São Pedro bin ich aus Staatspflicht gegangen. Schließlich ist Madame Sarah Bernhardt schon überall in Europa bei Hof empfangen worden. Angeblich war sie sogar die Geliebte ...« Er brach ab, bevor er vollends ins Fettnäpfchen trat. Der Moment war für Schlafzimmerklatsch nicht der günstigste.

Die Kaiserin schnaubte vor Wut:

»Und außerdem wagen Sie es, einen englischen Detektiv einzuladen und mit den Ermittlungen zu beauftragen. Wollen Sie unsere Polizei endgültig desavouieren?«

Wohl wissend, daß Angriff die beste Verteidigung ist, wenn man kein schlagkräftiges Argument hat, spielte Dom Pedro den Beleidigten und verfiel in seinen nervösen Tick, der ihn in solchen Situationen überkam:

»Ja, ja, ja, ja, ich weiß schon, ich weiß schon ... Nun gut, wie es scheint, wollen Sie wirklich der Vernunft kein Gehör schenken. Dann bleibt mir also nur, wenn Sie gestatten, daß ich mich verabschiede. Joaquim Nabuco erwartet mich im Historischen und Geographischen Institut«, sagte Majestät majestätisch. Feierlich schritt er zur Tür und verließ würdevoll wie ein Heer auf dem Rückzug den Raum.

Die Zofe füllte die Gläser erneut mit Maracujasaft.

»Noch ein Stück Maismehlkuchen?« fragte die Baronin de Avaré.

»Nein, vielen Dank, Baronin. Nur etwas Saft«, antwortete höflich Miguel Solera de Lara.

Schlank, hochgewachsen, schlicht, aber sorgfältig gekleidet, hatte Miguel das Äußere eines spanischen Hidalgos. Seinen Beruf übte er weit mehr aus Liebe zu Büchern als aus Notwendigkeit aus, denn er entstammte einer vermögenden Familie. Als fürsorglicher Sohn lebte er mit der Mutter, einer eingebildeten Kranken, die ständig über phantasierte Leiden klagte, in einer großen Kolonialvilla in Botafogo; Klatschmäuler sagten, der junge Mann sei ein Bastardsproß des Marquês de Paraná, allerdings war diese Unterstellung nicht mehr als ein Gerücht, das jeder Grundlage entbehrte. Der Buchhändler war auf Maria Luísas Bitte nach Cosme Velho gekommen, um ihr die mit dem letzten Schiff eingetroffenen Bestellungen ins Haus zu bringen. Seine Buchhandlung war die beste der Stadt, und Miguel legte Wert darauf, seine wichtigsten Kunden persönlich zu bedienen. Die Baronin gehörte zu diesem auserwählten Kreis. Sie lebte den größten Teil des Jahres in Petrópolis, aber sie liebte das Haus in Rio, trotz der Feuchtigkeit und Insekten. Maria Luísa Catarina de Albuquerque, Baronin de Avaré, sah an diesem Nachmittag hinreißend aus. Sie war eine junge Witwe – erst sechsundzwanzig Jahre alt –, hatte gleich nach Abschluß der Nonnenschule in England studiert und besaß eine glänzende musikalische und literarische Bildung. Ihren späteren Mann, den Baron de Avaré, hatte sie auf dem Schiff kennengelernt, das sie nach Brasilien zurückbrachte.

Der Baron de Avaré, dreißig Jahre älter als seine Gemahlin, war durch einen tragischen Jagdunfall an den

Ufern des Rio Piraí ums Leben gekommen. Während er hinter einem Wasserschwein her war, stolperte er über einen Baumstumpf und schoß sich mit seinem Gewehr in den Fuß. Die Kugel durchschlug seinen großen Zeh, was zunächst keine schlimmen Folgen hatte, doch sein Privatchirurg bestand auf einer Amputation der verletzten Zehe, und die Operation löste einen Wundbrand aus, der ihn das Leben kostete.

Nach fast achtzehn Monaten strenger Trauer legte die Baronin nun Wert darauf, sich nur in fröhlichen Farben zu kleiden. Sie trug ein hellgrünes, sehr eng anliegendes Seidenkleid, das die schmale Taille und die perfekte Figur betonte. Das Grün unterstrich ihr rotes Haar und ihre blauen Augen. Miguel und die Baronin saßen in der Bibliothek, auf dem Tisch lagen die schön gebundenen Bücher, *doré sur tranche*, die Luísa bestellt hatte. Mit seinen langen, schlanken Fingern blätterte der Buchhändler in den Seiten der vierbändigen *Histoire de la Révolution Française* von Adolphe Thiers, erschienen 1851 bei Furne et Cie., Libraires-éditeurs.

»Eine ungewöhnliche Lektüre für eine Baronin ...«, scherzte er.

»Hören Sie, mein werter Miguel, es ist gut, wenn man weiß, was geschieht, wenn die Aristokratie ihr Volk vergißt. Zudem wissen Sie, daß mein Adeltstitel angeheiratet ist. Wie etliche Personen bei Hof immer wieder mit Vorliebe in Erinnerung bringen, war mein Vater Schlachter.«

»Sagen wir lieber, er war ein vermögender Besitzer von Fleischgeschäften«, korrigierte Solera de Lara diplomatisch. Lächelnd entblößte er seine makellosen Zähne, und sein Lächeln betonte unerklärlicherweise seine vorzeitige Glatze.

Maria Luísa griff nach einem anderen Buch in gelbem Einband:

»Oh! Endlich ist mein Balzac da. Ein höchst beziehungsreicher Titel, nicht wahr, Miguel?« sagte sie schelmisch lächelnd, während sie ihm *Splendeurs et misères des courtisanes*, erschienen 1872 bei Mignot, zeigte. »Sollte das vielleicht meine Bettlektüre werden?«

Bevor der junge Buchhändler antworten konnte, hörte man draußen vor dem Haus eine Kutsche vorfahren. Den eiligen Schritten der Dienstboten nach zu urteilen, war es fraglos der Kaiser. Solera schob eine Verpflichtung vor und verließ das Haus durch den hinteren Ausgang. Er wollte den Monarchen nicht in Verlegenheit bringen.

Noch bedrückt von der Auseinandersetzung mit der Kaiserin, betrat Dom Pedro die Bibliothek. Maria Luísa versank in einen übertriebenen Hofknicks. Der Kaiser haßte solche Verspöttelungen.

»Schon gut, schon gut ... Schluß damit, Maria Luísa. Späße sind jetzt nicht angebracht. Hast du die Zeitungen gelesen?«

»Natürlich, Agostinis Karikatur von dir in der *Ilustrada* fand ich köstlich. Nur der Bart ist vielleicht etwas zu lang.«

»Nein, das meine ich nicht. Ich spreche von der Notiz, die Múcio Prado über die gestohlene Geige veröffentlicht hat.«

»Die Geige? Die Geschichte ist für mich passé. Dieser Diebstahl hat mir schon genug Kummer gemacht. Und schließlich, mag auch das Ringlein gehen, der Finger bleibt bestehn ...«

Dom Pedro wunderte sich immer wieder, wie schnell die Stimmung der Baronin umschlagen konnte. Die Stradivari war nur ein Spielzeug gewesen. Ein teures Spielzeug, mehr nicht. Aber es war ja auch leicht, nur an den Finger zu denken, wenn man das Ringlein geschenkt bekommen hatte.

»Wie dem auch sei, ich glaube, es wird amüsant, einen englischen Detektiv bei Hof zu empfangen. Erst in der letzten Woche habe ich im Gymnasio die neue Inszenierung von *Die Zwei oder Der englische Maschinist* von Martins Pena gesehen und fand sehr witzig, wie Brandão, o Popularíssimo, die Engländer imitierte. Als er den Hut bis über die Ohren zog und die Augen weit aufriß, mußte ich herzhaft lachen«, sagte Maria Luísa und schnitt noch ein Stück vom Kuchen ab.

»Ich bedaure, daß du alles auf die leichte Schulter nimmst. Die Kaiserin tobt. Ganz abgesehen davon, daß jetzt alle wissen, daß die Geige ein Geschenk von mir war.«

»Woher wissen sie das?«

»Wer sonst würde es wagen, so etwas Verrücktes zu tun?«

»Mein lieber Freund, ich glaube, da ziehst du dir einen falschen Schuh an, wie man so sagt. Ich hätte mir ohne weiteres eine Stradivari kaufen können. Mein Mann hat mir ziemlich viel Geld hinterlassen. Hast du noch nie den Vierzeiler gehört, der bei Hof heimlich verbreitet wird? ›Maria Luísa, die junge Baronin, / ist an Reizen viel wert./ Verwitwet, doch voller Frohsinn, / reich, schön und begehrt.‹«

Und mit dem Teller in der Hand schloß sie: »Möchtest du Maismehlkuchen? Er ist ganz frisch.«

Zum zweiten Mal am selben Tag drehte Dom Pedro sich um und ging, ohne sich zu verabschieden. Es war beeindruckend, welche Würde er in diesem schwierigen Moment an den Tag legte, insbesondere, wenn man bedenkt, wie gern der Kaiser Maismehlkuchen aß.

5

SARAH BERNHARDT BEFAND SICH SCHON SEIT FAST vierzehn Tagen in Brasilien. Heute spielte sie in der Premiere von *Frou-Frou*, einem Stück von Meilhac und Halévy, die Gilberte. Dom Pedro saß in der kaiserlichen Loge, im Theater herrschte Feststimmung. Beim Eintreffen vor zwei Stunden war die Schauspielerin von heißblütigen Studenten empfangen worden, die ihr Blumen zuwarfen und in einem prekären Französisch, wie sie es von den Polinnen in den Bordells gelernt hatten, verliebt zuriefen: »*Vive madame Bernhardt!*«; »*Vous êtes une artiste supimpe! Vous êtes bonne à besse!*«; »*Allons, enfants de la patrie! Sarah Bernhardt est arrivée!*«

Auch noch kurz vor Beginn der Vorstellung standen draußen vor dem Theater die Bahianerinnen mit ihren Verkaufstischen und lockten die Passanten: »Süße Maiscreme, *iaiá*, schön heiß! Gefüllte Maisblätter, ganz frisch! Leckere Kokostörtchen! Koketterien!« Andere Händler offerierten weniger verläßliche Gaumenfreuden: »Krabbenteigtaschen! Wer keine Krabbe findet, zahlt auch nicht!« Die Süßwarenverkäufer mit Bauchladen priesen Puffmais, Guavengelee, Sesamkuchen, Kokosmakronen, Bananengelee und andere Köstlichkeiten an.

Das Haus war ausverkauft. Vom Parkett bis zu den Stehplätzen Menschen aus allen Gesellschaftsschichten, und alle wollten die französische Diva sehen, die sich auf brasilianischem Boden präsentierte. Für viele, die von dem, was auf der Bühne gesprochen wurde, kein Wort verstanden, war es wie eine Zirkusvorführung und Sarah ein ebenso großes Wundertier wie ein Flöte spielender Tiger oder ein Elefant als Jongleur. Die Vorstellung dauerte fast drei Stunden, weil aufgeregte Zuschauer sie immer wieder mit Zwischenrufen unterbrachen: »Na los, Madame!«; »Vorsicht, Dona Sarah, er hat der anderen Frau schon alles erzählt!«; »Das stimmt nicht! Glauben Sie ihr nicht, sie lügt! Sie hat den Brief schon gelesen, als Sie hinten waren!«

Nach dem ersten Akt standen viele in der Annahme auf, die Vorstellung wäre zu Ende. Als sie sich ihres Irrtums bewußt wurden, überspielten sie ihn, indem sie im Foyer noch eine Süßigkeit oder ein Getränk kauften und auf ihre Plätze zurückkehrten.

Nachdem der Vorhang sich endlich zum letzten Mal gesenkt hatte, drängte sich mehr als die Hälfte des Publikums vor dem Künstlereingang, um den lebenden Mythos aus der Nähe zu sehen. Mittendrin eine zarte, anmutige junge Frau, fast noch ein Kind. Sie war Kammerzofe im kaiserlichen Palast und hatte eine Karte für die Vorstellung erhalten. Sarah öffnete die Tür und trat der Menge entgegen. Neuerlicher Blumenregen, neuerliche *Vive-Sarah-Bernhardt!*-Hochrufe. Einige ganz Beherzte wagten sich vor und faßten das Kleid der Schauspielerin an. Maurice Grau mußte all seine Erfahrung aufbieten, um die Menge entschieden zurückzuweisen, ohne unfreundlich zu wirken. Als Sarah an der jungen Frau vorbeiging, fiel ihr das sanfte Gesicht auf. Sie fragte die Zofe:

»*Comment t'appelles-tu?*«

»Francisca«, antwortete das Mädchen und konnte kaum glauben, daß sie tatsächlich mit Sarah Bernhardt sprach. Die Schauspielerin nahm aus ihrem Handtäschchen eine Karte und einen goldenen Bleistift, ein Geschenk des Herzogs von Straßburg, und schrieb: »*Pour Francisca, belle et jeune brésilienne qui m'a vue jouer* Frou-Frou, *à Rio*. Sarah Bernhardt.« Sie küßte das Mädchen auf die

Wangen, reichte ihr die Karte und stieg rasch in die bereits wartende Kalesche. Es ging so flink, daß Maurice Grau laufen mußte, um mit ihr Schritt zu halten.

Francisca Meireles konnte ihr Glück nicht fassen. Für sie kam es einem Wunder gleich, daß die leibhaftige Sarah Bernhardt, ihr Idol seit der Zeit im Klosterinternat, alle Vorsicht außer acht gelassen hatte, um ihr ein Autogramm zu geben. Sie steckte das kostbare Geschenk in ihre kleine Tasche und machte sich zu Fuß auf den Weg durch die Rua da Constituição. Um diese Zeit würde sie wohl kaum eine Mietdroschke finden. Die Kutscher, alle im Gehrock, standen noch vor dem Theater, wo sie sich bessere Trinkgelder erhofften. Das machte ihr nichts aus. Für sie war es ein wunderbarer Abend gewesen. Dank ihrer vielseitigen Begabung hatte ihr Onkel, der Maler Vítor Meireles, beim Kaiser eine Stelle als Kammerzofe im Palast für sie erwirkt, und das großmütige Schicksal hatte ihr aus diesem Grund auch noch zu der Eintrittskarte für die Vorstellung an diesem Abend verholfen. Sie öffnete ihre Handtasche und nahm die Karte heraus. Sie fürchtete, alles könnte nur ein Traum gewesen sein. Noch einmal las sie die Widmung, dann schloß sie die Trophäe fest in die linke Hand, als hätte sie Angst, die Karte könnte sich sonst vor ihren Augen in Nichts auflösen, und setzte verträumt, wie es junge Mädchen ihres Alters oft sind, ihren Weg fort. Ehe sie sich's versah, befand sie sich schon in der Rua São José. Sie überquerte die Rua da Guarda Velha in Richtung Brunnen, ein enorm großes Bauwerk, dessen Form an einen Tempel erinnerte, mit neunundzwanzig immer auf Hochglanz polierten Bronzehähnen. Dort deckte das niedere Volk von den Hügeln Santo Antônio und Castelo seinen Wasserbedarf. Um diese Stunde war der Brunnenplatz menschenleer. Da sie von der Gemütsbewegung einen trockenen Mund hatte, ging sie zum Brunnen, um ihren Durst zu stillen. Im selben Augenblick, als sie sich zu einem der Hähne vorbeugte, spürte sie, daß noch jemand da war.

Das arme Mädchen sieht gerade noch den langen Dolch im Licht der Straßenlaternen aufblitzen. Im Nu deckt sich ein Umhang über ihr kleines Gesicht, sie wird gegen die Brüstung gestoßen. Nach einem präzisen Einstich in den Unterleib wandert die Klinge langsam in Richtung Speiseröhre aufwärts. Fachmännisch schneidet er den gesamten Bauchbereich auf. Dem Mädchen ist gar nicht bewußt, was geschieht. Ihr ist nur kalt, sehr kalt, dann fällt sie in das Brunnenbecken, und das Wasser färbt sich rot. Er beugt sich über den Körper und schneidet der unglücklichen Zofe beide Ohren ab. Bevor er sie einsteckt, riecht er an ihnen, warum, weiß er nicht. Schließlich greift er nach der Geige, die unter dem Umhang verborgen an seinem Gürtel hängt, und zelebriert erneut das makabre Ritual. Dieses Mal ist es die Sol- oder G-Saite, die er vom Instrument reißt. Er rollt sie auf und drückt sie in ihre Schamhaare. Dann geht er in Richtung Santana-Kirche davon und zupft auf den beiden noch verbliebenen Geigensaiten einen schluchzenden Csárdás.

Für den Kommissar Mello Pimenta war und blieb es die Rua Bobadela. Er kannte die enge Straße seit seiner Kindheit und scherte sich nicht darum, daß sie umbenannt worden war. »Guarda Velha. Alte Garde. Das ist doch kein Name für eine Straße!« ereiferte er sich in Gedanken. Die Rua Bobadela hatte ihren neuen Namen wegen eben jenes kasernierten Polizeigardekorps erhalten, das man dort einquartiert hatte, um unter den Wasserträgern, die regelmäßig zum Brunnen am Largo da Carioca kamen, für Ordnung zu sorgen. Er überquerte die Straße, ging am Kloster Santo Antônio vorbei und dann zum anderen Ende des Largo da Carioca, bis er vor dem Brunnen stand. Er war erschöpft. Die ganze letzte Nacht und den halben Vormittag hatte er nach einer Lösung für ein Problem gesucht, bei dem es um Sklaven ging, die nach Gávea ins *quilombo* geflohen waren. Insgeheim war Pimenta überzeugter Gegner der Sklaverei, doch konnte er dem Besitzer, der mit den besten Empfehlungen vom Herrn Polizeichef gekommen war, nicht die Hilfe verweigern. Die Mittagssonne störte ihn nicht sonderlich. Wohl aber war er darüber verärgert, daß die Leiche des Mädchens noch immer nicht geborgen war. Ein Absperrungskordon von »Hundefängern«, wie die Soldaten der kasernierten Polizei genannt wurden, hielt die Schaulustigen von der jungen Toten fern. »Wie die Schmeißfliegen«, fauchte er noch gereizter. Er zwängte sich durch den Kordon und ging auf Doktor Saraiva zu, der sich bereits am Tatort befand. Der Gerichtsmediziner hatte verquollene, blutunterlaufene Augen, was vermutlich auf übermäßigen Alkoholgenuß zurückzuführen war. Saraiva war tüchtig, doch hatte er wegen seiner Trinkerei schon mehrmals fast seine Stelle verloren. Hatte der Zuckerrohrschnaps erst einmal seine Zunge gelöst, konnten die Journalisten dem Arzt jede, auch die allergeheimste Information entlocken. Mello Pimenta fragte gleich, ohne ein Wort zur Begrüßung:

»Wie sieht's aus, Professor? Was können Sie mir schon sagen?«

»Nichts Gutes, gar nichts Gutes ...«, antwortete Saraiva und kratzte sich mit der blutverschmierten Hand am Kopf, was eine weitere rote Strähne im weißen Haar hinterließ. »Die Sache erinnert stark an den Fall mit der Prostituierten in der Rua do Regente.«

»Wie bitte? Noch ein ›Vitrinenmädchen‹-Mord?«

»Nein, nein. Nach den Papieren, die ich gefunden habe, stammt sie aus gutem Haus. Es gibt ein Empfehlungsschreiben, aus dem hervorgeht, daß sie Kammerzofe im Palast war. Sie heißt Francisca Meireles. Eine Nichte von dem Maler Vítor Meireles, dem Freund des Kaisers, von der Kaiserlichen Akademie der Schönen Künste.«

»Das fehlte mir gerade noch. Und worin besteht die Ähnlichkeit mit dem anderen Mord?«

»Erstens fehlen beide Ohren; zweitens hat der Täter genau so brutal zugestochen. Dieses Mal allerdings nicht in den Hals. Er hat das Mädchen wie ein Spanferkel tranchiert.« Saraiva liebte solche kulinarischen Vergleiche. »Außerdem fällt auf, daß das Messer mit der gleichen Präzision geführt wurde.«

Pimenta merkte, daß in der zur Faust geschlossenen linken Hand des Opfers irgend etwas steckte. Der Arm ragte aus dem Becken heraus. Als hätte die Tote ihre letzte Kraft aufgebracht, damit das, was sie in der Hand hielt, nicht naß wurde. Er versuchte, die bereits steifen kleinen Finger zu öffnen. Es ging nicht.

»Wenn Sie gestatten«, sagte Saraiva und trat näher. Er griff nach der leblosen Hand und schlug sie wie eine Nuß kräftig auf den steinernen Brunnenrand. Die gebrochenen Finger öffneten sich, die verknüllte Karte kam zum Vorschein. Mit Daumen und Zeigefinger zog der Arzt das Billett mit der Widmung der Schauspielerin vorsichtig heraus und reichte es mit einer gezierten Gebärde dem Kommissar. Pimenta las aufmerksam:

»Sarah Bernhardt. Ist das nicht die Französin, die im São Pedro auftritt?«

»Genau. Die größte Schauspielerin der Welt. Waren Sie noch nicht da?«

»Wann habe ich denn Zeit? Das letzte Mal, daß ich ein Theater von innen gesehen habe, war wegen eines Juwelendiebstahls.«

Er sah sich die Karte noch einmal an. »Offensichtlich war die Kleine hier gestern abend in der Vorstellung. Ob uns das viel weiterhilft, weiß ich nicht«, sagte er und steckte die Karte in seine Westentasche.

Saraiva zog den Kommissar am Arm.

»Aber das hier vielleicht«, sagte er und zog die Geigensaite aus der Tasche. »Noch eine Instrumentensaite. Zusammengerollt zwischen den Schamhaaren, wie die erste. Vermutlich vom selben Instrument.«

So wie man sich einen Fussel vom Jackett zupft, entfernte der Gerichtsmediziner ein Härchen, das noch an der Saite hing. Dann reichte er sie dem Kommissar:

»Ein Souvenir …«

Pimenta steckte sie angeekelt ein. Der Saite vom ersten Mord hatte er nicht viel Aufmerksamkeit geschenkt, doch diese Parallele bewies eindeutig, daß es sich um ein und denselben Irren handelte. Er mußte schnellstens feststellen, was für ein Instrument es war, und herausfinden, welche Art von Geisteskrankheit einen Menschen veranlaßte, Ohren zu sammeln. Unter Umständen waren diese Sonderbarkeiten Fährten, die der Wahnsinnige auf seinem Weg hinterließ. Inzwischen stand für ihn außer Zweifel, daß es sich um dieselbe Person handelte und daß diese Person geistesgestört war. Zwei Opfer in weniger als einem Monat. Hoffentlich machte der Unhold nicht im selben Rhythmus weiter. Noch nie in all den Jahren bei der Polizei hatte er so etwas erlebt. Zwei Opfer desselben Mörders, die so gut wie nichts gemeinsam hatten. Die eine Prostituierte, die andere Kammerzofe im Palast. Er überlegte, welche Ähnlichkeiten zwischen beiden bestanden. Sie waren jung. Sehr jung. Hübsch. Beide hatten keine Ohren mehr. Nein, das zählte nicht. Bevor ihr unseliges Schicksal sie ereilte und sie diesem Monster begegneten, hatten sie vier Ohren. Das heißt, jede zwei. Pimenta merkte, daß er nicht mehr klar denken konnte. Die Sonne und seine Übermüdung vernebelten ihm den Kopf. Er mußte nach Hause gehen, sich das Gesicht waschen und etwas essen. Er verabschiedete sich von Saraiva:

»Tja, hier bleibt mir nichts mehr zu tun. Geben Sie mir Bescheid, wenn Sie etwas Neues herausfinden.«

»Ich gehe auch bald. Ich warte nur auf die Leute, die die Leiche abholen sollen. Am Nachmittag will ich gleich mit der Nekropsie anfangen. Aber auch dabei wird wohl schwerlich etwas Neues herauskommen. Es sei denn, Sie möchten wissen, was die Kleine gegessen hat, bevor sie ins Theater ging ...«

Dona Esperidiana war schon an den Tagesrhythmus ihres Mannes gewöhnt. Sie wußte, daß ein Polizeikommissar häufig die Nacht durchmachen mußte, und Mello Pimenta nahm seinen Beruf sehr ernst. Sie war nicht eifersüchtig, denn sie wußte, daß Pimenta Verbrecher jagte und nicht Schürzen. Mit ihren zweiunddreißig Jahren war Esperidiana eine attraktive Frau. Keine klassische Schönheit. Sie besaß das, was die Franzosen *la beauté du diable* nannten. Sehr blaßhäutig, große Augen, glattes schwarzes Haar, was ihr in der Kindheit den Spitznamen »Kleine Spanierin« eingebracht hatte, den sie scheußlich fand. Während sich der Kommissar mit einem alten deutschen Barbiermesser, dem einzigen Erbstück von seinem Vater, rasierte, deckte sie in der Küche den Tisch und trug warmen Tapiokabrei mit Butter und Kaffee auf, das Lieblingsgericht ihres Mannes.

»Paß auf, daß du dir deine nicht abschneidest!« rief sie ins Schlafzimmer.

»Meine was?«

»Deine Ohren …«

Pimenta hatte die Angewohnheit, mit seiner Frau über seine Fälle zu sprechen, und sie war über die jüngsten Morde auf dem laufenden. Er beendete seine Rasur, wusch sich das Gesicht in der Emailleschüssel und gesellte sich zu seiner Frau. Während er Platz nahm, schenkte Esperidiana den ordentlich starken, dampfenden Kaffee ein.

»Du weißt, daß ich es nicht mag, wenn du solche Scherze machst«, sagte Mello Pimenta und zog eine Schnute. »Man könnte meinen, da spricht Saraiva.«

»Trink den Kaffee, bevor er kalt ist.« Sie setzte sich neben ihren Mann.

»Die Sache mit den Mädchenmorden bereitet mir immer mehr Kopfzerbrechen. Ich weiß gar nicht, wo ich anfangen soll«, klagte der Kommissar.

»Du könntest ja diesen englischen Detektiv um Hilfe bitten, der demnächst herkommt.«

»Welchen Detektiv?«

»Na hör mal, das stand doch neulich bei Múcio Prado. Anscheinend hat unser hochverehrter Kaiser einen Herrn Sherlock sowieso engagiert, damit er herausfindet, wer der Baronin Maria Luísa eine sündhaft teure Geige gestohlen hat. Das ist der neueste Klatsch in der Stadt. Hast du es nicht gelesen?« fragte Esperidiana, die sich keine Seite des Kolumnisten entgehen ließ. Sie las für ihr Leben gern den Tratsch über den Adel und träumte an ihren unausgefüllten Nachmittagen davon, an Festen und Soireen am Hof teilzunehmen.

»Eine Geige?« fragte Pimenta und zog die Darmsaite aus der Tasche. »Ist das hier vielleicht eine Geigensaite?«

»Das weiß ich nicht. Von einer Gitarre ist sie jedenfalls nicht«, antwortete Esperidiana. Als Mädchen hatte sie ein paar Lieder von Caldas Barbosa auf der Gitarre spielen gelernt. »Wo hast du die gefunden?«

»Am Tatort«, sagte Pimenta beiläufig, denn diesen heiklen Teil der Geschichte hatte er seiner Frau lieber verschwiegen. »Genauer gesagt, bei jedem Opfer eine.« Er steckte die Saite wieder ein.

»Iß, bevor es kalt wird.«

Nachdenklich strich der Kommissar Mello Pimenta noch etwas Butter über den Tapiokabrei und überlegte, ob es einen Sinn hatte, besagten englischen Detektiv um Hilfe zu bitten.

6

DIE *AQUITANIA* LAG IN DER HAFENEINFAHRT VON Recife, ihrer ersten Station in Brasilien, vor Reede. Ihren Namen hatte die Stadt wegen der vielen *arrecifes*, der Korallenriffe, entlang der ganzen Küste und rings um den Ankerplatz erhalten. Der große, mit vier Schornsteinen ausgestattete Dampfer hatte fernab der Korallenriffe die Anker geworfen, und die wenigen Passagiere, die von Bord gingen, mußten sich – verängstigt – in kleinen Weidengondeln ausschiffen lassen. Das Meer war von Haien verseucht, die auf der Jagd nach Speiseresten rund um das Schiff schwammen, denn die Köche kippten immer alles in die Wellen. Es war fünf Uhr nachmittags und noch sehr heiß. Sherlock Holmes und Dr. Watson lehnten an der Reling und genossen die Meeresbrise.

»Das ist ja wie in Indien«, beschwerte sich Watson. »So eine Hitze habe ich bisher nur in Bombay erlebt, wo ich '78 während des zweiten Afghanistankrieges als Assistenzchirurg des fünften Füsilierregiments von Northumberland war.«

Holmes hörte ihm nicht zu. Er war mit seinen Gedanken woanders, ganz auf die Arbeit der Haifisch-Fänger konzentriert, die in ihren kleinen Wasserfahrzeugen die *Aquitania* umringten. Sie gingen nach einer ungewöhnlichen Fangmethode vor. In den Booten führten sie Eisenkessel mit, in denen sie große Kürbisse erhitzten. Sobald die Kürbisse siedend heiß waren, wurden sie ins Meer geworfen. Wie dressierte Seehunde schnappten die Haie sie mit dem Maul auf, schlangen sie ungekaut herunter und tauchten unter. Die unerträgliche Hitze der Kürbisse zerfetzte ihnen die Eingeweide, und wenn sie wieder an die

Oberfläche trieben, waren sie schon tot. Dann hievten die Männer die riesigen Fische in ihre Boote. Für sie war das Ganze eine eintönige Beschäftigung. Eine primitive, aber wirksame Technik, seit Generationen vom Vater an den Sohn weitergegeben. Sie arbeiteten schweigend, vielleicht mit Rücksicht auf die sterblichen Überreste der von ihnen getöteten Tiere. Holmes sah gebannt zu.

»Sehen Sie sich das an, Watson. Primitiv und genial. Die Haie sind so gefräßig, daß sie gar nicht merken, was für ein tödlicher Köder die Beute ist, die sie da verschlingen.«

»Ich hätte nie gedacht, daß Haie so dumm sind«, bemerkte Watson verächtlich und zückte seine Uhr. »Es ist schon nach fünf. Zeit für den Tee.«

»Mein lieber Watson, wie ich sehe, haben Sie sich noch nicht an die Tropen gewöhnt. Anstelle von Tee sollten wir lieber das Kokoswasser probieren, das die Matrosen soeben an Bord gebracht haben. Man sagt, es sei erfrischend und wohlschmeckend.«

»Ich bleibe beim Tee. Mir reicht der Durchfall, den ich in Kalkutta bekam, nachdem ich Mangosaft mit Milch probiert hatte.«

»Watson, manchmal erschreckt mich Ihre mangelnde Anpassungsfähigkeit. Was mich anbelangt, ich fühle mich schon wie ein Einheimischer.«

»Mag sein. Ich brauche eben länger. Schließlich wurde London auch nicht an einem Tag erbaut.«

»Das war Rom, Rom wurde nicht an einem Tag erbaut«, korrigierte Holmes.

»London auch nicht«, erwiderte Watson trotzig.

Die beiden begaben sich über das Deck in Richtung Salon. Holmes aufgeregt wegen des Abenteuers, ein neues Land kennenzulernen, und Watson wegen der Aufregung seines Gefährten besorgt.

In dem großen Hauptsalon der *Aquitania* wurden sowohl Frühstück, Mittagessen und Abendessen serviert als auch Tanzabende veranstaltet. Als sie den Äquator überquerten, hatte es auf Einladung der Schiffsoffiziere einen prächtigen Kostümball gegeben. Holmes, ein Meister der Tarnung, hatte beim Defilee den ersten Preis gewonnen, sehr zu Watsons Leidwesen, denn er haßte es, wenn sein Freund sich als Zigeunerin verkleidete. Der Detektiv war nicht wiederzuerkennen gewesen, wie er sich mit langen Ohrringen und in einem roten Satinrock erbot, den anderen *la buena dicha* aus der Hand zu lesen. Die Siegestrophäe, eine Neptunfigur, war bereits im Gepäck verstaut. Der Doktor wollte sie nicht vor Augen haben, da sie ihn ständig an diesen Abend erinnert hätte. Vor dem Fest hatte Sherlock in seiner Kabine eine kräftige Dosis Kokain geschnupft, eine Gewohnheit, die Watson mißbilligte. Die Droge hatte eine so berauschende Wirkung, daß Holmes nach dem Kostümwettbewerb zum Abschluß des Abends mit dem Kapitän getanzt hatte.

Am Nachmittag wurde im selben Salon immer der Tee serviert. Die beiden ließen sich an einem kleinen Tisch neben einem Bullauge nieder, von wo aus man links im Hintergrund die Silhouette der Nachbarstadt Olinda sehen konnte. Sherlock, der nichts von der Kolonisierung durch Moritz von Nassau wußte, staunte über die Architektur von Recife.

»Spräche nicht das Klima dagegen, würde ich meinen, wir wären noch in Europa«, sagte Holmes und trank mit einem Zug sein Kokoswasser aus.

»Aber nur, wenn Sie nicht zu den halbnackten Sklaven hinsehen, die dort am Kai arbeiten«, erwiderte Watson, an seinem Tee nippend, mit einem Blick auf die Schwarzen.

Als sie schon Anstalten machten, sich zu erheben, trat ein junger Steward mit einem Silbertablett zu ihnen:

»Ein Telegramm für Mister Sherlock Holmes.«

Der Detektiv öffnete den Umschlag und las die in unbeholfenem Englisch verfaßte Mitteilung:

WELCOME MISTER SHERLOCK HOLMES PERIOD PLEASE HELP PERIOD TWO STRANGE MURDERS OF YOUNG WOMENS PERIOD ASSASSIN CUT OFF EARS AND LEAVES STRINGS PERIOD STRINGS MAYBE VIOLIN PERIOD HOPE SEE YOU IN RIO DE JANEIRO PERIOD
ATTENTIONNELLY COMMA
INSPECTOR PIMENTA

»Merkwürdig, sehr merkwürdig«, murmelte Holmes und steckte das Telegramm in die Tasche.

»Was ist? Nachrichten aus England?«

»Nein, aus Rio de Janeiro. Ein Polizist bittet mich um Hilfe. Wie es scheint, führt mich das Schicksal immer zu den scheußlichsten Verbrechen«, antwortete Sherlock, holte seine Pfeife heraus und begann sie zu stopfen. »Ich glaube, die Sache mit der gestohlenen Stradivari wird angesichts dieser jüngsten Ereignisse in den Hintergrund treten.«

Watson reagierte gereizt auf das Interesse seines Freundes an dem Telegramm:

»Ich dachte, Sie wollten diese Reise dazu nutzen, Ihren Kopf etwas von den vertrackten Problemen der Londoner Polizei freizumachen. Sie brauchen Erholung, Holmes. Schließlich hat selbst Christus am sechsten Tag geruht.«

»Es war Gott, der geruht hat, Watson, und nicht am sechsten, sondern am siebenten Tag«, beschied ihn Sherlock Holmes und begab sich aufs Deck hinaus.

Acht Uhr morgens. Júlio Augusto Pereira, Marquês de Salles, hatte sich bereits im Badehaus des Klubs Boqueirão in der Rua Luiz de Vasconcelos umgekleidet und lag am Strand Saudade im Sand. Er war erst achtunddreißig Jahre alt, litt aber bereits an Gicht. Sein Arzt Dr. Ribamar hatte ihm als unfehlbares Mittel gegen das Übel, das ihn von Zeit zu Zeit plagte, Bäder im Meer empfohlen. Da der Marquês ein zügelloses Leben führte und es kaum schaffte, zu so früher Morgenstunde aufzustehen, dehnte er, wenn tags darauf therapeutische Tauchgänge vorgesehen waren, seine nächtlichen Vergnügungen noch länger aus und begab sich immer direkt an den Strand. Eine trokkene Diät, der Verzicht auf all den Wein und Cognac, den der adlige Bohemien so schätzte, wäre angebrachter gewesen, doch als Trinkkumpan des Marquês konnte der Doktor ihm schwerlich eine strengere Lebensweise anraten.

»Bäder im Meer, mein Lieber. Gegen Gicht gibt es nichts Besseres als lange Bäder im Meer. Daß Jod Heilwirkung besitzt, ist unbestritten«, hatte Dr. Ribamar am Tisch der Confeitaria do Paschoal gesagt, während er neben dem Marquês seinen Armagnac trank.

Schon halb betrunken, hatte der Adlige geantwortet:

»Deshalb gefallen Sie mir, Doktor. Stellen Sie sich vor, ein Arzt am Hof, dieser Vilella, der Dom Pedros Wundrose behandelt, hat gesagt, in meinem Fall sei der Alkohol schädlich.«

»Ach was. Vilella kommt von der französischen Schule. Meine Behandlungsmethode ist viel moderner«, hatte Ribamar zur Erleichterung des Marquês erwidert.

»Großartig! Darauf noch ein paar Gläschen, und dann ab zu den Huren!« Und sie hatten sich weiter bis in die späte Nacht verlustiert. Der Marquês ging liebend gern zu den leichten Mädchen und fand es amüsant, nach Befriedigung seiner Begierden das Weite zu suchen, ohne zu zahlen. In manchen Gegenden war er schon dafür bekannt. Wenn er in die Rua do Sabão einbog, riefen die Dirnen ihren nichtsahnenden Kolleginnen durch die Fensterläden zu: »Vorsicht mit dem, der stinkt ab, ohne zu blechen!«

Júlio Augusto, der die letzten achtundvierzig Stunden in einem der Freudenhäuser der Senhora Barbada im Stadtteil Jardim Botânico zugebracht hatte, lag schon seit über einer Stunde am Strand. Allmählich wurde er schläfrig und schwankte, ob er nach Hause gehen und seinen Kater kurieren oder noch einmal in die Wellen tauchen sollte. Während er überlegte, hörte er von weitem Stimmen von Menschen, die sich auf französisch unterhielten. Er drehte sich um und erblickte zu seiner Überraschung Sarah Bernhardt in einem langen Badegewand. Neben ihr Maurice Grau, mit dem sie ein hitziges Gespräch führte. Zweifellos war die Französin nicht mit den Sitten des Landes vertraut. Es war nicht üblich, daß Damen von Rang zu dieser Stunde baden gingen. Schon um sieben Uhr morgens traf man nur noch selten Familien am Strand an. Trotz seiner Verblüffung winkte er ihnen, zu ihm zu kommen. Grau trug einen gewagten Badeanzug, ein sehr kurzärmeliges Hemd und knielange schwarze Hosen. Sarah war mit weiten Flanellhosen und einer blauen Bluse mit breitem Matrosenkragen bekleidet. An den Füßen aus Schnur gefertigte und wie die Sandalen der Römer um die Fesseln gebundene Schuhe. Auf dem Kopf trug sie einen großen Hut, den ein Seidentuch um das Kinn festhielt. Die beiden schenkten dem Marquês keine Beachtung und diskutierten weiter.

»*Non, c'est ridicule!*« rief Sarah aufgebracht.

»*Écoutez, le mal est déjà fait. Maintenant il faut y aller*«, versuchte der Sekretär sie zu überzeugen.

»*Bonjour, madame Bernhardt. Monsieur Grau, comment ça va?*« sagte der Marquês und erhob sich. »Ich weiß nicht, ob Sie sich an mich erinnern, Júlio Augusto Pereira, Marquês de Salles. Wir sind uns bei einem Souper im Grandhotel begegnet, gleich nach der *Kameliendame*.«

»*Ah, oui, le marquis de Salles, bonjour, monsieur*«, antwortete die Diva sichtlich widerstrebend.

»Darf ich fragen, Madame, welchem Umstand unser Strand das Privileg und die Ehre Ihres morgendlichen Besuchs zu verdanken hat?«

»Meiner schlechten Laune, Monsieur, nur meiner schlechten Laune. Mein Privatarzt pflegt zu sagen, gegen nervöse Reizbarkeit hilft nichts so gut wie Seeluft.«

»Dann danke ich Ihrer Gereiztheit für dieses unerwartete Vergnügen. Nicht zu glauben, die Göttliche Sarah Bernhardt an Rios Strand! Wenn ich diesen von einer so erlauchten Persönlichkeit betretenen Sand in Flaschen füllte, hätte ich damit in Paris mehr Erfolg als ein Pilger mit Flakons voll Wasser aus Lourdes!« verkündete der Marquês.

Sarah und Grau sahen sich an, und im nächsten Augenblick brachen die Schauspielerin und ihr Sekretär in schallendes Gelächter aus.

»Ah, Monsieur, mich nach allem, was ich in den letzten Tagen durchgemacht habe, so früh am Morgen zum Lachen zu bringen, das schafft wirklich nur ein Brasilianer.«

»Darf ich mich erkundigen, was geschehen ist?«

»Stellen Sie sich vor, Monsieur le Marquis, als wir vorgestern in der Aufführung von *Adrienne Lecouvreur* den vierten Akt spielten, hatte Martha Noirmont, eine zweitrangige Schauspielerin, die ich nur aus Mitleid engagiert habe, die Dreistigkeit, ihre Rolle ohne jeden Respekt vor dem Publikum völlig mechanisch herunterzuleiern. Und der Gipfel war, daß sie mir auch noch ein paarmal zum falschen Zeitpunkt geantwortet hat. Unverzeihlich!«

»Wie verärgert Sie darüber waren, kann ich mir vorstellen, Madame.«

»Nein, Monsieur, das können Sie nicht, selbst Eugène wäre nicht so in Rage geraten«, antwortete Grau, womit er sich auf Eugène Scribe, den Verfasser des Stückes, bezog. »Sarah war so verärgert, daß sie Martha geohrfeigt und ihr mit einem Sonnenschirm auf den Kopf geschlagen hat, wobei dieser kaputtging.«

»Leid tut es mir nur um den Schirm«, warf die Bernhardt ein.

»Das Problem ist«, fuhr der Sekretär fort, »daß Martha die Sache ernst genommen hat. Gestern hat sie gleich auf einer Polizeiwache Anzeige erstattet, und Madame Bernhardt wurde für heute nachmittag zur Aussage vorgeladen. Eine äußerst unangenehme Situation, wie man sie sich schlimmer kaum vorstellen kann.«

»Nur daß ich nicht hingehe. Basta. Ich gehe nicht hin.«

»Sarah, bitte seien Sie vernünftig, ich bin sicher, daß es sich um eine reine Formalität handelt. Zudem hat man mir versichert, daß unser Anwalt ganz hervorragend ist.«

»Darf ich fragen, wer es ist?« mischte sich de Salles ein.

»Ein gewisser Monsieur Nabuco. Sizenando Nabuco«, antwortete Grau, sich fast die Zunge brechend. »Er saß während der Vorstellung im Publikum und wurde uns von unserem Impresario empfohlen. Kennen Sie ihn?«

»Ja, natürlich. Madame könnte nicht in besseren Händen sein. Sizenando ist der Bruder des Abgeordneten Joaquim Nabuco. Ein Gegner der Sklaverei, aber sehr kompetent.«

Sarah wandte den Blick in Richtung Ozean ab:

»Gut, falls es absolut notwendig ist, überlegen wir es. Nach dem Mittagessen. Jetzt gehen wir ins Wasser, wenn wir schon am Strand sind. Das schönste Panorama, das ich je gesehen habe. Wie sagte der Dichter: *Luxe, calme et …*«

»… *volupté*«, ergänzte der Marquês und küßte der Göttlichen wollüstig die Fingerspitzen.

Überrascht zog Sarah Bernhardt ihre Hand zurück:

»Wie ich sehe, kennt sich der Marquês bei Baudelaire aus.«

»Immer wenn ich *L'invitation au voyage* lese, denke ich, er muß von Brasilien gesprochen haben.«

»Wie kommt es, daß Ihnen unsere Dichter so vertraut sind?« fragte Maurice Grau.

»Mein Vater war ein großer Frankreichliebhaber. Ich habe die École Polytechnique in Paris besucht«, antwortete de Salles und machte sich zum Gehen bereit.

»Kommen Sie, Maurice«, sagte Sarah und zog ihren Sekretär in Richtung Wellen. Sie gingen schnell davon, denn der Sand wurde bereits heiß.

»Ich hoffe, Sie genießen Ihr Bad. Nehmen Sie sich vor der Sonne in acht und auch vor dem Meer, das kann manchmal tückisch sein. Bleiben Sie in der Nähe der Absperrung«, fügte der Marquês hinzu, wobei er auf das gelbe Seil deutete, das dreißig oder vierzig Meter von der Brandung entfernt an einer Boje befestigt war. Das Seil diente den Badenden als Halt.

»*Au revoir, monsieur le marquis!*«

»*Au revoir, madame*«, winkte der adlige Lebemann und dachte bei sich, daß die Französin trotz ihres Alters noch durchaus ihre Reize hatte.

Noch nie hatte die Revierwache an der Ecke der Rua do Lavradio im dritten Polizeidistrikt von Rio de Janeiro ein solches Getümmel erlebt. Es war schon nach vier Uhr, und jeden Moment konnte Sarah Bernhardt, die größte Schauspielerin der Welt, einer Vorladung Folge leistend, die Wache betreten.

Für den Kommissar Mello Pimenta, den Chef des Reviers, stellte das Ganze nur ein zusätzliches Ärgernis dar. Ihm reichten schon die Widrigkeiten, mit denen er bei den Ermittlungen in Zusammenhang mit den Verbrechen in der Rua do Regente und am Brunnen zu tun hatte. Vítor Meireles hatte seinen Einfluß bei Hof geltend gemacht, um die Aufklärung zu beschleunigen, und dafür gesorgt, daß ihm alle erdenklichen Mittel zur Verfügung gestellt wurden, doch wußte Pimenta, daß dies wenig helfen würde. Noch war es ihm nicht gelungen, die Gemeinsamkeiten zwischen den beiden Verbrechen auf einen Nenner zu bringen. Ein höllischer Lärm draußen ließ den Kommissar aufhorchen.

»Sie kommt! Sie kommt!«

»Mein Gott! Ist die schön!«

Plötzlich war es, als käme ein Lichtstrahl durch die Tür herein. Sarah Bernhardt, die Wangen von der Morgensonne gerötet, ganz in Rosa gekleidet, näherte sich dem Schreibtisch. Pimenta erhob sich und begrüßte sie:

»*Mello Pimenta, à vos ordres. Asseyez-vous, madame, s'il vous plaît.*«

»*Ah, quelle surprise! Vous parlez français?*«

»Não, Senhora. Nur diesen Satz, und den habe ich den ganzen Vormittag eingeübt.«

Mello kam hinter dem Schreibtisch hervor und rückte der Schauspielerin einen Stuhl zurecht.

Kaum hatte Sarah sich gesetzt, nahm der Stuhl, ein

schäbiges Möbel mit krummen Beinen, die Gestalt eines Throns an. Maurice Grau und der Anwalt Sizenando Nabuco blieben neben ihr stehen.

»Das macht gar nichts, Herr Kommissar. Ich werde als Dolmetscher fungieren. Ich bin der Anwalt Sizenando Nabuco, Bruder des Abgeordneten Joaquim Nabuco. Ich vertrete Madame in dieser bedauerlichen Angelegenheit. Sie wissen sicherlich, mit wem Sie es zu tun haben.«

»Selbstverständlich, Dr. Nabuco, natürlich weiß ich das. Unseligerweise war ich gezwungen, den Vorfall aufzunehmen, denn die Senhorita Martha Noirmont bestand darauf, Anzeige zu erstatten. Hier ist eine Durchschrift der Aussage, die gestern dem Schreiber Lousada zu Protokoll gegeben wurde«, sagte Pimenta, wies auf einen Beamten in einem ziemlich abgewetzten braunen Anzug, der hinten im Raum saß, und reichte dem Anwalt ein Blatt Papier. Lousada, eine bläßliche und fast kahlköpfige Gestalt, war seit mehr als achtundzwanzig Jahren Polizeiprotokollant und hatte Angst, daß noch irgend etwas seiner baldigen Pensionierung in die Quere kommen könnte. Rasch stand er auf, grunzte, er müsse den Häftlingen Essen bringen, und verschwand in Richtung Zellen.

»*Salope*«, zischte Sarah zwischen den Zähnen, auf ihre Kollegin gemünzt.

Sizenando tat, als läse er das Papier aufmerksam durch:

»Bedauerlich ... sehr bedauerlich ... Sie müssen verstehen, Herr Kommissar, die ganze Geschichte ist eine reine Phantasie dieser jungen Dame. Sie ist noch ganz neu im Metier. Sie hat nicht begriffen, daß Madame Sarah Bernhardt lediglich getan hat, was ihre Rolle vorschrieb.«

»Ihre Rolle?« fragte Pimenta verwundert.

»Ja, die Ohrfeige und das Zerbrechen des Sonnenschirms standen im Text. Da Madame bei ihren Darbietungen immer sehr temperamentvoll ist, hat sie vielleicht ein klein wenig übertrieben. Kennen Sie *Adrienne Lecouvreur*?«

»Ich bin ihr noch nicht vorgestellt worden«, sagte der Kommissar, der kein Liebhaber des Theaters war.

»So heißt das Stück, Herr Kommissar. Es handelt von der Geschichte einer großen französischen Schauspielerin aus dem letzten Jahrhundert, die mit dem Grafen Moritz von Sachsen, Marschall von Frankreich, eine stürmische Romanze hatte. Da ist es nur natürlich, daß eine andere große französische Schauspielerin, die sie auf der Bühne verkörpert, in einer leidenschaftlichen Szene ihren Gefühlen etwas zu freien Lauf läßt! Wer sind wir, über das Ungestüm ihrer Darstellung zu urteilen? Würde es der edlen Justitia gefallen, wenn wir uns auf die Schmierenkomödie der Klägerin einließen und uns zu Richtern und Henkern der Muse Melpomene erhöben?« donnerte, melodramatisch das Papier schwenkend, der Fürsprecher der Künste.

Alle, die sich auf der Wache drängten, um Anzeigen zu erstatten oder Armenrecht zu beantragen, klatschten frenetisch Beifall. Sie verstanden kein Wort, doch die Eloquenz des Juristen war Beweis genug für die Unschuld der Schauspielerin.

»Silentium! Diese Revierwache ist kein Hort für Krethi und Plethi!« rief Pimenta, um Ordnung herzustellen und zu beweisen, daß auch er über einen guten Wortschatz verfügte. »Wenn der Radau nicht aufhört, stecke ich alle hinter Gitter!« Dann setzte er sich wieder: »Ich bin sicher, daß sich die Angelegenheit erledigen läßt. Schließlich möchten wir nicht, daß Madame Sarah Bernhardt einen schlechten Eindruck von unserem Land mitnimmt. Ich war nur verpflichtet, die Vorladung zustellen zu lassen, damit dem Gesetz Genüge getan wird. Nachdem ich jetzt Ihre Erklärungen gehört habe, ist die Angelegenheit, denke ich, abgeschlossen.«

»Danke, Herr Kommissar«, sagte der Anwalt großmütig und steckte die Durchschrift des Vorgangs in die Tasche.

Mello Pimenta wußte sehr wohl, daß es keinen Sinn hatte, mit Fäusten gegen Messer zu kämpfen. Die einflußreichen Beziehungen der Nabucos und das Ansehen der Schauspielerin würden dafür sorgen, daß die Akte in einer der staubigen Schubladen des Gerichtshofs von Rio de Janeiro verschwand.

»*C'est tout?*« fragte Sarah und erhob sich.

»*Oui, madame*«, parlierte Pimenta kühn. Er stand auf, um sie zum Ausgang zu begleiten. »Wenn es Sie nicht allzu sehr belästigt, Dona Sarah, würde ich Sie gern fragen, ob Sie sich zufällig an diese Karte erinnern.« Mit diesen Worten zog Pimenta das zerknüllte Autogramm mit der Widmung der Schauspielerin aus der Westentasche.

»Ja, natürlich«, antwortete Sarah, »das habe ich einer bildschönen *jeune fille* gegeben, die am Theaterausgang wartete. Ihr weicher Blick war mir aufgefallen. Ihre Tochter?«

»Nein, Madame. Unseligerweise eines der Opfer in einem vertrackten Mordfall, an dem ich arbeite.«

»Wie grauenhaft!«

»Haben Sie gesehen, ob sie in Begleitung war?«

»Leider nicht! Wenn ich aus dem Theater komme, sehe ich nichts. Da steige ich direkt in den Wagen, der mich erwartet. Ich bin nur stehengeblieben, weil dieses Mädchen wirklich etwas Besonderes war. Es tut mir sehr leid, Herr Kommissar. Ich hoffe, Sie ergreifen den Unhold, der das getan hat. Viel Glück bei Ihren Ermittlungen oder, wie wir in Frankreich beim Theater sagen, *merde*!«

»Auch für Sie *merde*, Madame«, antwortete Pimenta galant und verabschiedete sich von der Schauspielerin mit einem kraftvollen Händedruck.

Sarah Bernhardt verließ die Revierwache mitsamt ihrem Gefolge, als träte sie im zweiten Akt von *Ruy Blas* von der Bühne ab.

7

DAS LICHT DES LEUCHTERS WIRFT SCHATTEN AUF die Zimmerwände. Lächelnd betrachtet er seine unheimliche, gespenstisch vergrößerte Silhouette. Mit den Händen formt er kindliche Kaninchen- und Fuchsfiguren, deren Umrisse die flackernde Flamme an die Wand zeichnet. Noch einmal richtet er den Blick auf sein eigenes Schattenbild. Das ist das Bild, das sich ihrer Netzhaut einprägt, bevor sie sterben. Er kann sich nicht erklären, was ihn dazu treibt, aber er weiß, daß er weitermachen muß. Wenn man ihn nicht hindert, wird er weiter töten. Die Botschaften, die er hinterläßt, werden von Mal zu Mal deutlicher, doch niemand scheint sie zu verstehen. Den Absatz über die Lunge im Handbuch der Anatomie von Le Pileux, Le corps humain, *hat er schon so oft gelesen, daß er ihn inzwischen auswendig kennt. Laut deklamiert er, als wäre es ein Gedicht: »Das für die Atmung wesentliche Organ. Sie ist doppelt vorhanden, doch beiden wird der Sauerstoff über denselben Kanal zugeführt und das Blut über ein einziges Gefäß. Man muß sie sich als das ausgebreitete Ende der Verzweigungen der Luftröhre vorstellen. Oder, wenn wir so wollen, als zwei Kronen ein und desselben Baumes. Sie nehmen den größten Teil der Brusthöhle ein, die man als ihre Paßform oder Mulde betrachten kann …« Er verstummt für eine ganze Weile und horcht auf seine eigenen Atemzüge. Fast eine Stunde muß er so dagesessen und dem Eintreten und Austreten der Luft aus seinem Körper gelauscht haben. Dann hebt er eine der Kiefernholzdielen im Fußboden an und vergewissert sich, daß der Glasbehälter mit den Ohren noch in seinem provisorischen Versteck steht. Er legt die Diele an ihren Platz zurück. Anschlie-*

ßend holt er den Schleifstein und das lange Messer aus dem Schrank. Er setzt sich auf den Rand des pritschenharten Bettes und beginnt, das Messer mit weit ausholenden Bewegungen in langsamem Rhythmus zu wetzen. Schleifstein, Grabstein. Grabsteinplatte ohne Namen. Schleifstein, Grundstein, Stein der Weisen. Stein. Edelstein, heißer Stein, Herz aus Stein. Eckstein, Wetzstein, Stein. Er steigert den Rhythmus, hin und her, wetzt das Messer immer schneller. Sein Atem geht keuchend, erregt, Schweißperlen stehen ihm auf der Stirn. Er preßt die Hand noch fester um den Dolchgriff, stellt sich die nächste Begegnung bildlich vor und bricht in orgastisches Röcheln aus. Sein Körper fällt erschöpft rückwärts auf das schmale Bett. Stein. Ein Stein weniger auf dem Brett.

Die Buchhandlung *O Recanto de Afrodite* von Miguel Solera de Lara in der Rua do Ouvidor war ein Haupttreffpunkt der Intellektuellen der Stadt, die fast alle in Zeitungsredaktionen arbeiteten. Ihren eigenwilligen Namen verdankte sie dem Umstand, daß sie einem pensionierten Griechischlehrer gehört hatte, den die Mythologie faszinierte. Über der ganzflächig mit hellenischen Motiven verzierten Tür befand sich eine Darstellung der einer Muschel entsteigenden Göttin. Der Maler hatte der Venus ein aufgeschlagenes Buch in die Hand gelegt, als läse sie in einem der kostbaren Bände aus der Sammlung des Buchhändlers. Miguel fand die Idee pittoresk und übernahm, als er das Geschäft kaufte, sowohl die Dekoration als auch den Namen.

Täglich schauten Olavo Bilac, der Hofarchivar Guimarães Passos, José do Patrocínio, der die *Gazeta da Tarde* herausgab, der Romancier Aluísio de Azevedo, der Marquês de Salles, Angelo Agostini und Francisco de Paula Nei, der größte Bohemien von allen, hier herein.

Nei war ein ganz besonderer Fall, denn er hatte noch nie auch nur eine Zeile veröffentlicht. Sein Ruhm war ausschließlich in der Rua do Ouvidor entstanden und gewachsen. Er war für die Gedichte und Epigramme bekannt, die er seinen Freunden in den Cafés vortrug. Nicht nur sein phantastisches Vortragstalent, auch seine äußere Erscheinung war bemerkenswert: klein, dünn, häßlich, sehr kurzsichtig und die Melone immer tief in den Nacken geschoben.

Wenn der Tag zur Neige ging, trafen die ersten im *Recanto* ein. Dort lasen sie ihren Freunden neue Gedichte oder noch nicht veröffentlichte Artikel vor. Von Zeit zu Zeit ließ sich selbst Machado de Assis blicken. Als er bei der Zeitung *Marmota* arbeitete, erschien er häufiger. Nach dem Erfolg seines Buchs *Postume Erinnerungen des Brás Cubas* machte er sich rarer. Die Qualität seines Werkes vertrage sich nicht mit dem respektlosen Geschwätz des dortigen Haufens von Bohemiens, sagte er scherzhaft. Bücher kaufte kaum einer von ihnen. Sie lasen die Neuerscheinungen lieber direkt gleich dort, im Stehen neben den Regalen. Paula Nei trieb es auf die Spitze, indem er die Stelle anstrich, wo er am nächsten Tag weiterlesen mußte. Als Miguel Solera de Lara sich beschwerte, entgegnete er gekränkt:

»Ach ja? Wäre es dir vielleicht lieber, wenn ich die Seite umknicke und das ganze Buch beschädige? Du bist ein verdammt komischer Buchhändler!«

Aus solchen und anderen Gründen träumte Miguel Solera de Lara davon, nach London zu ziehen. Und vielleicht im East End eine kleine Buchhandlung aufzumachen. Als ein unverbesserlicher Romantiker und großer Englandliebhaber hatte er die sonderbare Vorstellung, es wäre seine Pflicht, die weniger begünstigten Schichten der Engländer mit etwas Kultur zu beglücken. An Geld mangelte es ihm nicht. Nur seine eingebildet kranke Mutter hielt ihn auf brasilianischem Boden. Seine Freunde, alle halb in Frankreich zu Hause, machten sich über ihn lustig.

»Wo du nur deine Anglophilie herhast«, stichelte der Marquês de Salles, »weißt du denn nicht, daß alles, was denkt, in Paris sitzt?«

Miguel diskutierte nicht. Molière-Ohren von Shakespeare erzählen zu wollen hatte gar keinen Sinn.

Um zwei Uhr mittags befanden sich wenige Menschen in der Buchhandlung. Anonyme Kunden blätterten schweigend in den frisch erschienenen Werken. Ein paar Innendekorateure suchten für ihre neureichen Auftraggeber Bücher am Meter aus. Als einziger aus der Clique war Guimarães Passos anwesend und las laut dem Buchhändler sein neuestes satirisches Gedicht über einen steinreichen Kaufmann vor, der in der Hochzeitsnacht seinen ehelichen Pflichten nicht hatte nachkommen können. Das Gelächter der beiden erregte mißbilligende Blicke der übrigen Anwesenden. Guimarães verabschiedete sich von dem Buchhändler und versprach, am späten Nachmittag wiederzukommen.

Draußen herrschte der übliche Lärm, den die Straßenhändler mit ihren Ausrufen veranstalteten:

»Truuuthähne mit schööön großen Schwanzfeeedern!«

»Kaufe leeere Flaschen!«

»Der Zwiebelmann! Frische Zwiiiebeln!«

»Süßgebäck! Frisch aus dem Ooofen!«

»Kleines oder großes Eis

Eis für wenig Geld!
Wer gar nichts in der Tasche hat
für den das Eis entfällt!«

Die Tür ging auf, und Sarah Bernhardt betrat die Buchhandlung, begleitet von ihrem amerikanischen Impresario Edward Jarrett, ihrer Freundin und Vertrauten, der Schauspielerin Marie Jullien, sowie den beiden Schauspielern Berthier und Philippe Garnier. Sarah, die sich seit einem knappen Monat in Brasilien aufhielt, hatte alles gelesen, was als Lektüre in ihrem Gepäck war, weshalb man ihr als die beste Buchhandlung von Rio, wo sie sich einen neuen Vorrat an französischen Büchern beschaffen könne, *O Recanto de Afrodite* empfohlen hatte. Sie kamen von einem Mittagessen im *La Renaissance* des französischen Meisterkochs Pierre Labarth und waren auf dem Weg zurück ins Hotel. Jarrett wollte nicht bei der Buchhandlung halten, denn er fühlte sich nicht gut.

»Nur einen kleinen Augenblick, *mon chéri*. Ich möchte sehen, ob ein Buch von meinem Freund Émile angekommen ist«, sagte Sarah.

Solera de Lara trat auf sie zu, um sie zu bedienen. Er war entzückt, die Schauspielerin in seinem Geschäft zu sehen:

»Madame, ich kann gar nicht beschreiben, welch große Freude es mir bereitet, Sie in meiner bescheidenen Buchhandlung zu empfangen.«

»So bescheiden ist sie aber nicht, wie ich gehört habe. Man sagte mir, Sie hätten immer die neuesten französischen Bücher.«

»Ich tue, was ich kann, allerdings haben die Schiffe manchmal Verspätung«, antwortete der Buchhändler devot. »Welches Buch speziell suchen Sie?«

»*L'œuvre*, von Émile Zola. Anscheinend sorgt es in Paris für große Aufregung, denn Cézanne, ein langjähriger

Freund von Émile, soll sich in dem Maler, der darin vorkommt, porträtiert gesehen haben. Angeblich sprechen sie nicht mehr miteinander«, tuschelte die Schauspielerin in Klatschbasentonfall.

»Leider ist dieses Buch gerade erst erschienen, Madame. Bestellt habe ich es schon, aber es ist noch nicht gekommen. Dafür habe ich aber *Germinal* hier, vom letzten Jahr. Sehr interessant übrigens. Es geht um einen Bergarbeiteraufstand. Ich weiß nicht, ob Sie es kennen, Madame.«

»Ja, ich habe es gelesen. Und es geht nicht um einen Aufstand, sondern um einen Streik«, korrigierte ihn Sarah.

»Ist das nicht das gleiche?« fragte der Buchhändler betreten.

»Für manche, ja«, erwiderte Sarah leicht gereizt. »Ich möchte Ihre Zeit nicht länger in Anspruch nehmen. Wenn Sie gestatten, ich muß ins Hotel zurückfahren – mein Impresario Mr. Jarrett fühlt sich etwas angeschlagen.« Leiser, als spräche sie zu sich selbst, fügte sie hinzu: »Ich fürchte, er hat das Gelbfieber.« Dann wieder zu Miguel: »Adieu, Monsieur.«

Als sie sich zum Gehen wandte, stieß sie mit einer kleinen und rundlichen, doch nach der neuesten Mode gekleideten Dame in einem dunkelgrauen Kleid mit siebenlagigem Rüschenbesatz zusammen. Der Frau fiel ein Päckchen aus den Händen. Das Paket platzte auf dem Fußboden auf, ein Buch und mehrere große Spielkarten kamen zum Vorschein.

»Oh, Pardon! Wie ungeschickt von mir!« entschuldigte Sarah sich.

»*Ce n'est pas grave, madame*«, sagte die Dame und bückte sich, um das Buch und die Karten aufzuheben. Sarah beugte sich, um ihr zu helfen, und rief, als sie die Karten sah, entzückt:

»Das ist ja das Marseiller Tarot! Legen Sie etwa Karten, Madame?«

»Nur zum Zeitvertreib. Erlauben Sie, daß ich mich vorstelle. Mercedes Leal. Sie brauchen sich natürlich nicht vorzustellen, Madame. Ich habe gerade diese Bestellung hier abgeholt, sie ist mit dem letzten Dampfer gekommen. Miguel sagte, sie sei schon seit Tagen da. So, Sie gestatten, Madame«, verabschiedete sich die Dame und wollte zur Tür gehen.

Sarah hielt sie am Arm fest:

»Oh, nein! Glauben Sie etwa nicht an Schicksal? Wir beide verlassen dieses Haus nicht, bevor Sie mir nicht die Karten gelegt haben.«

Ihre Begleiter protestierten. »Sarah, ich muß wirklich ins Hotel zurück. Der Arzt erwartet mich«, sagte Jarrett.

»Das stimmt, Sarah. Und wir müssen noch vor der Aufführung zur Probe«, ergänzte Berthier, der sich heimlich mit einer jungen Verehrerin zu einem Rendezvous in seinem Zimmer verabredet hatte.

»Dann fahrt, ihr beiden. Ich komme mit Philippe und Marie nach«, entschied die Göttliche resolut. Sie verabschiedete sich von ihnen und wandte sich Miguel zu: »Monsieur, haben Sie vielleicht einen etwas privateren Raum, wo wir die Karten legen könnten?«

»Aber gewiß, Madame. Mein Lesekabinett hier hinten.«

Mit diesen Worten zog er einen Vorhang beiseite und begleitete Sarah mit ihrem Gefolge.

Mercedes Leal nahm an einem kleinen Tisch Sarah Bernhardt gegenüber Platz und begann behende wie eine Berufsspielerin die Karten zu mischen.

»Neue Karten. Die muß man gründlich mischen.«

Um den Tisch standen Miguel, Garnier und Marie Jullien und sahen schweigend zu. Mercedes forderte Sarah zum Abheben auf und legte die Karten auf dem Tisch aus. Sowie die großen Geheimnisse bereitlagen, drehte Mercedes die erste Karte um und stockte:

»Sie müssen wissen, Madame, dies ist nur ein Zeitvertreib. Wirklich glauben kann man daran nicht.«

»Warum sagen Sie das? Haben Sie etwas Schreckliches in meiner Zukunft gesehen?«

»Na ja, die Karten sind neu. Und das Buch dazu habe ich noch nicht gelesen. Ich habe mehr Vertrauen zu meinem alten Grimaud von Mme. Normande. Vielleicht sollte ich lieber noch einmal mischen.«

Sarah hielt ihre Hand fest, bevor sie die Karten einsammeln konnte.

»Nein, Mercedes. Lesen Sie, was Sie da sehen. So schrecklich kann meine Zukunft ja nicht sein.«

»Nein, natürlich nicht, trotzdem, an Ihrer Stelle würde ich etwas vorsichtig sein.« Sie begann, die vor ihr ausgebreiteten bunten Figuren zu interpretieren: »Der Jongleur oder Gaukler steht auf dem Kopf, genau über der Hohepriesterin. Die Kraft, neben dem Herrscher und der Herrscherin, über dem Stern, besagt, was wir alle wissen: Sie sind eine Frau, die große Macht, Talent und Verführungskraft besitzt. Gleich daneben der Narr und der Teufel.«

»Wie ich sehe, bin ich in guter Gesellschaft«, bemerkte Sarah, und alle rings um den Tisch lachten nervös.

Ohne sich stören zu lassen, fuhr Mercedes Leal fort:

»Was mir Sorgen macht, ist das Gericht, auf das der Tod, der Gehenkte und der Turm folgen. Wie Sie wissen, Madame, hängt die Auslegung dieser Sequenz weitgehend von der Intuition der Person ab, die die Karten legt.«

»Mercedes, was versuchen Sie mir damit zu sagen?«

»Nichts, Madame, gar nichts, aber ich habe ein eigenartiges Gefühl, daß Sie besser nicht wieder nach Brasilien kommen sollten. Ich sehe hier einen Unfall auf einer baldigen Reise, einen Sturz mit schwerwiegenden Folgen. Der Turm weist darauf hin.« Mit diesen Worten schob Mercedes Leal die Karten zusammen und legte sie neben das Buch. Man hätte in dem kleinen Raum eine Fliege summen hören können.

La Bernhardt brach den Bann und stand auf:

»Nun gut, wenigstens habe ich bei diesem Gastspiel nichts zu befürchten. Zum Glück, denn die Vorstellungen sind schon ausverkauft. Vielen Dank, Mercedes. Entschuldigen Sie, daß ich Ihre Zeit in Anspruch genommen habe.«

»Ich hoffe, Sie nehmen diese Dinge nicht allzu ernst, Madame. Wie gesagt, wenn es meine alten Karten gewesen wären, die von Mme. Normande, aber mit diesen ...«

»... neuen Karten, ich weiß«, fiel Sarah Bernhardt ihr ins Wort. »Anders als im Spielkasino soll man beim Lesen der Zukunft neuen Karten nicht trauen. Sie müssen mich unbedingt heute abend auf der Bühne sehen, in *Le passant*. Ich verspreche, daß ich nicht ausrutsche.« Übertrieben laut lachend, zeigte sie ihre schönen Zähne, verabschiedete sich von Miguel und trat, noch immer lachend, hinaus auf die Rua do Ouvidor.

8

NEBEN DER LEICHENHALLE DES DRITTEN BÜSSERordens am Largo da Carioca, gleich am Anfang der Rua da Assembléia, gab es ein Lokal, das sich ausgesprochen passend *Bar do Necrotério*, »Zur Leichenhalle«, nannte. Trotz seines Namens zählte es zu den belebtesten Tavernen der ganzen Stadt. Gußeiserne Tische mit Marmorplatten, lautes Stimmengewirr, ein Klavier, auf dem immer irgendein Nachtschwärmer klimperte, gelegentlich eine Gitarre zu später Stunde und die Luft von den besten Zigarren aus Havanna und Bahia verräuchert – Tatsache ist, das Lokal hatte einfach Atmosphäre. Die *Bar do Necrotério*, auch als »Leichenschoppen« bekannt, war einer der Lieblingstreffpunkte der Bohemiens von Rio. Die Würstchen des deutschen Wirts, der *Alemão* genannt, lockten sie, vor allem aber die verschiedenen Biersorten der Marken Dois Machados, Carlsberg, Guinness und Porter, allesamt aus Europa importiert. Dabei mangelte es nicht an ausgezeichneten gleichwertigen Bieren einheimischer Herkunft wie das Kremer aus Minas Gerais, das Becker, das in Petrópolis gebraut wurde, oder das Gabel, doch die wurden von den Bohemiens naserümpfend verschmäht. Die Flaschen der letztgenannten Marke waren mit Korken verschlossen, und damit der Korken nicht von der Gärung hochging, war er mit einer Schnur, die vorm Servieren durchgeschnitten wurde, an der Flasche festgebunden. Deshalb hatten die jungen Leute diesem Bier sofort den Spitznamen »Marke Schnur« verpaßt.

Zu den häufigsten Gästen der *Bar do Necrotério* zählte Olavo Bilac. An diesem Abend war das Lokal voll. An ihrem Stammtisch hinten im Raum saßen außer dem Dichter

Bilac dessen Freunde Guimarães Passos, Coelho Neto, Paula Nei, Agostini, Aluísio Azevedo, Salomão Calif, der Marquês de Salles, José do Patrocínio und Albertinho Fazelli, der die Zeche bezahlte. Das war eine wesentliche Voraussetzung, seit der *Alemão* das Anschreiben leid geworden war und deutlich sichtbar neben der Kasse ein Schild mit der Aufschrift GEPUMPT WIRD ERST MORGEN aufgestellt hatte.

Ein weiterer Stammgast der Runde war Chiquinha Gonzaga, eine begabte Komponistin, die ein Jahr zuvor mit der Operette *A corte na roça* großen Erfolg gehabt hatte. Als hervorragende Pianistin verschönte Chiquinha gelegentlich die späte Nacht mit ihren Kanzonetten und Chorinhos. Alle liebten sie, und Paula Nei bezeichnete die Komponistin als »unsere George Sand«. Denn Chiquinha verachtete Konventionen, umgab sich nur mit männlicher Gesellschaft und hatte die Courage besessen, sich von zwei Ehemännern zu trennen. Der Skandal hatte Adel wie Bürgerliche schockiert. Ein weiterer Grund für die Clique, Chiquinha Gonzaga aufzunehmen. Sich selbst hatte die Gruppe den Namen »Die Bande« gegeben.

Paula Nei las in seiner unnachahmlichen Art die neuen Verhaltensregeln vor, die in der Zeitung *O Paiz* veröffentlicht worden waren:

»Ab sofort ist verboten, Blumentöpfe in die Fenster zu stellen, denn falls sie umgestoßen werden, können sie den Passanten schwere Verletzungen zufügen. Maskeraden sind nur während der Karnevalszeit gestattet. Pferde dürfen nicht durch die Straßen galoppieren, davon ausgenommen ist in Notfällen die Kavallerie. Es werden öffentliche Pissoirs gebaut, um zu vermeiden, daß die Bürger ihre Notdurft auf dem Trottoir verrichten. Und schließlich werden sämtliche Spucknäpfe von den Straßen entfernt«, schloß er und tat, als spuckte er Calif auf den Hut, woraufhin die Freundesrunde lachte.

Dann unterhielten sie sich über die Ankunft von Sherlock Holmes am nächsten Tag. Der Marquês de Salles war vom Kaiser dazu bestellt worden, Holmes am Kai zu empfangen. Albertinho Fazelli, der schamlos lügen konnte, hätte fast behauptet, den Detektiv bei einer seiner Reisen nach London kennengelernt zu haben, doch die Überlegung, daß er dem Engländer womöglich persönlich begegnen würde, hielt ihn zurück.

»Wie es scheint, kommt er in Begleitung eines Arztes, eines gewissen Doktor Watson«, teilte José do Patrocínio mit, der die Neuigkeit in der Redaktion der *Gazeta da Tarde* erfahren hatte.

»Wieso das? Ist der Mann krank oder ein Hypochonder?« fragte Bilac.

»Weder noch. Sie sind nur unzertrennliche Freunde und wohnen zusammen«, antwortete Patrocínio.

»Interessant. Sollte der Kerl etwa eine Tunte sein?« mutmaßte der Marquês de Salles, der nur an solche Dinge dachte.

»Das fehlte gerade noch. Eine englische Schwuchtel«, beschwerte sich Salomão Calif, der Schneider. »Es reicht schon mit den Memmen, die wir hier haben. Neulich hat doch tatsächlich einer von mir verlangt, ich solle ihm eine Hose mit einem Schlitz hinten machen, damit er es bei seinem abartigen Treiben einfacher hat. ›Ich zahle jeden Preis ... Am Geld soll's nicht liegen, Senhor Calif, Geld ist genug da ...‹«

»So wie ich deine Liebe zum Geld kenne, frage ich gar nicht erst, ob du ihm den Wunsch erfüllt hast«, rief Guimarães Passos vom anderen Tischende.

Alle lachten. Wenn es einen Menschen gab, der nicht an

der Großzügigkeit des Schneiders zweifeln durfte, dann war dies Guimarães Passos. Salomão hatte mehrere Anzüge und Gehröcke für den Dichter genäht, aber sein Geld nie gesehen. Eines Tages hatte er, verärgert über Passos, der ihm schon fast eine komplette Garderobe schuldete, gesagt, er werde ihm keinen Anzug mehr machen, bevor der Dichter nicht seine Schulden bezahlt habe. Trotz ihrer langen Freundschaft verkündete Salomão sehr ernst, daß er ihm den Kredit sperre. Edelmütig erklärte er sich aber bereit, für den Dichter weiterhin notwendige Ausbesserungen oder kleine Änderungen und Näharbeiten auszuführen. Eine Woche später betrat Passos die Schneiderei seines Freundes:

»Gilt das Versprechen noch, daß du kleine Näharbeiten für mich machst?«

»Natürlich«, sagte der Schneider.

Worauf Passos umgehend einen Beutel mit Knöpfen aus der Tasche zog und ihn Salomão in die Hand drückte:

»Dann möchte ich, daß du mir an diese Knöpfe hier einen Anzug aus englischem Kaschmir nähst.«

Die Geschichte wurde von Calif selbst weitererzählt, der damals laut gelacht und dem Dichter dann doch noch einen Anzug geschneidert hatte.

Olavo Bilac nahm das Thema Sherlock Holmes wieder auf:

»Jetzt mal im Ernst, ich habe gehört, daß dieser Mann über ein ganz außergewöhnliches Folgerungsvermögen verfügen soll. Wie ich erfahren habe, will der Kommissar Mello Pimenta sich auch an ihn wenden und ihn wegen der Sache mit den Mädchenmorden um Hilfe bitten.«

»Dann ist es ja gut. Daß ein so brillanter Kopf seinen Grips nur auf die Suche nach einer Fiedel verschwenden könnte, gefiel mir gar nicht«, bemerkte Paula Nei.

»Keine Fiedel, sondern eine Stradivari. Die ist ein Vermögen wert«, korrigierte de Salles.

»Aber nicht so viel wie das Leben dieser Mädchen«, erwiderte Bilac.

In diesem Augenblick betrat der Kommissar Pimenta das Lokal. Er kannte sie alle gut, denn er kam nach dem Dienst immer auf ein Bier herein. Da Bilac meinte, daß der Kommissar ihn suchte, sprang er auf und wollte sich hinter seinen Freunden verstecken.

»Keine Aufregung, Senhor Bilac. Gegen Sie liegt nichts vor. Alles von den Zeitungen übertrieben. Wo kämen wir schließlich hin in diesem Land, wenn unsere Jugend keine Manifeste mehr schreiben dürfte? Ich will hier nur ein Bierchen trinken«, erklärte Pimenta.

»Und das geht auf unsere Rechnung, Herr Kommissar«, sagte Albertinho Fazelli und gab dem Kellner ein Zeichen.

Beruhigt setzte Bilac sich wieder hin und sagte:

»Ein merkwürdiger Zufall, daß Sie just in diesem Augenblick hereinkommen. Wissen Sie, daß wir gerade über die ermordeten Mädchen gesprochen haben? Schöne Bescherung, nicht wahr, Herr Kommissar? Wie es heißt, wollen Sie sogar diesen Sherlock Holmes, der auf Einladung des Kaisers herkommt, um Beistand angehen.«

»Das kann ich weder bestätigen noch dementieren«, antwortete Mello Pimenta, darüber verstimmt, daß es bereits die Runde machte.

»Unsinn, Pimenta. Das weiß doch schon die ganze Stadt«, sagte Chiquinha Gonzaga, wie immer respektlos. »Paiva, der von der Post, hat überall verbreitet, daß Sie ein Telegramm geschickt haben.«

Mello Pimenta war so empört, daß er sich an seinem Bier verschluckte:

»Das ist gegen die Schweigepflicht! Wie kann diese Kanaille so dreist sein und meine Korrespondenz öffentlich machen? Das ist eine Straftat!«

»Wir hier wissen das, nur ist Paiva nicht nur ein altgedienter Staatsbeamter, sondern auch der Bruder der Hausdame vom Grafen d'Eu, dem Schwiegersohn des Kaisers. Dem Paiva kann keiner etwas anhaben«, erklärte Coelho Neto.

»Nicht mal ein eifriger Polizeikommissar, der Dichter verfolgt«, setzte Bilac mit einem schelmischen Blick hinzu.

Alle mußten lachen, auch Pimenta. Er trank sein erstes Bier aus, und sofort beauftragte Albertinho Fazelli den Kellner Laurindo, der die Clique immer bediente, dem Kommissar einen neuen Seidel zu bringen.

»Der junge Bilac hat recht. Da mein Telegramm an den Engländer inzwischen wohl allgemein bekannt ist, gibt es keinen Grund, es zu leugnen. Ich habe in der Tat den englischen Detektiv um Unterstützung gebeten. Nur weiß ich nicht, ob er etwas Zeit für mich wird erübrigen können. Schließlich kommt er auf Einladung von Dom Pedro nach Brasilien.«

»Zwei so außergewöhnliche Verbrechen können keinen Detektiv, der auf sich hält, gleichgültig lassen«, sagte Aluísio Azevedo und zündete sich eine Zigarre an. »Ich wüßte nur gern, worauf sich der junge Mann spezialisiert hat.«

»Damit kann ich dienen«, antwortete Pimenta, dem der zweite Krug Bier die Zunge etwas gelöst hatte, »denn ich habe natürlich auch bei Scotland Yard Erkundigungen eingeholt ...«

Dank des Alkohols gelang die Aussprache des Namens der englischen Polizei fast perfekt. Die Gruppe rückte gespannt zusammen. Fazelli bestellte noch eine Runde. Der Marquês de Salles mutmaßte:

»Ich wette, auf logische Schlußfolgerungen. Ein guter

Detektiv muß die Fähigkeit besitzen, aufgrund der vorhandenen Spuren allein durch Logik und Verstand zu Schlußfolgerungen zu kommen. Habe ich recht, Herr Kommissar?«

Mello Pimenta pflichtete ihm bei. Er genoß es, im Mittelpunkt der Aufmerksamkeit zu stehen.

»Aber ich muß hinzufügen, Marquês, daß dies nicht so einfach ist, wie es den Anschein hat. Auch möchte ich diese hochintelligente Runde nutzen, um das an einem Beispiel zu demonstrieren. Ich werde Ihnen einen sehr berühmten Fall erzählen, Sie haben also alle dieselben Anhaltspunkte, mal sehen, wer von Ihnen die Lösung findet.«

»Wunderbar!« begeisterte sich Aluísio Azevedo. »Das ist ja wie ein Ratespiel.«

»Nein, Seu Aluísio, es geht nicht ums Raten, sondern um logisches Denken!« belehrte ihn Mello Pimenta und nahm am Tisch Platz.

Er war ganz Herr der Lage. Die Bohemiens rückten näher zusammen, auch die Gäste an den Nachbartischen, um sich an seinen Worten und noch ein paar Litern Bier zu laben. Pimenta nahm einen Schluck, wischte sich den weißen Schaum vom Schnurrbart, machte eine Pause und setzte an:

»Es ist ziemlich schwierig, wie ich schon sagte. Eine Sache für Spezialisten. Machen Sie sich also nichts daraus, falls Sie zu keiner Lösung kommen. Die Namen der Personen und Orte werde ich natürlich nicht nennen.« Dann wechselte er in einen etwas düstereren Tonfall und begann, die uralte Kriminalscharade, allerdings mit sich selbst als Protagonisten, zu erzählen: »In einem Garten wurde etwa zweihundert Meter hinter dem Haus eine Frau mit einer Kugel im Kopf tot aufgefunden.«

»Irgendwas wird die schon auf dem Kerbholz gehabt haben«, brummelte Alberto Fazelli, der vom schwachen Geschlecht keine hohe Meinung hatte.

Coelho Neto ermahnte ihn, den Mund zu halten, und Mello Pimenta fuhr fort:

»Als ich eintraf, sagte mir ihr Mann, er habe sie gefunden. Er hatte den Schuß gehört, war zu ihr hinausgelaufen, stellte fest, daß sie stark blutete, und lief zurück, um Verbandzeug zu holen. Als er zurückkam, war seine Frau bereits tot. Daraufhin kehrte er ins Haus zurück und ließ mich benachrichtigen.«

»Armer Mann ...«, bemerkte Salomão Calif, dem die Familie heilig war.

»Nach eingehender Untersuchung der Örtlichkeit sagte ich zum Mann, der Schuß sei von der anderen Seite des Gartens aus abgegeben worden, denn zwischen Haus und Tatort befanden sich nur die Spuren von vier Reihen von Fußabdrücken: eine von den Stiefeletten der Frau auf dem Weg hinaus und drei von den Schuhen des Ehemannes. Wir gingen in den Garten, und dort entdeckte ich in der Nähe eines Busches Pulverspuren.«

»Und wie haben Sie dann den Mörder überführt?« fragte ungeduldig José do Patrocínio.

»Nun ja, als wir ins Haus zurückkehrten, fiel mir gleich auf dem Tisch im Eßzimmer eine entkorkte Flasche Portwein mit einem dunklen Fleck auf dem Etikett auf. Und der Spiegel im Eingang war zerbrochen. Ich drehte mich sofort zum Ehemann um und erklärte, er sei verhaftet. Warum?«

»Weil der Portwein vergiftet war!« preschte Albertinho Fazelli vor, der immer mehr redete als dachte.

»Albertinho, die Frau wurde erschossen«, erinnerte ihn Bilac.

»Dann war eben die Kugel vergiftet!« erwiderte Fazelli halsstarrig.

»Ginge es hier um einen Wettkampf in Blödsinnigkeiten, du würdest mühelos den ersten Platz machen«, stellte Paula Nei fest.

»Hatte der Ehemann von dem Portwein getrunken?« wollte Bilac wissen.

Mello Pimenta verneinte feierlich mit einem Kopfschütteln.

»Den Spiegel hatte er zerschlagen, nachdem er sich darin gesehen hatte. Wahrscheinlich fand er sich unmöglich gekleidet«, mutmaßte Salomão Calif. Selbst Albertinho Fazelli schickte ihm einen müden Blick.

Weitere Vorschläge zur Lösung des Rätsels gab es nicht. Pimenta zündete sich eine Zigarre an, die Guimarães Passos ihm spendierte, stieß eine dicke Rauchwolke aus und genoß selbstzufrieden die Havanna und seinen Erfolg.

»Die Fußabdrücke. Die Lösung liegt in den Fußabdrücken«, sagte Chiquinha Gonzaga.

»Unsinn, Chiquinha. Was soll schon mit den Fußabdrücken sein?« höhnte Aluísio Azevedo.

»Dona Chiquinha hat recht«, sagte Pimenta ein wenig widerstrebend. Chiquinha Gonzaga fuhr fort:

»Ihr seid lauter Dummköpfe. Der Kommissar hat gesagt, daß er nur vier Fährten mit Fußabdrücken gefunden hat. Drei vom Mann und eine von der Frau. Wenn aber der Mann, wie er behauptete, aus dem Haus gegangen wäre, dann wären es fünf Fährten gewesen. Die erste von der Frau und vier vom Ehemann. Eine vom Haus hinaus in den Garten, wo die Frau lag, die zweite ins Haus zurück, um das Verbandzeug zu holen, die dritte, als er wieder in den Garten ging, und schließlich die vierte, als er zurückging, um die Polizei zu rufen. Da der Kommissar nur vier

Fußfährten fand, deutet dies darauf hin, daß der Mann bereits hinter den Büschen versteckt die Frau erwartet hatte.«

Paula Nei faßte das allgemeine Staunen in Worte:

»Ein Hoch auf Chiquinha Gonzaga, unseren Detektiv im Rock!«

»Hurra!« riefen Gäste und Kellner im Chor.

»Noch einen Schoppen für alle Lebenden im ›Leichenschoppen‹!« bestellte Alberto Fazelli.

Nur Pimenta schien inmitten all der Hochstimmung nicht sehr erfreut, daß sein mysteriöser Fall ausgerechnet von einer Frau aufgeklärt worden war. Der Marquês de Salles fragte in die Fröhlichkeit hinein:

»Und was haben die entkorkte Flasche Portwein, der Fleck auf dem Etikett und der zerbrochene Spiegel mit der Geschichte zu tun, Herr Kommissar?«

»Nichts. Die sollten den Fall nur spannender machen«, antwortete Mello Pimenta kleinlaut mit einem Seitenblick zu Chiquinha, wofür er von seinen Zuhörern Lachen erntete. Selbst der *Alemão*, der deutsche Wirt, applaudierte der Komponistin:

»Nächstes Runde gehn auf meine Rechnung«, donnerte er. »Junge Dame viel besser als Beethoven.«

Ob er damit die Intelligenz oder die musikalischen Talente der beiden Komponisten meinte, wurde nie geklärt.

Für Pimenta war aber klar, daß Chiquinha im Begriff stand, ihm den Abend zu stehlen. Um die Situation umzudrehen und sich an der Pianistin zu rächen, lenkte er die Unterhaltung auf ein anderes Thema:

»Die Verbrechen, in denen ich jetzt ermittele, sind allerdings weit komplizierter. Zwei schöne junge Frauen, fast noch Kinder, brutal ermordet, und offensichtlich nichts, was sie miteinander verbindet. Die erste war eine Prostituierte, die zweite Kammerzofe im Kaiserpalast. Und beide Opfer desselben barbarischen Mörders.«

»Und woher wissen Sie, daß es sich um dieselbe Person handelt?« fragte Guimarães Passos.

Im selben Atemzug bereute Pimenta, daß er das Thema angeschnitten hatte. Noch war nicht öffentlich bekannt, welche Spuren der Unhold hinterlassen hatte. Hätte er kein Bier getrunken, hätte er sicherlich geschwiegen. Doch für einen Rückzieher war es jetzt zu spät, also sprach er weiter:

»Wegen der Ohren ...«

»Welche Ohren?«

»Der Mörder hat nämlich beiden Opfern die Ohren abgeschnitten und sie mitgenommen.«

Eine Welle des Entsetzens ging durch die Kneipe. Pimenta genoß die Wirkung seiner Worte:

»Vielleicht möchte ja Dona Chiquinha sich einmal die Leichen ansehen? Womöglich kann sie mir mit ihrem brillanten logischen Denkvermögen weiterhelfen«, fügte er boshaft hinzu.

»Hervorragende Idee«, sagte der Marquês de Salles; er fand die Aussicht, die Leichenhalle kennenzulernen, sehr aufregend.

»Was mich betrifft, sehe ich keinen Hinderungsgrund«, antwortete Chiquinha Gonzaga.

»Ich auch nicht«, stimmte Paula Nei ebenfalls begeistert zu.

»Ich würde ja gern mitgehen, aber ich kann nicht. Ich habe meine Hausschlüssel vergessen und möchte nicht die Dienerschaft wecken«, schob Alberto Fazelli vor.

»Ich gehe auch lieber schlafen. Morgen in aller Frühe habe ich eine Anprobe«, erklärte Salomão Calif, um sich dem makabren Vorhaben zu entziehen.

»Also, wenn wir gehen wollen, dann am besten gleich«, sagte Olavo Bilac und stand auf.

»Immer mit der Ruhe, das eilt nicht. Da wo die sind, holt sie keiner weg. Erst rauche ich meine Zigarre zu Ende. Tote einzuräuchern ist mangelnder Respekt«, erklärte Mello Pimenta und stieß eine dicke Rauchwolke aus.

Von der ganzen Gruppe zogen schließlich nur Guimarães Passos, Paula Nei, Coelho Neto, der Marquês de Salles, Olavo Bilac und natürlich Chiquinha Gonzaga mit zur Leichenhalle des Dritten Büßerordens. Sie legten das kurze Stück der Rua da Assembléia bis zum Largo da Carioca zu Fuß zurück. Mit Hilfe seines Dienstausweises brachte der Kommissar den Nachtwächter dazu, die schwere Eisentür aufzuschließen, die den Ort noch finsterer wirken ließ. Beim Quietschen der Eisentür überlegte Coelho Neto, ob er sich nicht einen Vorwand ausdenken und schleunigst verschwinden sollte, doch fürchtete er den Spott seiner Freunde und blieb standhaft. Schweigend gingen sie alle sieben den gewundenen Korridor entlang, der zur Leichenhalle führte. Der Odem des Todes im Gebäude hatte den Geruch von Formalin. Als sie vor dem Eingang zur Totenkammer standen, rief Pimenta nach dem in dieser Nacht diensthabenden Wärter:

»Gervásio! Heh, Gervásio, aufwachen!«

Schlaftrunken und mit zerzaustem Haar erschien der Wärter. Sein Anblick löste bei allen Verblüffung aus. Gervásio war ein Liliputaner. Sechsunddreißig Jahre alt und höchstens einen Meter fünfzehn groß. Er stammte aus einer traditionsreichen Zirkusfamilie und war als der kleinste Liliputaner der Welt aufgetreten, hatte dann allerdings seine Artistenlaufbahn wegen einer Katastrophe, des Alptraums aller Liliputaner, aufgeben müssen: Gervásio hatte wieder angefangen zu wachsen. Als er feststellte, daß aus seinen achtundneunzig Zentimetern Größe ein Meter zwei geworden waren, hatte er es zunächst noch zu kaschieren versucht und sich immer klein gemacht, wenn er die Arena betrat, doch schon bald hatten seine Eltern und Geschwister, allesamt Liliputaner, seinen Trick durchschaut. Mit ihrer für die Zirkuswelt charakteristischen Redlichkeit hatte die Familie sich geweigert, die Farce mitzuspielen. Unter Tränen hatte sich der vom Schicksal geschlagene Liliputaner von seinen Freunden verabschiedet, sich von der bärtigen Frau getrennt, mit der er seit mehreren Jahren eine Liebschaft unterhielt, und sich hinaus in die feindliche Welt der Riesen begeben. Die einzige Arbeitsstelle, die er nach langem Suchen gefunden hatte, war diese hier, als Totenwärter in der Leichenhalle des Dritten Büßerordens, und das auch nur dank der Fürsprache eines mildtätigen Priesters, dem das Los des kleinen Zirkusartisten zu Herzen gegangen war. Anfangs hatte Gervásio als sehr befremdend empfunden, von lauter Toten umgeben zu sein, die alle größer waren als er. Nun allerdings, nach fünf Jahren, bewegte er sich unbeschwert zwischen all den Leichen.

»Hallo, Herr Kommissar, um diese Zeit? Haben Sie keine Angst, Sie könnten meine Kundschaft aufwecken?« scherzte er mit seiner Falsettstimme.

»Entschuldige, Gervásio. Du weißt ja, Justitia kennt keine Uhr. Ich muß meinen Freunden hier, alles bedeutende Forscher, die Leichen von den beiden Mädchen zeigen.«

»Natürlich, Herr Kommissar. Sie zu bedienen ist mir immer eine große Freude«, sagte der Liliputaner aufrichtig, denn Pimenta war der einzige, der nicht die üblichen

Witzeleien über seine Körperstatur machte. »Die Mädchen sind in sehr gutem Zustand. Ich hoffe nur, das Eis wird pünktlich geliefert.«

Gervásio spielte damit auf die Natureisblöcke an, die aus Nordamerika kamen. Sie gelangten als große Brocken, sorgfältig mit dicken Sägemehlschichten abgedeckt, in den Schiffsbäuchen nach Rio de Janeiro. Nach der Ankunft wurde das Eis unter Beachtung der notwendigen Maßnahmen sofort zu den Depots in der Gegend von Santa Luzia transportiert und in tiefen Gruben eingelagert. So unglaublich es auch klingt, der Schwund unterwegs war geringfügig, allenfalls dreißig bis vierzig Prozent innerhalb von fünf Monaten. Das einzige Problem war, daß die Dampfer gelegentlich mit einiger Verspätung einliefen, was in den Leichenhallen und Speiseeisbetrieben zu großen Unannehmlichkeiten führte.

Flink zog der Liliputaner zwei Kästen heraus und zeigte die Leichen der beiden Mädchen. Von dem einen nahm er etwas in braunes Papier Gewickeltes weg.

»Ach, hier hab ich also den Rest von meinem Brot liegenlassen«, sagte er zu sich selbst.

Außer Bilac und dem Marquês, die eine morbide Neugier besaßen, bereuten alle, daß sie die Einladung des Kommissars angenommen hatten. Sie wollten so schnell wie möglich hinaus. Zwar taten sie, als machte es ihnen nichts aus, doch Pimenta wußte nur zu gut, welches Unbehagen und Grauen dieser Ort bei seinen Gästen auslöste. Er selbst hatte es vor vielen Jahren zu Beginn seiner Laufbahn erlebt, als er das Leichenhaus zum ersten Mal besucht hatte. Und doch war der Anblick nicht nur entsetzlich. Trotz ihres gewaltsamen Todes sahen die in lange weiße Laken gehüllten Mädchen aus, als lägen sie in tiefem Schlaf. Die Besucher beschlich das Gefühl, sie befänden sich nicht in einer Leichenhalle, sondern eher in einem Internat, und schauten heimlich in den Mädchenschlafsaal.

»Wie schön sie sind«, sagte Bilac leise.

»Welches Ungeheuer kann nur so etwas Barbarisches getan haben?« fragte Guimarães Passos.

»Das wüßte ich auch gern«, sagte Mello Pimenta. Dann, seine Rache genießend, daß er die Komponistin hierhergeführt hatte, wandte er sich Chiquinha Gonzaga zu und fragte: »Nun, Kollegin? Möchten Sie die Leichen untersuchen?«

»Sie wissen genau, daß ich nicht vom Fach bin, Herr Kommissar. Außerdem haben Sie den einzigen besonderen Umstand bereits erwähnt. Nämlich, daß die Ohren fehlen«, erwiderte Chiquinha, die den Blick nicht von den Toten wenden konnte.

»Und die Saiten«, sagte der Kommissar.

»Welche Saiten?« fragte der Marquês de Salles.

»Habe ich das nicht erzählt? Bei beiden Toten wurde jeweils auf den Sch... auf dem Leib eine zusammengerollte Saite eines Musikinstruments gefunden«, erläuterte Pimenta und zog die Saiten aus der Hosentasche. »Ich weiß nur nicht, von welchem Instrument.«

Chiquinha Gonzaga riß sie Mello Pimenta aus der Hand.

»Ich bitte Sie, Herr Kommissar. Um das zu erfahren, wäre es nicht nötig gewesen, uns an diesen finsteren, traurigen Ort zu führen. Das sind zwei Geigensaiten. Genauer gesagt, die erste und die letzte. Die Sol- und die Mi-Saite.« Sie gab dem Kommissar die Saiten zurück und wandte sich dem Ausgang zu. »Können wir jetzt vielleicht gehen, oder müssen wir dieses makabre Kabinett der Madame Tussaud noch weiter besichtigen?« sagte sie in schroffem Ton.

»Laßt uns gehen. Es reicht an Schrecklichkeiten für eine Nacht«, setzte Coelho Neto hinzu und zog Olavo Bilac am Arm, der noch immer die beiden toten Mädchen betrachtete. »Komm, Olavo.«

»Sie sind so schön ...«, murmelte der Dichter.

Gervásio schob die Kästen zurück und begleitete sie zur Tür.

»Kommen Sie wieder, Herr Kommissar. Sie wissen ja, wie ich mich immer über eine gute Unterhaltung freue, und meine Gäste hier sind nicht sehr gesprächig.«

Er bat den Nachtwächter, ihm beim Abschließen der schweren Eisentür zu helfen, und sah der Gruppe durch die Gitterstäbe nach. Sowie sie in der Rua da Assembléia verschwand, zog der Liliputaner das braune Päckchen aus der Tasche und aß in aller Seelenruhe sein inzwischen nicht mehr eiskaltes Brot auf.

9

FÜR DEN REISENDEN, DER VOM MEER KAM, WAR DER Anblick der Stadt São Sebastião do Rio de Janeiro eine Offenbarung. Die ganze, mit üppiger Vegetation bedeckte Küste zierten Kokospalmen, Krukenbäume, Muricis und andere Bäume, die man sich in Europa überhaupt nicht vorstellen konnte. Sobald das Schiff die Hafeneinfahrt durchquert hatte und in die Guanabara-Bucht zwischen der Insel Ilha do Governador und dem Zuckerhut einlief, erblickte der Schiffspassagier die ersten Silhouetten der Stadtteile Botafogo, Catete und Glória, die schon ein paar höhere Gebäude aufwiesen. Das Wasser brodelte von kleinen Schiffen und Booten, die den Dampfern entgegenfuhren und sie mit lauten Willkommensgrüßen empfingen. Zwischen den Hügeln Morro do Castelo und Morro de São Bento sah man im Hintergrund die Dächer des Stadtzentrums, doch mehr noch als alles andere zogen die strahlendweißen Sandstrände das Auge des Reisenden auf sich.

Das alles sahen, auf dem Sonnendeck der *Aquitania* an der Reling stehend, der Detektiv Sherlock Holmes und Dr. John Hamish Watson. Der Arzt trug einen braunen Wollanzug mit Weste und einen gleichfarbigen Filzhut; der Detektiv war mit einem dunklen Anzug bekleidet, darüber das hellere karierte Cape mit einer Mütze aus dem gleichen Stoff. Es war erst sieben Uhr früh, und zu dieser winterlichen Jahreszeit herrschte eine recht angenehme Temperatur, ungefähr dreiundzwanzig Grad Celsius. Da das Schiff nicht anlegte, warteten die Passagiere in Barkassen, bis diese voll besetzt waren und sie zum Kai brachten. Fasziniert vom Panorama, überlegte Sherlock Holmes, wie wohl das Leben in dieser Stadt war, und nahm gar nicht wahr, daß aus einem der Boote jemand seinen Namen rief. Watson mußte ihn aus seinen Gedanken reißen:

»Holmes, ich glaube, da ruft jemand nach Ihnen.«

»Wer?«

»Ich weiß nicht. Irgend jemand.«

»Wo?«

»Ich glaube, da drüben, in dem Kahn«, sagte Watson und wies auf ein Boot.

Aus einer kleinen Schaluppe winkte Júlio Augusto Pereira, der Marquês de Salles, zur Reling hinauf. Er hatte fast nicht geschlafen, sein Gesicht verriet noch die Erschöpfung von dem schaurigen Erlebnis der letzten Nacht. Zudem haßte er Wasserfahrzeuge, weshalb ihn wirklich nur eine Bitte des Kaisers hatte aus dem Bett holen und zu diesem nautischen Abenteuer bewegen können. In der auf den Wellen schaukelnden Schaluppe um sein Gleichgewicht ringend, formte er die Hände zu einem Trichter und rief noch einmal:

»*Mister Sherlock Holmes! I am looking for mister Sherlock Holmes!*«

»*Here I am!*« antwortete der Detektiv und schwenkte die Arme.

Der Marquês wies den Bootsmann an, dichter an die *Aquitania* heranzufahren.

»Ich komme Sie im Namen des Kaisers abholen. Sie hatten hoffentlich eine angenehme Reise.«

»Ja, danke, ganz ausgezeichnet.«

»Für Sie vielleicht«, knurrte Watson, der jede Minute an Bord scheußlich gefunden hatte. Außerdem war, wie er zu sagen pflegte, sein Magen nicht so standfest wie Matrosenbeine. Nicht einmal das Hausrezept, morgens ein Zukkerei mit einem Glas Sherry zu trinken, hatte zu verhindern vermocht, daß er all die köstlichen Mahlzeiten, die auf dem Schiff serviert wurden, wieder von sich geben mußte.

»Watson, sorgen Sie dafür, daß unser Gepäck hinuntergetragen wird. Ich gehe mich unterdessen vom Kapitän verabschieden.« Noch ehe Watson protestieren konnte, denn er haßte es, wenn Sherlock ihn zum Lakaien machte, verschwand Holmes durch eine Deckstür.

Das Übersetzen von der *Aquitania* zum Pharoux-Kai verlief ohne größere Zwischenfälle. Das Gepäck wurde in einen Lastkarren verladen, während de Salles und seine beiden Gäste in den Landauer des Marquês stiegen. Auf der Fahrt durch das Stadtzentrum wunderte sich Watson:

»Merkwürdig. Ich sehe gar keinen Indianer auf der Straße.«

»Sie werden auch keinen sehen, Dr. Watson. Wir sind schon fast zivilisiert«, antwortete der Marquês de Salles amüsiert. »Außerdem sind die Indianer frei wie die Natur und für Arbeiten im Haus nicht zu gebrauchen. Dafür haben wir die Sklaven. In den meisten Fällen machen die Schwarzen ihre Arbeit gut, manche sind allerdings sehr … sehr …«, er wollte faul sagen, nur fiel ihm das englische Wort dafür nicht ein. Er murmelte vor sich hin: »Faul … faul … *how would I say* faul *in English* …«

»*Lazy*«, half ihm Holmes mit größter Selbstverständlichkeit weiter.

Noch verblüffter als Watson reagierte der Marquês de Salles:

»Wie bitte? Sie sprechen also Portugiesisch, Senhor Sherlock?«

»Das nehme ich an«, antwortete Holmes, jetzt in der Sprache des Camões.

Watson, der zwar seit sieben Jahren mit dem Detektiv ständigen Umgang hatte, sich aber an Offenbarungen solcher Art nicht gewöhnen konnte, fragte neugierig nach:

»Und wo, zum Teufel, haben Sie diese Sprache gelernt?«

»In Macau, in China, ein Jahr, bevor ich Sie kennengelernt habe. Ich war fast sechs Monate dort, um die Geheimnisse der orientalischen Gifte zu studieren, und die größte Koryphäe auf dem Gebiet war ein portugiesischer Gelehrter, Nicolau Travessa.«

»Noch nie gehört«, bemerkte Watson nicht ohne einen gewissen Verdruß.

»Natürlich nicht, Watson. Woher sollte auch ein Chirurg des Heeres Ihrer britischen Majestät etwas über exotische Gifte wissen?«

»Und dieser Nicolau Travessa verstand wirklich etwas davon?« fragte de Salles, den alle heiklen Themen faszinierten.

»Travessa war ein verkanntes Genie. Er war in Lissabon geboren, aus wohlhabender Familie, aber sein Abenteuergeist führte ihn schon früh nach Goa in Indien, von wo er allerdings ausgewiesen wurde.«

»Warum?« wollte der Marquês wissen.

»Weil er am eigenen Körper Experimente mit dem Gift der Natter durchgeführt hatte, wofür er mit Erblinden auf einem Auge und der Lähmung seines linken Beines bezahlt hat«, berichtete Holmes voller Respekt.

»Er probierte die Gifte selbst aus?« Watson schauderte es.

»Wie alle großen Gelehrten benutzte auch Travessa seinen Organismus als Versuchslabor. Von Goa ging er dann nach China. Im Laufe der Jahre hat er Arsen, Zyankali, Bleikarbonat, Strychnin, Kurare ausprobiert, ja selbst *Co-*

num maculatum, das ist ein seltenes Gift, das aus einem japanischen Fisch gewonnen wird. Während meines langen Aufenthalts in Macau habe ich von diesem schlichten, selbstlosen Mann viel gelernt. Ein Jammer, daß die Wissenschaft ihm nicht Gerechtigkeit widerfahren läßt.«

»Und wo hält sich diese Leuchte der Gifte nun auf?« erkundigte sich fassungslos der Marquês de Salles.

»Leider ist er gestorben, als er an sich selbst ein Konzentrat aus Giften afrikanischer Skorpione testen wollte«, antwortete Sherlock Holmes bewegt. Er war zwar ein hartgesottener Mann, aber wenn er an den portugiesischen Gelehrten zurückdachte, überkam ihn immer Rührung.

Während der restlichen Fahrt hatte Holmes Gelegenheit, dem entzückten Marquês zu beweisen, wie gut er Portugiesisch beherrschte. Da er es in einer portugiesischen Kolonie gelernt hatte, sprach er mit deutlich lusitanischem Akzent. Der Landauer hielt vor dem Hotel Albion, und der Kutscher, ein junger, kaum zwanzigjähriger Bursche, saß ab, um seinen Fahrgästen zu helfen. Holmes stieg, auf die Arme des Kutschers gestützt, als letzter aus.

»Danke, mein Junge. Wie ich sehe, hatte dein Bruder Tuberkulose und ist vor nicht langer Zeit an galoppierender Schwindsucht gestorben. Das tut mir leid«, bemerkte Holmes. Angesichts der verblüfften Mienen des Kutschers und des Marquês fügte er hinzu: »Ich verstehe, daß meine Schlußfolgerung dir die Sprache verschlägt, dabei ist sie ganz einfach. Auf deinem Gehrock sehe ich einen roten Fleck, der vermutlich von einem Blutsturz stammt. Außerdem fällt auf, daß besagtes Kleidungsstück viel zu groß für dich ist, was beweist, daß es einer anderen Person gehört hat. Üblicherweise erben ja in weniger begünstigten Familien die Jüngeren die Bekleidung von den älteren Geschwistern. Also liegt auf der Hand, daß dieser von einem Blutsturz befleckte Gehrock deinem armen Bruder gehörte, den diese schreckliche Krankheit kürzlich dahingerafft hat.«

Vollkommen fassungslos sah der Marquês de Salles den Kutscher an.

»Sind die Beobachtungen des Senhor Holmes zutreffend?«

»Nein, Senhor. Ich habe keine Geschwister. Und der Gehrock hat meinem Onkel gehört, der mit Arzneien handelt. Deshalb hat er auch diesen Fleck, das ist Mercurochrom.«

Holmes, bereits auf dem Weg in die Hotelhalle, strafte die gestotterten Erklärungen des jungen Kutschers mit Nichtbeachtung.

Das Hotel Albion stand seinesgleichen in der Alten Welt in nichts nach. Es befand sich in der Rua Fresca, so genannt, weil dort immer eine angenehm frische Brise von der Hafeneinfahrt her wehte, und wandte seine Rückseite der Bucht zu, weshalb seine Zimmer immer gut durchlüftet wurden. Der Fußboden der Eingangshalle war mit Travertinmarmor ausgelegt und der Hauptsalon, in dem sich der Concierge-Tresen befand, mit Möbeln aus Frankreich eingerichtet, allesamt mit Gobelin- oder Seidenpolster. Florentiner Spiegel rahmten das Ambiente und ließen den großen Raum noch größer wirken. Mächtige Porzellanvasen auf blütenweiß gedeckten Tischen quollen über von tropischer Blumenpracht, deren Anblick beim eintretenden Gast den Eindruck erweckte, er stünde an der Schwelle des Paradieses. Linker Hand vom Eingang befand sich ein enorm großer Billardsaal, in dem sich die Herren der guten Gesellschaft nach des Tages Geschäften versammelten. Rechter Hand ein Teesalon, wo neben den feinsten englischen Mischungen französische Patisserie serviert wurde, alles in Silberkannen und zartem Porzellangeschirr. Jeder einzelne Gegenstand im Hotel, von der Bettwäsche bis zu den Zahnstochern, war importiert.

Der Marquês de Salles ging mit Holmes an die Rezeption, während Watson das Gepäck bewachte, das drei livrierte Pagen hereintrugen.

»Die Krone hat für den Senhor Sherlock Holmes und den Senhor John Watson eine Suite reserviert«, teilte der Marquês mit.

Inojozas, der tüchtige, für das Hotel Albion unentbehrliche Concierge, überreichte die Schlüssel. Er war eine schlanke, sehr elegante Erscheinung mit gewichstem Schnurrbart und schwarzem Haar, das dank reichlichem Gebrauch von argentinischer Brillantine flach am Kopf anlag. Es gab kein Problem, für das der wendige Portier nicht eine Lösung gefunden hätte. Die Trinkgelder, mit denen ihn die dankbaren Gäste bedachten, übertrafen um einiges sein monatliches Gehalt. Es hieß, gegen angemessene Entlohnung wäre Inojozas sogar imstande, jedem Reisenden fünf jungfräuliche Kokotten auf die Bettstatt zu legen, obwohl der Hotelbesitzer strenge Aufsicht führte und es höchst unwahrscheinlich war, im leichten Gewerbe so viele Jungfrauen zu finden.

»Die besten Räume im ganzen Hotel«, sagte er, verbeugte sich und winkte einem anderen Angestellten, damit dieser Holmes und Watson begleitete.

»Was ich bezweifele«, erwiderte Holmes. »In den besten ist bestimmt irgendein schwerreicher Großgrundbesitzer abgestiegen, Dr. Watson und ich begnügen uns auch mit den … *how would you say in Portuguese ›second best‹?*«

»Ich glaube, das ist unübersetzbar. Falls Sie irgend etwas benötigen, brauchen Sie es mir nur zu sagen. Mein Name ist Inojozas, zu Ihren Diensten«, sagte der Concierge, das Thema wechselnd, in tadellosem Englisch.

»So, Sie können sich jetzt etwas ausruhen. Um halb zwei haben wir ein Mittagessen im Palast, zusammen mit Madame Sarah Bernhardt. Im allgemeinen speist Seine Majestät um elf Uhr, doch da das Schiff so spät eingetroffen ist, nimmt Dom Pedro Rücksicht. Ich weiß, daß der Kaiser darauf brennt, Ihnen die Geschichte von der Geige der Baronin de Avaré zu erzählen. Um zwölf Uhr komme ich Sie abholen, denn der Palast Boa Vista liegt etwas weiter weg. Senhor Holmes, Senhor Watson, es war mir ein Vergnügen«, verabschiedete sich der Marquês de Salles. Er zupfte eine Blume aus einer Vase, steckte sie sich ins Knopfloch und eilte zu seinem Landauer.

Der Tisch für das Mittagessen war im Wintergarten in einem der Palastflügel gedeckt. Aus einleuchtenden Gründen nahmen nur wenige Personen teil: Sarah Bernhardt, ihr Sohn Maurice, Sherlock Holmes, Watson, der Kaiser, der Visconde de Ibituaçu, der Marquês de Salles und ein paar Höflinge. Edward Jarrett, der amerikanische Impresario der Schauspielerin, war ebenfalls eingeladen, hatte aber nicht kommen können, denn Sarahs Befürchtungen hatten sich bestätigt: Jarrett war an Gelbfieber erkrankt. Der Visconde de Ibituaçu, ein langjähriger Freund des Kaisers, war ein sehr reicher Großgrundbesitzer aus dem Paraíba-Tal und besaß eine prächtige große Villa im römischen Stil in der Rua das Laranjeiras, mitten in einem herrlichen Park. Dort verbrachte der Visconde mehrere Monate im Jahr. Als eingefleischter Junggeselle und Exzentriker gab der Edelmann mit Begeisterung in seinem Palais Feste für die Bohemiens und Literaten der Stadt, daher seine Bekanntschaft mit de Salles. In seinen Salons scharte er Dichter und Journalisten wie Lins de Albuquerque, Olavo Bilac, Dermeval da Fonseca, Guimarães Passos und viele andere um sich. Dom Pedro schätzte seine Freundschaft, denn durch ihn war er immer darüber informiert, was sich in den Tavernen und Cafés tat. Kaum waren sie eingetroffen, dachten Holmes und Sarah Bernhardt an frühere Begegnungen zurück:

»Nie werde ich Ihre Lady Macbeth vor zwei Jahren im Gaiety in London vergessen. Mit der Nachtwandelszene haben Sie nicht nur das Publikum hingerissen, auch die englischen Schauspielerinnen erblaßten vor Neid.«

»*Mon cher* Holmes, liebenswürdig wie immer ...« Sie drehte sich um und wandte sich auf englisch an Watson: »Und wie geht es unserem lieben Doktor? Ich hoffe, Sie haben meine Anregung, die phantastischen Abenteuer Ihres Freundes in Büchern zu beschreiben, ernst genommen.«

»Erwogen habe ich es, Madame. Vorläufig fehlt mir die Zeit.«

Dom Pedro II., wie gewohnt schlicht gekleidet, trug einen schwarzen Gehrock und weiße Handschuhe. Er begann mit einer Entschuldigung:

»Ich bitte um Nachsicht, daß die Kaiserin nicht anwesend ist, aber Teresa Cristina ist etwas unpäßlich. Wäre nicht ihre *migraine*, hätte ich für meine illustren Gäste ein großes Bankett gegeben.«

Alle am Tisch wußten sehr wohl, daß es sich um eine fadenscheinige Ausrede handelte, da ja die Angelegenheit, die besprochen werden sollte, der Kaiserin gewiß nicht gefallen hätte.

Die dann folgende Unterhaltung hätte auf dem Turm von Babel stattfinden können, denn Watson sprach englisch, Sarah Bernhardt und Maurice französisch und der Marquês, der Visconde sowie der Kaiser in allen drei Sprachen. Holmes, der sich in portugiesischem Portugiesisch korrekt ausdrückte, wirkte eher wie ein lusitanischer Kaufmann denn wie ein britannischer Detektiv.

»Es ist mir eine Freude, in Eurem Land zu sein«, sagte er zum Monarchen.

»Schade, daß der Anlaß Ihres Besuchs beruflicher Art ist«, antwortete Dom Pedro, denn er wollte die Sache mit der Geige in Erinnerung bringen. Höflich übersetzte er seinen Satz für die anderen.

Sarah Bernhardt nutzte die Gelegenheit zu einem Kompliment:

»Eurer Majestät liebenswürdige Art ist bezaubernd. Ganz anders als die Umgangsformen eines anderen Herrschers, den ich kenne, ich meine den österreichischen Kaiser Franz Joseph. Ein abscheulicher Mann. Ich hatte Gelegenheit zu sehen, wie schroff und unfreundlich er zu seiner Frau, der Kaiserin Elisabeth, ist, übrigens seine Cousine. Blutjung noch, sie war erst fünfzehn, als sie ihn heiratete. Ein liebreizendes Mädchen, das die lächerliche Etikette des Wiener Hofs immer verachtet hat. Seit ich erlebt habe, wie grob er seine Gemahlin behandelt, weigere ich mich, in einem Theater, in dem Franz Joseph anwesend sein könnte, auf die Bühne zu treten.«

Betretenes Schweigen seitens der Brasilianer legte sich über den Wintergarten. Dom Pedro, ein Sohn der österreichischen Prinzessin Leopoldina, war ein Cousin von Franz Joseph.

Der Kaiser persönlich bemühte sich, die Taktlosigkeit zu überspielen, indem er das Thema wechselte:

»Madame, in Ihren Memoiren habe ich gelesen, daß Sie schon vor sechs Jahren in Nordamerika aufgetreten sind und die Witwe des Präsidenten Lincoln kennengelernt haben.«

»Ja, Majestät. Unter wenig erfreulichen Umständen.« Sie wandte sich den übrigen Tischgenossen zu, die damit unverzüglich zu ihrem Publikum wurden. »Stellen Sie sich vor, ich befand mich an Bord der *L'Amérique* und wollte an Deck etwas frische Luft schnappen. Es war sehr kalt an jenem Morgen. Während ich auf und ab ging, begegnete ich einer in Schwarz gekleideten Dame mit schicksalsergebener Miene. Plötzlich brach sich eine Welle völlig überraschend mit einer solchen Wucht über dem Schiff, daß wir beide zu Boden geworfen wurden. Ich konnte mich noch ans Bein einer Sitzbank klammern, doch die traurige Dame wurde mitgerissen. Ich richtete mich auf und konnte sie gerade noch am Rock festhalten. Sonst wäre die arme Frau die Treppe hinuntergestürzt. Ich sagte: ›Das hätte Ihr Tod sein können!‹ Sie antwortete: ›Ja, aber leider hat der Herrgott es nicht zugelassen.‹ Und fügte hinzu: ›Ich bin die Witwe von Lincoln.‹ Bedenken Sie nur, welch eine Ironie des Schicksals; ihr Gatte, der Präsident, war von Booth, einem Schauspieler, ermordet worden, und die Bernhardt, eine Schauspielerin, hatte soeben verhindert, daß sie ihrem geliebten Mann nachfolgte. Während der ganzen Überfahrt hatte ich nicht mehr die Courage, auch nur ein einziges Wort an sie zu richten.«

Sarah erzählte den Vorfall so dramatisch, daß ihre Zuhörer am Ende fast Beifall klatschten. Abermals oblag es dem Gastgeber, die angespannte Atmosphäre zu lockern. In jovialem Tonfall kündigte Dom Pedro an:

»Ich hoffe, daß Madame Bernhardt und Senhor Holmes das Essen schmeckt. Ich habe eine Mahlzeit mit einigen unserer typischen Gerichte zubereiten lassen. Es gibt *feijoada* und *vatapá*. Unsere Gäste können zwischen beiden wählen.«

»*Merveilleux!* Und was ist das?«

Auf ein Zeichen hin traten mehrere Livrierte mit den Platten vor. Der Kaiser übernahm die Rolle des Gastgebers. Zunächst wies er auf die *feijoada*, dann erklärte und übersetzte er:

»Das hier sind schwarze Bohnen, *black beans*, *haricots noirs*, mit verschiedenen Sorten Fleisch gekocht: Schweinsohren und Schweinsfüße, Dörrfleisch, Schweinelendchen, Rippchen, Schinkenwurst, Knoblauchwürstchen und anderes. Das Fleisch und die Bohnen werden mit feingeschnittenem Blattkohl, Orangenscheiben, geröstetem Maniokmehl und weißem Reis serviert. Ganz vorzüglich.«

»Und das andere Gericht?« fragte Maurice Bernhardt mit der den Franzosen eigenen Wißbegier gegenüber allem Exotischen.

»*Vatapá*. Eine Spezialität aus Bahia. Ein köstlicher Gaumengenuß für alle, die sich lieber an die Früchte des Meeres halten. *Vatapá* wird mit Fisch in Scheiben, Garnelen, Maismehl, Erdnüssen und Kokosmilch zubereitet und mit frischem Koriander, Petersilie, Lorbeer, Muskatnuß, Ingwer, Schnittlauch, Knoblauch, Zwiebeln, Tomaten und viel Malagueta-Pfeffer gewürzt. Zum Kochen verwendet man *Dendê*-Öl.«

»*Dendê*?« fragte Holmes interessiert.

»Das ist eine kleine einheimische Kokosart, aus der man ein recht ungewöhnliches Öl gewinnt«, klärte ihn der Kaiser euphemistisch auf. »Zum *vatapá* wird ein Brei gereicht, *pirão* genannt, aber auch *acaçá* oder weiße Creme, aus Reismehl und dicker Kokosmilch bereitet. Wahrhaft eine Speise für die Götter. *Madame et messieurs*, Sie haben die Wahl.«

Die welterfahrenere Sarah Bernhardt mied das scharfgewürzte *vatapá* und legte sich nur ein wenig Reis mit Bohnensoße auf. Maurice tat es seiner Mutter gleich. Die Brasilianer, mit Ausnahme des Kaisers, sprachen zu gleichen Teilen beiden Gerichten zu. Dom Pedro ließ unter dem Hinweis auf ärztliche Anordnung einen grünen Salat für sich kommen. Sherlock, trotz seiner schlanken Figur ein guter Esser, vermengte das *vatapá* mit der *feijoada* und beträufelte alles mit ein paar Löffeln Malagueta-Pfeffersauce und reichlich *Dendê*-Öl. Der alte Visconde de Ibituaçu hatte sich ein gewisses Leiden in Deutschland zugezogen, vermutlich venerischer Art, da er, ständig Beschimpfungen gegen Frauen ausstoßend, von einer Arztpraxis zur anderen lief. Aus diesem Grund war er gezwungen, eine strenge Diät aus Brühe und Hühnerfleisch einzuhalten. Als leidenschaftlicher Spötter beschloß er, mit der Gefräßigkeit des Detektivs Schabernack zu treiben, und begann, Holmes für seinen Appetit Tips zu geben.

»Mein guter Sherlock, probieren Sie doch noch ein Rippchen mit Malagueta-Pfeffersauce. Das muß man mit Andacht genießen.«

»Obrigado«, sagte Holmes und kaute einen Bissen.

»Eine Scheibe Fisch. Die hier, kräftig mit *dendê* beträufelt. *Dendê* ist sehr gut fürs Herz.«

»Obrigado«, sagte Holmes und mampfte einen Bissen.

»Lassen Sie sich nicht die Erdnüsse im *vatapá* entgehen. Die sind ausgezeichnet für den Kreislauf.«

»Obrigado«, sagte Holmes und verschlang einen Bissen.

»Greifen Sie bei den Würstchen und dem Maismehlbrei ordentlich zu. Für leichte Verdauung ein unfehlbares Rezept.«

»Obrigado«, sagte Homes und stopfte einen Bissen in sich hinein.

»Ich will sehen, daß ich Sie zu einem *sarapatel* bei mir einlade. Das ist ein regionales Gericht aus Pernambuco, und ich habe eine Köchin aus dem Nordosten, die macht es besonders gut.«

»Obrigado«, sagte Holmes und rülpste diskret. Und speiste, die Ratschläge des Visconde strikt befolgend, unermüdlich weiter. Lediglich Dr. Watson saß nachdenklich da und betrachtete kritisch die Genüsse der kaiserlichen Tafel.

»Was ist, Watson, wollen Sie nichts essen? Es schmeckt köstlich«, stellte Holmes fest, bevor er die nächste vollbeladene Gabel zum Mund führte.

Watson starrte unentschlossen auf die großen Platten. Seine Erfahrungen aus der Zeit, als er in Indien diente, hatten ihn mißtrauisch gemacht. Seither mied er ausgefallene Gewürze und Fleisch jeder Art.

Den Blick unverwandt auf die Speisen gerichtet, antwortete er:

»Ich habe noch nicht entschieden, ob ich das gelbe oder das schwarze Zeug essen soll.«

»Wenn ich Ihnen einen Rat geben darf, Dr. Watson, empfehle ich Ihnen Bohnen, Reis und Kohl, ohne Fleisch«, sagte der Marquês de Salles mit der Erfahrung eines Mannes, der mehr als tausend Bankette überlebt hatte. Dann, als alle mit ihrem Essen beschäftigt waren, nutzte er die Gelegenheit und erkundigte sich beim Detektiv nach dem Fall mit den ermordeten jungen Frauen:

»Ich habe gehört, daß ein hiesiger Polizeikommissar Sie

in einem rätselhaften Fall, in dem er ermittelt, um Hilfe gebeten hat.«

»So ist es«, sagte Holmes und schluckte eine Garnele hinunter. »Sein Telegramm hat mich erstaunt, aber was ich daraus über den Fall entnehmen konnte, hat mich als Detektiv neugierig gemacht. Ich bin schon ganz ungeduldig, ihn zu treffen. Wobei ich das Hauptmotiv für meine Reise nach Brasilien selbstverständlich nicht außer acht lassen werde«, fügte er mit einem Lächeln zum Kaiser hinzu.

Dom Pedro antwortete:

»Schon gut, schon gut ... Übrigens wäre auch ich sehr dankbar, wenn Senhor Holmes unserer Polizei in dieser Angelegenheit helfen könnte. Schließlich ist eins der Opfer die Nichte eines Freundes von mir, Vítor Meireles, der zu unseren begabtesten Malern zählt.«

Beim Dessert angelangt, brachte Holmes das Kunststück fertig, eine ganze Ananas und zwei Mangos zu verspeisen. Nach dem Kaffee, dem Cognac und den Zigarren begleitete der Kaiser seine Gäste zur Tür.

»Wenn Sie mir gestatten, möchte ich Senhor Holmes und Dr. Watson bitten, noch ein wenig zu bleiben. Ich würde unsere Angelegenheit gern etwas näher erörtern. Anschließend lasse ich Sie ins Hotel zurückbringen.«

Sarah wandte sich zum Detektiv:

»Adieu, Monsieur Holmes. Sie müssen unbedingt zu mir ins Theater kommen. Ich sehe schon fast mit Schrekken dem Tag entgegen, wenn ich nach Argentinien weiterreisen muß, das herzliche brasilianische Publikum wird mir ganz außerordentlich fehlen, das weiß ich.«

»Aber gewiß doch, Madame. Wenn es meine Zeit zuläßt. Ich bin sicher, es wird wie immer ein unvergeßliches Erlebnis«, sagte Sherlock formvollendet.

Dom Pedro verabschiedete alle, küßte Sarah Bernhardt elegant die Hand und zog sich mit den beiden Engländern zurück.

Die drei ließen sich in einem kleinen Lesekabinett nieder, einem der Lieblingsrefugien des Kaisers in dem riesigen Palast. Es war ein diskret eingerichteter kleiner Salon, in dem Dom Pedro ihm liebgewordene Dinge und Familienandenken aufbewahrte. Zierliche Statuetten schmückten den Raum, an den Wänden hingen Gemälde von Vítor Meireles, Almeida Júnior und Araújo Porto Alegre. Auf einem Tisch stand eine Zinnsoldatenformation, eine Nachbildung der großen Schlacht von Tuiuti im Paraguay-Krieg, in der der berühmte General Sampaio als Held gefallen war.

Holmes zündete seine Pfeife an, während Watson wie gebannt eine bereits vergilbte Fotografie betrachtete, die Dom Pedro von Indianern umringt zeigte. Die Waldbewohner waren nackt, und Seine Majestät trug über der Galauniform einen bestickten Überwurf mit einem Fächerkragen aus Tukanbrustfedern.

»Phantastisch!« rief der Arzt.

»Gefällt es Ihnen? Schade, daß die Daguerreotypie schon etwas verblaßt ist.«

Holmes trat näher und sah sich das gerahmte Porträt an.

»Glücklicherweise gehört die Daguerreotypie der Vergangenheit an. Seit man mit dem Kollodiumverfahren arbeitet, bei dem eine Nitrozelluloselösung verwendet wird, übrigens eine Erfindung meines Landsmanns Frederick Scott, hält die Fotografie Schritt mit den modernen Zeiten, in denen wir heute leben«, verkündete der Detektiv.

»Fotos sind uns bei der Identifizierung von Verbrechern schon eine große Hilfe gewesen.«

»Darf ich Eure Majestät fragen, was es mit dieser Daguerreotypie auf sich hat?« erkundigte sich Watson, noch immer fasziniert.

»Sie ist schon alt. Ich habe sie 1876 als Kostbarkeit nach Philadelphia zur Ausstellung anläßlich der Jahrhundertfeier mitgenommen, als Zierde für den Brasilien-Pavillon. Wie es scheint, haben wir eine gute Figur gemacht«, bekundete der Kaiser eitel. »Apropos, wen ich damals auch kennengelernt habe, war …«

»Graham Bell, der Erfinder des Telefons«, fiel ihm Sherlock Holmes ins Wort.

»Sie haben von dieser Begegnung erfahren?« fragte Dom Pedro erstaunt.

»Ja, natürlich. Bell persönlich hat mir von der Episode mit dem Telefon erzählt. *To be or not to be …*«

Dom Pedro erklärte unangnehm berührt:

»Damit werde ich sicherlich zu Unrecht in die Geschichte eingehen. Nicht ich, sondern Bell hat diese Worte zuerst ins Telefon gesprochen. Als ich im Apparat ganz deutlich Bells Stimme vernahm und feststellen mußte, daß dieses Gerät tatsächlich sprechen konnte, war ich so verblüfft, daß ich wie ein Simpel nur *that is the question!* geantwortet und *to be or not to be, that is the question!* wiederholt habe.«

»Eure Majestät müssen verzeihen, wenn die Anekdote nicht ganz richtig erzählt wird«, sagte Holmes und zündete erneut seine Pfeife an. »Aber wie sagte doch Benjamin Disraeli, einer unserer großen Politiker: ›Wenn die Version pittoresker als das wahre Ereignis ist, muß man die Version erzählen.‹«

Der Kaiser setzte sich in seinen Lieblingssessel und forderte seine Gäste auf, auf einem kleinen Sofa Platz zu nehmen.

»Ich weiß, daß Sie vermutlich von der Reise müde sind, und will Ihre Zeit nicht länger als notwendig in Anspruch nehmen. Deshalb möchte ich Ihnen rasch die Geschichte mit der Geige erzählen. Aber ich weiß nicht recht, womit ich beginnen soll.«

»Am besten mit dem Anfang, Majestät«, ermunterte ihn Holmes, schlug die langen Beine nonchalant übereinander und stieß dabei ein Tischchen um, auf dem eine kleine Sammlung von Sèvres-Porzellanfiguren stand.

»Das macht gar nichts«, sagte Dom Pedro leichenblaß, doch ohne mit der Wimper zu zucken. Die Stücke waren ein Geschenk von Bonaparte an Marie Louise von Habsburg gewesen und befanden sich seit Jahrzehnten im Familienbesitz. Den Blick von den Scherben wendend, die den Engländer offensichtlich überhaupt nicht kümmerten, setzte der Kaiser zu seinem Bericht an: »Seit den siebziger Jahren verkehrt bei uns am Hofe ein großartiger kubanischer Geiger namens José White. White hat in Paris bei Lehrern wie Alard, Reber und Taite studiert. Er hat sogar den ersten Preis für Geigenspiel des Conservatoire gewonnen. Seine Begabung faszinierte mich, weshalb ich ihn unter meine Fittiche nahm. White hat hier bei uns zusammen mit dem Pianisten Artur Napoleão die Gesellschaft für klassische Konzerte ins Leben gerufen, die uns schon unvergeßliche Genüsse beschert hat.«

»Ich hoffe, an einigen teilhaben zu dürfen«, warf Holmes ein, dessen *hobby* oder *violon d'Ingres* ausgerechnet die Geige war.

Dom Pedro überging die ungeziemende Unterbrechung des Engländers und fuhr fort:

»Nun gut, die letzte Geige, die Antonio Stradivari kurz

vor seinem Tod im Alter von dreiundneunzig Jahren angefertigt hatte, war ein Instrument, das ganz zu Recht ›Schwanengesang‹ genannt wurde.«

»Interessant, ich dachte immer, es sei die Muntz, die er mit zweiundneunzig gebaut hat«, bemerkte Holmes, der sich, obwohl nur ein Amateur, auf dem Gebiet ziemlich gut auskannte.

»Ja, das hat man auch über viele Jahre geglaubt, doch 1822 wurde die 1737 entstandene ›Schwanengesang‹ entdeckt. Wirklich bewundernswert, daß es Stradivari in so hohem Alter gelungen ist, bei seiner letzten Arbeit vollendete Proportionen zwischen sämtlichen Teilen zu schaffen. Das Instrument besitzt eine fast unglaubliche Klangfülle. Das einzige – übrigens anrührende – Detail, an dem man das Zittern seiner alten Finger ablesen kann, sind die geringfügig unpräzisen Linien der beiden F-Öffnungen in der Decke, die als Schallöcher dienen. Dieses letzte Werk des großen Meisters gelangte in die Hände eines gewissen Professor Bertuzzi aus Mailand. Im Jahre 1840 wurde die ›Schwanengesang‹ nach Paris gebracht und von dem Kaufmann Jean-Baptiste Vuillaume erworben. Vierzig Jahre später befand sich das Instrument wieder im Besitz eines Geigers, des Franzosen Claude Miremont. Nachdem sie noch mehrfach den Besitzer gewechselt hatte, wurde die ›Schwanengesang‹ schließlich in Paris im Hôtel Drouot versteigert und von der Maison Gand et Bernardel erworben.« Dom Pedro legte eine Pause ein und nahm einen Schluck aus einem Glas Madeirawein. »Ich hoffe, ich langweile Sie nicht«, fügte er hinzu, als er merkte, daß der Detektiv verstohlen gähnte.

»Ganz im Gegenteil, als Musiker bin ich von Ihren Ausführungen fasziniert«, sagte Holmes und setzte die Beine vorsichtig nebeneinander.

Der Kaiser fuhr fort:

»Schon vor längerer Zeit hatte meine Freundin Maria Luísa Catarina de Albuquerque, die Baronin de Avaré, den Wunsch geäußert, eine Stradivari zu besitzen. Sie wissen, wie es mit den Launen der Frauen ist. Wenn sie sich etwas in den Kopf setzen, bringt sie niemand davon ab.«

»Wohl wahr. Deshalb bin ich noch immer Junggeselle«, pflichtete Holmes ihm bei.

Dom Pedro trank noch einen Schluck Wein und nahm seinen Bericht wieder auf:

»Nun gut. Ich schmiedete mit meinem Protegé José White zusammen einen Plan. Ich ließ ihm zwanzigtausend Francs zukommen, soviel kostete die Geige, und White reiste nach Paris und kaufte sie, als wäre sie für ihn bestimmt. Nach der Rückkehr übergab mir mein lieber Geiger die Stradivari, ohne daß jemand davon erfuhr, und erhielt dafür eine perfekte Imitation, die von einer Familie deutschstämmiger Geigenbauer in Südbrasilien, in der Provinz Santa Catarina, die ganz hervorragende Instrumente bauen, heimlich angefertigt worden war. Auf diese Weise konnte ich sie unauffällig der Baronin schenken. So. Maria Luísas Wunsch war befriedigt. *Tout est bien qui finit bien.*«

»Bis auf den Umstand, daß die ›Schwanengesang‹ gestohlen wurde.«

»Richtig«, schloß Dom Pedro, feine Schweißperlen auf der Stirn.

Sherlock Holmes erhob sich und begann unter dem ängstlichen Blick des Kaisers, der um sein restliches Porzellan bangte, mit großen Schritten durch den Raum zu gehen.

»Zuallererst«, erklärte der Detektiv, »möchte ich sagen, wie sehr ich Eure Majestät für Ihre Haltung als Gönner der Künste bewundere. Ich wußte bereits von der musikalischen Begabung der Brasilianer, denn ich hatte Gelegenheit, der Uraufführung von *Il Guarany* in der Mailander Scala beizuwohnen. Zwar war ich damals erst sechzehn Jahre alt, doch erinnere ich mich so gut, als wäre es heute. Es war ein Samstag, und es nieselte leicht.«

Der Kaiser stieß fast die Madeiraflasche um:

»Was Sie nicht sagen, Senhor Holmes! *O Guarani*? Welch außerordentlicher Zufall! Dann haben Sie also den Komponisten Carlos Gomes kennengelernt?«

»Nur von fern, im Gang. Meine Eltern hatten mich mitgenommen, sie waren sehr gut mit dem Maestro Terziani befreundet. Nach der Vorstellung gingen wir in die Garderobe, um den Maestro zu begrüßen. Ich war restlos begeistert. Es war meine erste Reise nach Italien und meine erste Oper. Ich muß Ihnen ein Geheimnis anvertrauen, Majestät. *O Guarani* hat in mir die Liebe zur Musik geweckt.«

»Phantastisch!« rief Dom Pedro aus.

Holmes wandelte durch den kleinen Salon, immer haarscharf an kostbaren Stücken vorbei.

»Zurück zur Geige. Mir scheint, es ist an der Zeit, daß wir uns mit der Baronin Maria Luísa unterhalten. Ich möchte wissen, unter welchen Umständen genau das Instrument verschwunden ist.«

»Nichts einfacher als das. Ich werde meinen Privatkutscher beauftragen, die Herren zu ihrem Wohnhaus zu fahren. Tatsächlich erwartet die Baronin Sie bereits«, antwortete der Kaiser. »Allerdings sollten Sie sich nicht allzu große Hilfe von ihr erhoffen. Unter uns gesagt, Maria Luísa ist ein *enfant gâté*. Ihr Mann, der selige Baron de Avaré, erfüllte ihr jeden Wunsch. Die Geige war für sie lediglich eins unter vielen Spielzeugen. Sie hat über den Verlust geweint, aber inzwischen ist ihr hübsches Köpfchen bereits mit anderen Vergnügungen beschäftigt. Jetzt habe ich, wenn Sie gestatten, andere unaufschiebbare Verpflichtungen«, beendete der Herrscher das Gespräch, erhob sich und machte Anstalten, Holmes zur Tür zu begleiten.

»Kommen Sie, Watson«, rief der Detektiv.

Der friedlich schlummernde Arzt wachte auf und fuhr hoch.

»Ja! Sicher! Hm ... Sehr interessant, die Geschichte dieser Daguerreotypie ...«, stammelte er.

Holmes verabschiedete sich vom Monarchen:

»Ich hoffe, daß meine Nachforschungen zu einem Erfolg führen. Vorerst bleibt mir nur, Eurer Majestät für das großartige Mittagessen zu danken. Die Köstlichkeiten, die uns zuteil wurden, wirken Wunder. Ich fühle mich leicht wie eine Feder.«

Die Mütze schwenkend, verabschiedete er sich mit einer eleganten Verbeugung vom Kaiser, drehte sich um und stieß mit seinem Cape eine kostbare Vase der Ostindischen Kompanie, die den Salon zierte, von ihrem Sockel. Für einen Herrn von einundsechzig Jahren unerwartet behende, machte Dom Pedro II. einen katzenhaften Satz nach vorn und fing das gute Stück auf, bevor es auf dem Marmorboden zerschellen konnte.

Holmes schritt durch die breite Flügeltür auf dem Weg zur Kutsche und nahm gar nicht wahr, daß der Kaiser von Brasilien platt auf dem Fußboden lag.

Der livrierte Sklave trat in das Musikzimmer, wo Maria Luísa Catarina de Albuquerque, Baronin de Avaré, auf einem Cembalo klimperte, das der Familie ihres verblichenen Gatten gehört hatte.

»Da draußen sind zwei Männer, die mit der *sinhá* sprechen wollen.«

»Und was wollen sie?«

»Ich weiß nicht, *sinhá*. Ich weiß nur, daß der eine in einer komischen Sprache spricht und daß der andere Portugiese und komisch gekleidet ist. Der Portugiese sagt die ganze Zeit: ›Homms! Ich bin Homms!‹ Als ob er Schluckauf hätte.«

Die Baronin begriff sofort, daß der Portugiese Holmes war. Sie gab dem Diener ein Zeichen, die beiden hereinzuführen.

Die große Villa in Cosme Velho mit ihren Gärten und Kaskaden war überwältigend, doch mehr noch waren der Detektiv und der Arzt von Maria Luísas Schönheit beeindruckt. Sie hatten nicht damit gerechnet, in Brasilien so blauen Augen und so rotem Haar zu begegnen. Außerdem trug die Baronin ein tief dekolletiertes beiges Kleid, das die üppigen Kurven ihrer Brüste erkennen ließ. Holmes trat näher, küßte ihr die Fingerspitzen und stellte Watson vor. Während der Arzt die Aussicht genoß, die sich ihm von der kleinen Terrasse bot, nahmen Sherlock und die Baronin auf einem gegensitzigen Konversationskanapee Platz.

»Darf ich Ihnen einen Kaffee anbieten? Er ist frisch gemahlen. Dieses Süßkartoffelgebäck kommt aus der Castellões, einer unserer besten Konditoreien«, teilte die Baronin mit und wies auf einen mit Naschwerk beladenen Tisch. Watson lehnte von weitem ab, und Sherlock, der zu Eßbarem niemals nein sagte, bediente sich mit Kaffee und Gebäck.

»Frau Baronin wissen sicherlich, was uns zu diesem Besuch veranlaßt«, sagte Holmes und nahm einen Schluck Kaffee.

»Der Kaiser hat mich über Ihr Kommen informiert. Nur

wüßte ich nicht, was ich Ihnen sagen könnte, um Ihnen bei Ihren Nachforschungen zu helfen.«

»Sehr viel. Sie wären überrascht, Frau Baronin, wenn Sie wüßten, welche Bedeutung kleine Details, die das Auge des Laien gar nicht wahrnimmt, für jemanden haben können, der nach der Methode der Deduktion arbeitet. Zum Beispiel kann ich sagen, daß die Baronin verwitwet ist, daß Ihr Mann ein stattliches Vermögen sein eigen nannte, daß er an den Folgen eines Jagdunfalls starb, daß er an einem Flußufer jagte, daß er erheblich älter war als Sie und daß er bei seinem Tod seinen gesamten Besitz Ihnen vermacht hat.«

Maria Luísa stieß vor Verblüffung fast ihre Kaffeetasse um.

»Das ist ja unglaublich! Woraus haben Sie das alles gefolgert?!«

»Ich habe es im brasilianischen Adelsverzeichnis gelesen, das ich im Hotel vorfand.«

Nachdem sie sich von ihrem Schreck erholt hatte, nahm sich die Baronin eine kandierte Mandel von einem Teller und fragte:

»Womit kann ich Ihnen bei Ihren Nachforschungen dienlich sein, Senhor Holmes?«

»Ich möchte genau wissen, von wo die Geige verschwunden ist«, sagte Holmes und aß noch ein Stück Süßkartoffelgebäck.

»Nicht hier aus dem Haus. Ich hatte bemerkt, daß sich einer der Wirbel gelockert hatte, weshalb die Geige sich nicht recht stimmen ließ. Also ließ ich das Instrument von einem meiner Diener zur *Viola d'Ouro* bringen, dem Geschäft eines italienischen Meisters, der seit Jahren in Rio de Janeiro ansässig ist.«

»Wie lautet der Namens dieses Herrn?«

»Giacomo Peruggio. Er ist durch und durch vertrauenswürdig. Und weiß alles über Geigen. Außerdem ist Peruggio nicht nur ein hervorragender Handwerker, sondern auch ein ausgezeichneter Geiger. Er tritt gelegentlich im Club Mozart auf, den unser Kaiser zu besuchen pflegt.«

»Kann ich mit dem Diener sprechen, der das Instrument zum Geschäft gebracht hat?«

Die Baronin klingelte mit einem Glöckchen und ließ den Bediensteten rufen. Minuten später trat ein Schwarzer in hohen Stiefeln und rotem Reitrock ein. Er hielt einen Zylinder in der Hand und sprach mit tiefer Baßstimme:

»Sie haben gerufen, *sinhá*?«

Holmes und Watson erschraken angesichts der hünenhaften Gestalt, die an der Türschwelle stehengeblieben war. Der vierzigjährige Schwarze war fast zwei Meter groß, und seine mächtigen Muskeln waren selbst unter dem wattierten Reitrock zu ahnen. Sein kahlgeschorener Kopf und eine vom linken Auge bis zum Mundwinkel verlaufende Narbe ließen ihn noch furchterregender aussehen. Die Baronin stellte ihn vor:

»Das ist Mukumbe. Er ist mein Schutzengel. Mein Vater hielt ihn als Sklave, aber heute ist er ein freier Mann, ich habe ihn gleich nach dem Tod meines Vaters freigegeben. Mukumbe ist mein Faktotum. Kutscher, Butler, Bote und Leibwächter. Warum, weiß ich eigentlich nicht, aber wenn er bei mir ist, fühle ich mich sicher«, sagte sie lachend.

Der Schwarze öffnete den Mund zu einem breiten Lächeln über strahlend weißen Zähnen, und seine Miene wurde weich wie ein Kindergesicht.

»Mukumbe, dies ist Senhor Holmes, und der Herr da drüben ist sein Freund Dr. Watson. Sie möchten ein paar Fragen in Zusammenhang mit der Geige stellen.«

»Sehr wohl, *sinhá*.«

Holmes ging näher an den Riesen heran:

»Ich möchte nur wissen, ob Sie vielleicht bemerkt haben, daß Ihnen jemand gefolgt ist, als Sie die Geige zur Reparatur brachten.«

»Nein, Senhor. Mir würde weder ein Sterblicher noch ein Gespenst jemals folgen, wenn ich durch die Straßen gehe.«

»Das kann ich mir denken«, murmelte Holmes. »Sind Sie sicher, daß sich die Geige im Kasten befand?«

»Ja, Senhor, ganz sicher. Ich war dabei, als die *sinhá* sie hineingelegt hat, bevor sie mir den Kasten gab. Wir hatten vorher hier im Musikzimmer einen Walzer gespielt.«

»Das habe ich vergessen zu sagen. Mukumbe ist auch ein exzellenter Pianist. Wenn es hier in der Kapelle eine Messe gibt, spielt er Cembalo und Orgel.«

Sherlock verschluckte sich fast an seinem fünften Süßkartoffelgebäck. Watson, der von der Terrasse her die Unterhaltung beobachtete, ohne ein Wort zu verstehen, erkundigte sich:

»Was ist, Holmes?«

»Der Nubier spielt Klavier«, übersetzte der Detektiv fassungslos.

»Und ich spreche auch Englisch«, ergänzte der schwarze Mukumbe mit bemerkenswertem Londoner Akzent.

»Das stimmt«, bestätigte die Baronin. »Als mein verstorbener Vater mich zum Studium nach England schickte, bestand er darauf, daß Mukumbe als Anstandsdame mitreiste.«

»Ich bin auch kein Nubier. Meine Familie stammt aus dem Kongo. Mein Vater war ein König vom Volk der Yoruba und wurde als Gefangener der Zingala an die Portugiesen verkauft.«

»Und welche Art Musik spielen Sie?« fragte Holmes, um zum vorherigen Thema zurückzukehren.

»Je nachdem. In der Kapelle natürlich Sakralmusik. Wenn ich mit der *sinhá* spiele, Walzer und Polkas, aber am liebsten mag ich *maxixe* und Samba.«

»*Maxixe*? Samba?«

»Das sind Tänze aus Angola, die in einer Runde getanzt werden. Wenn die *sinhá* gestattet, kann ich eine kleine Kostprobe geben.« Mukumbe sah die Baronin an.

»Ja, natürlich, Mukumbe. Obwohl sich das Cembalo dafür nicht so gut eignet. Nimm die Zeit des Senhor Holmes nicht zu lange in Anspruch.«

Noch bevor Maria Luísa zu Ende gesprochen hatte, setzte sich der Riese ans Instrument und begann zu improvisieren. Der Rhythmus war mitreißend. Seine enorm großen Hände liefen wie Spinnen über die Tasten. Selbstvergessen klopfte Holmes mit seiner Pfeife den Takt auf einem Louis-XV-Wandtischchen neben dem Cembalo mit. Zum Abschluß spielte Mukumbe einen *chorinho* von Ernesto Nazareth.

»Schade, daß ich meine Geige im Hotel gelassen habe. Diese neuen Rhythmen würde ich zu gern lernen«, erklärte der Detektiv und setzte sein Getrommel fort, das bereits eine irreparable Delle im Tischchen hinterlassen hatte.

»Dazu werden Sie mit Sicherheit noch Gelegenheit haben«, versprach die Baronin und erhob sich. »Wenn Sie keine weiteren Fragen haben, werden Sie mich jetzt bitte entschuldigen. Ich habe gleich eine Reitstunde. Mukumbe wird Sie zur Tür begleiten, und sobald Sie möchten, kann er Sie in einer meiner Kutschen zur *Viola d'Ouro* fahren.«

»Ich bin Ihnen sehr dankbar, Frau Baronin. Morgen

werde ich unverzüglich den Italiener aufsuchen. Auf Wiedersehen.«

»Avocado«, bedankte sich auch Dr. Watson, der das portugiesische »obrigado« wohl falsch in den Hals bekommen hatte.

10

DIE KIOSKE WIDERN IHN AN. DIESE PRIMITIVEN Holzpavillons sprießen in der ganzen Stadt aus dem Boden, wie Gedenkstätten für den Schmutz und die Sünde. Kleine stinkende Türme, Schandflecke auf den Straßen. Ganz besonders aber haßt er den Kiosk, den er vom Fenster seines Schlafzimmers aus sieht. Häufig steht er, so wie jetzt, nach Einbruch der Dunkelheit ohne Licht im Raum stundenlang am Fenster und beobachtet das Kommen und Gehen der Passanten, die wie dürstende Tiere angezogen werden und sich rings um die Wallfahrtskapelle des Lasters suhlen. Der Boden rund um den Kiosk ekelt ihn. Ihn ekelt der dicke Speichelschleim des Gesindels, das sich an dem übelriechenden Pavillon versammelt, billigen Branntwein säuft und seinen Auswurf auf den Boden spuckt. Saufend und spuckend einen zähflüssigen Teppich um die Kloake herum bildet. Er haßt die verkommenen Trunkenbolde, für die der Kiosk eine Oase, eine Fata Morgana aus Äthyl ist. Er haßt die schäbigen Ladengehilfen, die dort Lotterielose für das Große Glück erstehen, als könnte der Kuß des Geldes sie aus Fröschen in Prinzen verwandeln. Am meisten Abscheu aber empfindet er gegenüber jenen, die dort pornographische Bilder kaufen kommen. Es gibt Obszönitäten aller Art. Nackte Frauen mit entblößtem Geschlecht und dümmlichem Lächeln auf den Lippen, liegende Frauen mit großen Hunden, den dicken Hundeschädel zwischen die Schenkel gepreßt. Frauen, die sich an prallen Holzphallen reiben, ja selbst Frauen mit Frauen. Und immer lachend. Das gleiche idiotische, perverse Lachen. Huren. Huren, eine wie die andere. Wieder denkt er an das Mädchen vom Brunnen. Kammerzofe im Palast war sie also? Bedauerlich, aber sie befand sich zu der Stunde auf der Straße. Und wenn sie auf der Straße war, war sie eine Hure. Hure, Hure. Sind sie nicht in ihrem Innersten alle Huren? Er blickt erneut hinüber zum Kiosk. Als wollte sie ihn bis zum Äußersten reizen, kommt eine junge Frau dazu und lehnt sich an den Tresen. Es ist eine helle Mulattin, beinah weiß. In der schwachen Straßenbeleuchtung kann er ihr feingeschnittenes Gesicht erkennen und ist erstaunt, wie schön sie ist. Sie lacht laut über irgend etwas, das der Kioskbesitzer zu ihr sagt. Zweifellos ein unsittliches Angebot. Ihr Lachen bohrt sich ihm scharf wie eine Klinge in die Ohren. Noch eine Hure. Sie geht mit einer Flasche Milch in der Hand weg. Er eilt hinaus auf die Straße, hinter seiner Beute her.

Holmes wachte vom Lärm explodierender Granaten auf. Das mußten Aufständische sein, die das Regime stürzen wollten. Er sprang aus dem Bett, durchquerte schlaftrunken torkelnd den Raum und öffnete die Tür zu Watsons Zimmer einen Spalt. Sein Freund, der den leichten Schlaf aller Mediziner hatte, schlief tief und fest. Doch die Schüsse und Explosionen knallten immer lauter. Er ging ans Fenster. Die Straße war zu dieser nächtlichen Stunde still und menschenleer.

Da erst begriff er, daß es keine Granaten waren. Das Knattern und Krachen, das er hörte, kam aus seinem eigenen Bauch. Es war das *dendê*, das endlich seine Wirkung tat. Der Detektiv bekam die verheerende Kraft der Garnelen, der Knoblauchwürstchen, der Pfefferschoten, der Erdnüsse und der Süßspeisen zu spüren. Plötzlich zog ein feiner, stechender Schmerz durch seine Eingeweide. Mittlerweile schwitzte er schon stark. Er öffnete die Tür zu seinem Zimmer und begab sich mit flinken Schritten in Richtung Badezimmer.

Minuten später kehrte er, einigermaßen erleichtert, ins Zimmer zurück. Er fühlte sich elend, doch wollte er Dr. Watson nicht wegen einer kleinen Darmverstimmung wecken. Er trank einen Schluck Wasser, und schon ging es ihm etwas besser. Seine Müdigkeit war weg. Er beschloß, den kühlen Nachtwind zu nutzen und etwas hinauszugehen. Also zog er die Hosen über das Nachthemd, setzte die Mütze auf, warf sich das Cape über die Schultern und verließ das Zimmer auf Zehenspitzen, um den Arzt nicht zu wecken. An der Hoteltür atmete er tief ein und ging, noch immer matt und kraftlos, die Rua Fresca in Richtung Rua Santa Luzia hinunter. In der Seeluft wurde ihm nach und nach etwas wohler. Der lange Spaziergang tat ihm gut. Da er gewohnt war, stundenlang durch die engen Londoner Straßen zu laufen, merkte er gar nicht, daß er sich ziemlich weit vom Hotel entfernt hatte. Nach einiger Zeit gelangte er zum Beco do Campo dos Frades an der Ecke des Parks Passeio Público. Dort blieb er unter einer Gaslaterne stehen und zündete sich erleichtert die Pfeife an. Er lehnte sich an den Laternenpfosten und stieß eine dicke Rauchwolke aus.

Die junge Frau war erschöpft. Sie hatte zwei Vorstellungen der Revue *Die Mann-Frau* hinter sich. Zwar hatte sie nur eine kleine Rolle, kaum mehr als ein Chormädchen, doch der Dichter und Theaterautor Oscar Pederneiras, der sie auf der Bühne gesehen hatte, war von ihrem Temperament begeistert und hatte ihr für die nächste Spielzeit im Teatro Príncipe Imperial eine schöne Rolle in seinem Stück *Zé Caipora* an der Seite des Schauspielers Machado versprochen. Sie war noch sehr jung und konnte auf die großen Monologe noch warten. Nach dem Theater war sie an Seu Isidoros Kiosk in der Rua do Lavradio, nicht weit von der Rua Bernardo de Vasconcelos, vorbeigegangen, um die übliche Flasche Milch zu kaufen, die sie immer allein zu Hause vorm Schlafengehen warm trank. Der Portugiese hatte wie gewohnt ein paar derbe Scherze gemacht. Die junge Mulattin mußte immer über die harmlosen Albereien lachen, die er als spätabendliches Ritual regelmäßig von sich gab. Nun ging sie gedankenverloren die Rua Nova dos Arcos entlang und nahm die vor Blässe fast durchsichtige Gestalt, die ihr verstohlen folgte, gar nicht wahr. Kaum war sie in die Rua Visconde de Maranguape eingebogen und hatte die Rua do Passeio erreicht, setzte er zur Attacke an. In seinem weiten schwarzen Umhang wirkte er wie eine riesige Fledermaus, die sich auf das Mädchen stürzte.

Dieses Mal jedoch begünstigte der Zufall nicht den Jäger, sondern die Gejagte. Als der schwarze Unhold den Fuß dicht an seinem Opfer aufsetzte, rutschte er auf einem Mangokern aus und verlor das Gleichgewicht. Die junge Frau drehte sich blitzschnell und so behende um, wie sie es auf der Bühne gelernt hatte, und schleuderte ihm die Milchflasche ins Gesicht. Dann rannte sie, laut um Hilfe schreiend, Hals über Kopf davon.

Holmes, der an der anderen Ecke stand, lief ihr entgegen. Er packte das von Panik ergriffene Mädchen und drückte es an seine Brust. Sie deutete auf die Gestalt und schrie in ihrer Todesangst immer weiter:

»Hilfe! Hilfe! Da! Ein Mann! Er wollte mich umbringen!«

Der Detektiv sah, daß der Aggressor noch einen langen Dolch in der Hand hielt. Seine Gesichtszüge konnte er jedoch aus der Entfernung nicht erkennen. Er sagte zu der Mulattin:

»Bleiben Sie hier stehen!«

Der Mann hatte sich schon umgedreht und lief die Straße hinunter. Holmes rannte hinter ihm her. Am anderen Ende der Straße gingen in manchen Häusern Lichter an, und Neugierige traten vor die Tür. Der Mörder stockte. Er blickte in die Richtung, aus der sein Verfolger immer näher kam. Da merkte er, daß er zwischen dem Detektiv und den Männern, die ihm entgegenkamen, in der Falle saß. Also wandte er sich dem nächstgelegenen Gebäude zu, schlug mit der Spitze seines Dolchs den Riegel der schweren Eingangstür auf und verschwand im Innern des Hauses. Es war die Nationalbibliothek.

Mit ihren mehr als hunderttausend Bänden, auf zweiundvierzig Räume verteilt, zählte die Nationalbibliothek zu den Einrichtungen, auf die der Kaiser besonders stolz war. Holmes blieb im Eingang der Bibliothek stehen. Es roch muffig. Er hörte die Schritte des Unholds auf dem Steinfußboden hallen. Er rief:

»Hier ist Sherlock Holmes! Stehenbleiben, oder ich schieße!« Das war ein Bluff, denn der Detektiv hatte seinen Revolver im Hotel gelassen. Der Mörder hörte nicht auf ihn.

Ohne zu zögern, nahm Holmes die Verfolgung auf. Er kam an der Nische mit der weißen Marmorbüste von Dom João VI. vorbei und sah von weitem, wie sich die schwarze Gestalt durch die Gänge des dritten Saals davonmachte, in dem die fünfundvierzigtausend Bücher der Abteilung Theologie untergebracht waren. Der Detektiv ließ jede Vorsicht außer acht, und das hätte ihn fast das Leben gekostet. Als er durch den Türbogen lief, der den Saal unterteilte, hätte ihn um ein Haar ein großes Regal unter sich begraben, das der Verfolgte auf ihn hatte stürzen lassen wollen. Rein reflexartig sprang Holmes zur Seite, und der Fußboden wurde mit kostbaren Werken wie den mehrsprachigen Bibeln von Ximenes und Arias Montanus übersät. Er sah noch, wie der Wahnsinnige zwischen den griechischen und lateinischen Klassikern hindurchsauste, an den Geisteswissenschaften vorbei und dann eine kleine Wendeltreppe hinauflief. Wie der Blitz schoß Sherlock Holmes durch den Raum, der ihn von der Treppe trennte. Jeweils drei Stufen auf einmal nehmend, jagte er hinterher. Im oberen Stockwerk stieß die in die Enge getriebene Bestie eine Tür auf, die zu den Aborten führte. Ohne auch nur eine Sekunde innezuhalten, stürzte sich der Mann durch das Fenster auf der Rückseite des Gebäudes und ließ als Fährte geborstene Fensterscheiben hinter sich zurück. Holmes, der ihn fast eingeholt hatte, setzte schon dazu an, den gleichen Weg zu nehmen und durch die zerbrochenen Scheiben zu springen. Da fiel sein Blick auf die Toilettenschüssel aus französischem Porzellan, die verschlungene rote Rosenranken zierten. Der Anblick löste auf der Stelle eine wütende Kolik in seinen Eingeweiden aus. Holmes schwankte noch, ob er sich aus dem Fenster stürzen oder auf die Schüssel setzen sollte. Das Schwanken währte nur wenige Sekunden. Dann gehorchte er dem gebieterischen Drang der Natur und knöpfte die Hose auf. Gedemütigt blieb der Detektiv bis in den frühen Morgen sitzen. Das *dendê* hatte ein Kunststück bewerkstelligt, das selbst seinem Erzfeind Professor Moriarty noch nie gelungen war – es hatte Sherlock Holmes zur Strecke gebracht.

Die Mulattin hieß Anna Candelária. Als uneheliche Tochter einer Mestizin, die als Wäscherin arbeitete, war sie von dem Pater Marcial Fiúza in Itaguaí in der Nähe von Rio großgezogen worden, und die wie überall bösen Klatschbasen des Dorfes behaupteten, der Pater sei der Vater des Mädchens. Und das nur, weil Pater Marcial, ein von Holländern abstammender Pernambukaner, sehr rotblondes Haar und grüne Augen hatte. Wie es die Laune des Schicksals wollte, hatte Anna Candelária ebenso smaragdgrüne Augen wie der Pater, für die lästernden Betschwestern der entscheidende Beweis.

Der Pater Marcial hatte eine von den Einwohnern von Itaguaí wenig geschätzte Angewohnheit. Sonntags nach der Messe spazierte er über den Kirchvorplatz, schob die Hände in die Taschenschlitze seiner Soutane und kratzte sich in den Leisten. Anschließend führte er die Finger unauffällig an die Nase, beschnupperte sie und stammelte verzückt: »So gut war's noch nie! Ach, wie köstlich! So gut wie heute war's noch nie!« Eben diese selben Hände reichte er zum Küssen den Passanten, die ihn um seinen Segen baten: »Gott segne dich, mein Sohn ... oh, so gut war's noch nie ... noch nie so wie heute ... Gott segne dich, meine Tochter ... ach, wie köstlich ...« Und so schnupperte und segnete er den ganzen Tag weiter.

Kaum hatte Anna Candelária ihr fünfzehntes Lebensjahr vollendet, brannte sie mit einem fliegenden Händler, der durchs Dorf gekommen war, nach Rio de Janeiro durch. Nun, in dem kleinen Zimmer in der Rua das Marrecas, in dem sie, inzwischen zweiundzwanzig, allein zur Untermiete wohnte, sehnte sie sich zum ersten Mal nach Itaguaí zurück. Dort hatte man ihr nie nach dem Leben getrachtet. Ohne den großen, schlanken Mann mit portugiesischem Akzent wäre sie jetzt tot. Natürlich hatte sie nicht auf die Rückkehr ihres Retters gewartet, um mit ihm zur Polizei zu gehen. Da der Beruf Theaterschauspielerin mit dem der Prostituierten gleichgesetzt wurde, hätte sie auf der Wache nur Scherereien bekommen. Sie saß auf ihrem Bett, das Herz klopfte ihr noch immer wild, und dachte wieder an den großen Mann mit seiner komischen karierten Mütze. Vielleicht hätte sie warten sollen. Er war attraktiv, der große Mann, mit seinen kantigen, wie mit dem Messer gemeißelten Zügen. Nicht unbedingt schön, aber sehr attraktiv. Und schließlich hatte er ihr das Leben gerettet. Anna Candelária seufzte, legte sich hin und zog die Decke hoch. »Über vergossene Milch jammern nützt nichts«, dachte sie, und sofort fiel ihr die Milchflasche ein, die sie dem Mörder ins Gesicht geschleudert hatte. Sie pustete die Öllampe aus, und wenige Minuten später schlief sie den ruhigen Schlaf der Engel und Töchter von Patres.

Die *Viola d'Ouro* lag in der Rua dos Ourives. Obwohl sich dort, wie der Name besagte, traditionellerweise Juweliergeschäfte befanden, hatte sich ihr Besitzer Giacomo Peruggio für diese Straße entschieden, weil er fand, daß sein Beruf auch eine Art Goldschmiedearbeit war. Aus Cremona gebürtig, der Wiege der Amatis, von wo die berühmtesten Geigen der Welt stammten, war er im Jahre 1866 nach Brasilien gekommen, auf den Tag genau an seinem dreißigsten Geburtstag. Eigentlich wollte er nach Nordamerika, doch als er in den Hafen kam, lag dort ein Schiff, das nach Südamerika auslief, also überlegte er nicht lange und schiffte sich mitsamt seiner Frau und dem wenigen Gepäck ein. Zaudern oder zagen war nie seine Sache gewesen. Nachdem er beschlossen hatte, daß er heiraten wollte, umwarb er fünf Jahre lang ein junges Mädchen aus seinem Heimatort. Dann hielt er um ihre Hand an. Der Vater, ein Kleinbauer, reagierte kurz und bündig:

»In meiner Familie wird nur der Reihe nach geheiratet. Zuerst die Älteren, dann die Jüngeren.«

»Na gut. Dann nehme ich die Älteste.« Und er heiratete das Mädchen, das er an diesem Tag kennenlernte.

Die *Viola d'Ouro* verkaufte und reparierte Saiteninstrumente jeder Art, doch Peruggios große Liebe galt den Geigen. Er hatte nicht nur sein Handwerk in Stradivaris Heimatort erlernt, in einem kleinen Geschäft nicht weit vom Geburtshaus des großen Meisters, sondern war auch ein recht guter Instrumentalist, und wann immer sich die Gelegenheit bot, spielte er in den Konzerten der verschiedenen Musikvereinigungen, die es in Rio gab. Überhaupt sah er – schlank, sehr blond, mit langem, wildem Haar – eher nach einem Maestro als nach einem Handwerker aus.

An diesem Nachmittag stand er am Ladentisch im Hinterraum und begutachtete die Saiten, die der Kommissar Mello Pimenta ihm gebracht hatte.

»Gar keine Frage«, sagte er mit seinem italienischen Akzent. »Das sind Geigensaiten. Das Sol und das Mi. Die erste und die letzte Saite.«

»Sind Sie sicher?« fragte Pimenta, noch immer darüber verärgert, daß Chiquinha Gonzaga mit ihrem Urteil ins Schwarze getroffen hatte.

»Absolut, Herr Kommissar. Darin kenne ich mich besser aus als in meiner eigenen Westentasche. Sehen Sie, diese Saiten sind sehr dünn und aus Darm, und in Struktur und Länge unterscheiden sie sich deutlich von Bratschen-, Mandolinen- oder Gitarrensaiten. Die hier sind zudem ein hervorragendes Fabrikat. Darf ich fragen, woher Sie die haben?«

»Das dürfen Sie. Nur darf ich es nicht beantworten. Es geht dabei um geheime Ermittlungen.«

»Ach so, dann haben sie wohl mit den ermordeten Mädchen zu tun«, sagte Peruggio.

»Hat in jüngster Zeit irgend jemand bei Ihnen Saiten gekauft, als Ersatz für diese hier?«

»Nein, Herr Kommissar. Wenn ja, wüßte ich es bestimmt noch. Zumal ich auch alle Geiger in der Stadt gut kenne.«

»Falls jemand danach fragen sollte, benachrichtigen Sie mich bitte.«

Der Kommissar ließ sich die beiden Saiten von Peruggio zurückgeben. Er machte sich gerade zum Gehen bereit, da betrat ein ermatteter Sherlock Holmes in Begleitung des Dr. Watson das Geschäft. Statt seiner Pfeife hielt Holmes eine grüne Kokosnuß in der Hand, aus der er in langen Zügen trank. Das Kokoswasser hatte ihm der Hotel-Concierge Inojozas als bestes Heilmittel gegen die Magen- und Darmverstimmung vom Vortag empfohlen. Watson hatte Holmes bedrängt, etwas Kampfer-Opium-Tinktur zu nehmen, doch der Detektiv hatte die exotischere Behandlung vorgezogen.

»Kommissar Pimenta, nehme ich an«, sagte Sherlock.

Pimenta staunte.

»Sehr wohl. Aber woher wissen Sie, wer ich bin?«

»Ich habe auf der Wache nach Ihnen gefragt, und da wurde mir gesagt, ich könne Sie hier finden. Ich bin Sherlock Holmes, und das hier ist mein Freund Dr. Watson.«

»Dann sind Sie also der berühmte englische Detektiv? Heute noch wollte ich Sie in Ihrem Hotel aufsuchen. Ich hoffe, Sie haben mein Telegramm erhalten«, sagte Pimenta. Er war ganz verblüfft, daß Sherlock Holmes sich auf portugiesisch ausdrückte. Dann, an Watson gerichtet: »Ich wußte gar nicht, daß Sie unsere Sprache sprechen.«

Watson schaute ihn bloß stumm an.

»Nur ich«, antwortete der Detektiv. »Dr. Watson versteht kein Wort von dem, was Sie sagen.«

»Ausgezeichnet, daß wir uns hier treffen. Ich brauche dringend Ihre Hilfe. Stellen Sie sich vor ...«

Holmes fiel dem Kommissar ins Wort:

»Einen Augenblick, bitte. Erst einmal muß ich mich kurz mit dem Senhor Giacomo unterhalten.«

Peruggio platzte fast vor Zufriedenheit. Es kam nicht alle Tage vor, daß er an so aufregenden Angelegenheiten teilhatte. Morde, eine gestohlene Stradivari, geheimnisvolle Geigensaiten. Und all das wurde in seinem Geschäft besprochen. Gesegnet der Tag, an dem er sich für ein anderes Schiff entschieden hatte.

»Sehr wohl, Senhor Holmes. Ich stehe Ihnen zur Verfügung.«

»Ich möchte, daß Sie mir erklären, wie es geschehen konnte, daß die Geige der Baronin von hier gestohlen wurde«, sagte der Engländer.

»Meine Unachtsamkeit, Senhor Holmes. Meine Unachtsamkeit ...«, jammerte Giacomo. »Ich hatte das Instrument hinten in der Werkstatt auf den Arbeitstisch gelegt, und als ich es am nächsten Morgen holen wollte, war es verschwunden. Das hintere Fenster war aufgebrochen.«

»In dem Fall begreife ich nur nicht, warum Sie eine so kostbare Geige für Langfinger erreichbar haben liegen lassen«, bemerkte der Detektiv in perfekter Lissabonner Aussprache.

»Senhor Holmes, ich weiß ja, daß die Leute hier alles stehlen; Essen, Stiefel, Kleidung, auch mal ein *cavaquinho*, das ist ein hiesiges Instrument, aber daß diese Analphabeten eine Geige stehlen könnten, das hätte ich nie gedacht.« Es klang nicht sehr überzeugend.

»Offen gesagt, glaube ich, daß Ihre Fahrlässigkeit der

Baronin sehr mißfallen hat und auch, versteht sich, dem Kaiser«, antwortete Sherlock trocken.

Giacomo begann zu ahnen, wie nachteilig sich seine Achtlosigkeit für ihn auswirken konnte. Denn in den Musikklubs und bei den Konzerten in der Rua da Glória trat er mit seinem Geigenspiel ganz besonders gern vor Dom Pedro auf. Er brach in Tränen und Zittern aus:

»Oh, Dio, Dio, Dio ... Das wird mir die Baronin nie verzeihen! Was soll nur aus mir werden?!« Und als guter Italiener schlug er mehrfach seinen Kopf mit Wucht gegen die Wand.

Watson, der von dem bisher Gesagten kein Wort verstanden hatte, öffnete sein Köfferchen, nahm einen Flakon heraus und stürzte sich schreiend auf Peruggio:

»Großer Gott! Das ist Malaria! Schnell, Holmes, helfen Sie mir mit dem Chinin!« Und ehe ihn jemand daran hindern konnte, hatte er dem guten Mann den gesamten Inhalt des Medizinfläschchens in die Kehle geschüttet. »Deshalb achte ich in den Tropen immer darauf, daß ich meine Tasche in Reichweite habe«, stellte er stolz fest.

»Watson, leider muß ich Ihnen mitteilen, daß diesem armen Italiener nur die Nerven durchgegangen sind, was bei Menschen südländischer Herkunft recht häufig vorkommt«, erklärte Holmes.

»Mir hat ja niemand gesagt, daß der Mann Italiener ist«, beschwerte sich Watson beleidigt und schloß sein Köfferchen. »Erwartet man etwa von mir, daß ich diese heidnische Sprache verstehe?«

Sherlock nahm das Verhör wieder auf:

»Haben Sie irgendeinen Verdacht, wer die Geige gestohlen haben könnte?«

»Nein«, antwortete Giacomo und spuckte den bitteren Chiningeschmack aus.

»Um wieviel Uhr wurde die Geige gestohlen?«

»Das weiß ich nicht genau, zwischen acht Uhr abends und acht Uhr morgens.«

»Ich würde mir gern ansehen, von wo das Instrument entwendet wurde«, bat der Detektiv.

Peruggio führte alle nach hinten in die kleine Werkstatt. Holmes zog eine Lupe aus der Jackentasche und untersuchte minuziös den Arbeitstisch. Watson, der die Methoden seines Freundes bereits kannte, blieb unbeeindruckt, doch Pimenta verfolgte wie hypnotisiert jede Bewegung des Detektivs. Nach dem Arbeitstisch untersuchte Holmes das Fenster. An einem vorstehenden Nagel in der Brüstung hing ein kleiner dunkler Stoffetzen. Sherlock Holmes löste den Stoff vorsichtig vom Nagel und nahm ihn zwischen Daumen und Zeigefinger.

»Merkwürdig, sehr merkwürdig ...«, sagte Holmes und hielt die Lupe über seine Finger.

»Was ist? Haben Sie an dem Stoff etwas Verdächtiges entdeckt?« erkundigte sich Pimenta aufgeregt.

»Nein. Aber unter meinem Fingernagel. Das muß ein Splitter von der Kokosnuß sein«, antwortete der Detektiv, warf den Fetzen weg und saugte an seiner Fingerspitze.

Dann suchte er den restlichen Raum ab, fand aber nichts von Belang. Sie gingen nach vorn ins Geschäft zurück, wo Pimenta und er sich von Peruggio verabschiedeten. Watson, noch immer gekränkt, gab dem Italiener ebenfalls die Hand.

»Ich freue mich, daß es keine Malaria ist! Und für Ihre Nervenattacken empfehle ich Ihnen Melissengeist!« schrie er geradezu, wie alle Briten davon überzeugt, daß auch der letzte Mensch auf dem Planeten Englisch versteht, wenn man es nur laut genug spricht.

Pimenta machte gerade Anstalten, etwas zu sagen,

wurde jedoch dadurch unterbrochen, daß ein hünenhafter Schwarzer den Raum betrat und dabei fast die Tür aus der Füllung riß. Er griff schon nach seinem Revolver in der Tasche, doch Holmes beruhigte ihn:

»Langsam, Herr Kommissar. Das ist Mukumbe, er ist bei der Baronin in Diensten und steht mir zur Verfügung.«

»Ein Botenjunge hat mir die Nachricht gebracht, daß der Marquês de Salles sich im *Café do Amorim* aufhält und die Herren zu einer Erfrischung einlädt«, teilte Mukumbe gelassen mit.

»Wenn es genehm ist, würde ich mit dem Senhor Holmes gerne den Fall besprechen, den ich zur Zeit bearbeite«, sagte Mello Pimenta und steckte die Waffe wieder ein.

»Kommen Sie doch mit ins Café«, forderte Holmes ihn auf. »Wenn die hiesigen Bräuche die gleichen wie in London sind, dann quellen die Kaffeehaustische immer über von Informationen.«

Pimenta gefiel der Vorschlag nicht besonders, denn er hätte seine Ermittlungen lieber vertraulich weitergeführt, doch angesichts der Begeisterung des Detektivs konnte er nicht nein sagen. Giacomo Peruggio begleitete sie zur Tür.

»Senhor Holmes, sagen Sie bitte Dona Maria Luísa, sie möge es mir nicht nachtragen.«

»Seien Sie unbesorgt, Senhor Giacomo. Ich wollte Ihnen keine Angst machen. Die Baronin weiß, daß Sie keine Schuld trifft.«

Dankbar streckte Peruggio ihm die dramatisch ausgebreiteten Arme entgegen. Holmes nutzte die Gelegenheit und drückte dem Besitzer der *Viola d'Ouro* die ausgetrunkene Kokosnuß in die rechte Hand.

Das *Café do Amorim* befand sich im Beco das Cancelas, an der Ecke zur Rua do Rosário. Es war berühmt für seine Erfrischungsgetränke und kalten Speisen, außerdem natürlich für seinen Kaffee. Zudem wurden dort auch die besten Weine und Liköre serviert. Der Besitzer, Seu Amorim, war ein enorm dicker Mann in den Vierzigern mit einem Schnurrbart, dessen Spitzen er hochzwirbelte. Er trug eine schwarze Hose, Hemd, Weste und eine Schürze um die Hüften, wie er es bei den französischen Kellnern auf Abbildungen gesehen hatte. Die Schürze war so lang, daß Paula Nei darüber scherzte: »He, Amorim, das sieht ja eher nach einem Leichentuch für die üppigen Mahlzeiten aus, die in deinem Bauch ruhen.«

Amorim lachte dann immer und zwängte den so apostrophierten Körperteil weiter zwischen den Tischen hindurch, um seine bevorzugten Gäste persönlich zu bedienen. Manchmal stellte er indiskrete Fragen, wie nun am Tisch einer Gruppe von Kaffeeplantagenbesitzern, die bei einem Gläschen *Jenipapo*-Likör über die Preise der letzten Ernte diskutierten. Einer von ihnen, Coronel Mendes Freire, war der jüngste einer Familie mit sieben Söhnen. Obwohl seine Eltern Weiße waren und alle seine Brüder sehr blond, war Mendes Freire dunkelhäutig, fast schwarz, und hatte krauses Haar. Amorim konnte der Versuchung nicht widerstehen:

»Coronel, eins wollte ich Sie schon lange fragen. Wie ist es möglich, daß Ihre Eltern und Ihre Brüder weiß und blond sind und Sie so dunkel geworden sind?«

Mendes Freire nahm einen Schluck von seinem Likör und erklärte, zu Amorim und seinen Freunden gewandt:

»Das ist eine fast übernatürliche Geschichte. Meine Mutter war im zweiten Monat schwanger und verbrachte ein paar Tage auf der Fazenda meines Großvaters. Eines

Tages ging sie draußen in der Umgebung spazieren, als ein schwarzer Sklave wie von Sinnen schreiend aus der Plantage herauskam und hinter ihr herlief. Meine Mutter kehrte, so schnell sie konnte, zur Fazenda zurück, der Sklave immer hinter ihr her. Gott sei Dank schaffte sie es bis zum Haus, und die Leute meines Großvaters hielten den armen verrückten Schwarzen fest. Daß ich dann mit dieser Hautfarbe und diesem Haar geboren wurde, das hat der Schreck bewirkt, den meine Mutter damals bekommen hat.«

Die Freunde von Mendes Freire verkniffen sich mühsam ein Lachen und schüttelten teilnahmsvoll die Köpfe. Amorim bemerkte mit gesenkter Stimme:

»Sie müssen entschuldigen, Coronel, aber ich habe das Gefühl, daß dieser Schwarze Ihre Frau Mutter doch eingeholt hat.«

Bevor Mendes Freire protestieren konnte, ging Amorim weiter, um Holmes, Watson und Pimenta zu empfangen. Dann führte er die Gruppe zum Tisch des Marquês de Salles.

Kaum hatte Pimenta die Zeitung gesehen, die Júlio Augusto Pereira, der Marquês de Salles, gerade las, war ihm sofort klar, daß es keinen Grund mehr gab, um die Sache mit den ermordeten Mädchen ein Geheimnis zu machen. Es stand alles auf der ersten Seite der *Gazeta da Tarde* unter der Überschrift AUF DER JAGD NACH OHREN. Der Marquês begrüßte die drei, reichte Sherlock Holmes die Zeitung und beklagte sich beim Kommissar:

»Wie ich sehe, haben Sie uns bei unserem Besuch in der Leichenhalle ein paar recht pittoreske Einzelheiten vorenthalten. Welch ein Vertrauen, Herr Kommissar!«

»Ich weiß nicht, was an dieser schrecklichen Geschichte pittoresk sein soll«, erwiderte Mello Pimenta.

Júlio Augusto spielte auf den besonders skandalösen Teil des Berichts an, denn in der Zeitung stand alles, auch das morbide Detail, daß der Unhold aufgerollte Saiten eines Musikinstruments in den Schamhaaren der armen Mädchen hinterließ. Pimenta fluchte im stillen über den Professor Saraiva. Nur er und der Arzt wußten, wohin genau der Mörder die Saiten steckte. Nicht einmal seiner Frau hatte er das erzählt. Nun fragte er sich, wie viele Flaschen Schnaps nötig gewesen waren, um die verflixte Zunge des Gerichtsmediziners zu lösen. Auf der zweiten Seite der *Gazeta* gab es noch eine Karikatur von Sherlock Holmes mit einer riesigen Pfeife in der Hand. Der Artikel unter der Zeichnung berichtete über die Ankunft des englischen Detektivs.

Holmes nahm die Zeitung entgegen und las begierig, dann übersetzte er für Dr. Watson.

»Wie ich sehe, kann ich Ihnen nichts Neues mehr erzählen«, sagte Pimenta säuerlich.

»Aber ich«, teilte Sherlock Holmes mit, als er die Lektüre beendet hatte.

»Wie soll ich das verstehen?«

»Ich hatte gestern eine Begegnung mit dem Mörder.«

Der Kommissar reagierte verblüfft:

»Wo? Und wie?«

»In der Nationalbibliothek. Leider konnte ich ihn nur von weitem sehen.«

»Das müssen Sie uns bitte genau erzählen, Senhor Holmes«, bat Júlio Augusto.

Sherlock Holmes berichtete in allen Einzelheiten über das Ereignis der letzten Nacht. Nur was ihn an der weiteren Verfolgung gehindert hatte, unterschlug er. Statt dessen gab er an, der Unhold wäre bereits in den Straßen der Stadt verschwunden gewesen, als er das Fenster erreichte.

»Ich bedaure nur, daß die unbekannte junge Frau nicht auf mich gewartet hat. Sie war wirklich bildschön, eine sehr helle Mulattin mit großen grünen Augen, breiten Hüften und üppigen Brüsten.«

Der Marquês amüsierte sich über das Entzücken des Engländers:

»Sie sind nicht der erste Ausländer und werden gewiß nicht der letzte sein, der von unseren Mulattinnen fasziniert ist. Übrigens hat schon so mancher Ihrer Landsleute für eine Kaffeebraune alles stehen und liegen lassen.« Und er zitierte: »Braunhäutige Frauen mit feinen Zügen wie ein Hindu, großen funkelnden Augen, über denen jedoch wie ein Schleier ein bezaubernd melancholischer Ausdruck liegt, das Haar so schwarz wie das Gefieder des Raben, von der reizenden Anmut einer Elfe und dem sinnlichen Gang einer Ricke ...«

Pimenta merkte, daß die Unterhaltung abschweifte, und kehrte zum eigentlichen Thema zurück:

»Es gibt nur eins, wovon in der Zeitung nichts steht. Mehrere Personen, die in der Nähe der Tatorte wohnen, wo die Mädchen umgebracht wurden, haben der Polizei berichtet, sie hätten jemanden in den Straßen Geige spielen hören.«

»Wenn er auch noch die anderen Saiten vom Instrument reißt, wird sich dies Problem sehr bald erledigt haben«, bemerkte Júlio Augusto.

»Natürlich!« rief Holmes aus und schlug mit der Hand auf den Tisch, wovon Watson, der vor sich hin döste, aufschreckte.

Der Kommissar schien nicht zu begreifen.

»Wieso?«

»Verstehen Sie nicht, guter Mann? Eine Geige hat vier Saiten: G, D, A, E«, erklärte Holmes, wobei er sich zur Bezeichnung der Töne an das in England gebräuchliche System hielt. »Wenn er schon zwei Saiten verwendet hat, bleiben ihm noch zwei.«

»Wollen Sie damit sagen, daß der Mörder vorhat, ohne jeden Sinn und Verstand noch zwei Frauen umzubringen?«

»Sie haben es ganz richtig gesagt, Herr Kommissar, ›ohne jeden Sinn und Verstand‹, denn dieser Mann hat den Verstand verloren. Die Gründe für seine blutrünstige Raserei müssen irgendwo tief hinten in seinem kranken Hirn stecken. Ich hoffe, daß es uns in gemeinsamer Arbeit gelingt, ihm das Handwerk zu legen«, sagte Holmes.

»Das hoffen wir alle«, ergänzte der Marquês de Salles und blickte blaß in die Runde.

Sherlock wandte sich Watson zu und übersetzte das Gespräch für ihn ins Englische. Der Arzt war schockiert:

»Wie grauenhaft! Dieser Mann tötet die Frauen einfach so, ohne jeden Grund?«

»Ja, Watson. In meiner ganzen Laufbahn habe ich dergleichen noch nicht erlebt. Junge Frauen brutal umzubringen, immer auf die gleiche Art und ohne das geringste Motiv. Der Mann ist ein Geisteskranker, dem das Morden in Serie Spaß macht, so einen würde ich als *serial killer* bezeichnen. Genau das, ein *serial killer*«, entschied Sherlock Holmes, womit der Ausdruck geprägt war.

Dann wandte er sich an Júlio Augusto:

»*How would you say* serial killer *in Portuguese?*«

»*Assassino serial?*« schlug der Marquês als – miserable – Übersetzung vor.

»Wie dem auch sei, der Kerl muß festgenommen werden«, stellte Mello Pimenta fest.

Holmes zündete seine Pfeife an. Ein Gedanke keimte in seinem Kopf:

»Haben Sie eventuell schon einmal daran gedacht, daß unser Mörder vermutlich derselbe Mann ist, der die Geige der Baronin gestohlen hat?«

Pimenta verwünschte sich, daß er nicht selbst auf diese Idee gekommen war. Das schien logisch. Übrigens das einzige in diesem ganzen Wahnsinn, das logisch schien. Der Geisteskranke, der die jungen Frauen mordete, war derselbe, der die Geige gestohlen hatte. Ob diese Einsicht weiterhelfen würde, wußte er nicht, doch daß der Engländer recht hatte, lag auf der Hand. Der Diebstahl und der erste Mord hatten im selben Zeitraum stattgefunden. Nur, warum der Verrückte die Saiten auf den Schamhaaren seiner Opfer hinterließ, dafür fand er keine Erklärung. ›Warum? Ganz einfach, gerade weil er verrückt ist!‹ dachte er bei sich. Tausend Gedanken gingen ihm durch den Kopf. War der Mörder vielleicht ein Berufsmusiker? Musikvereinigungen gab es viele in der Stadt! Wo also anfangen? Zuerst einmal wollte er überprüfen, ob es einen Geiger gab, der schon mit der Polizei zu tun gehabt hatte. Sherlock Holmes unterbrach ihn in seinen Überlegungen:

»Herr Kommissar, in erster Linie beschäftigt mich eine Frage noch immer ganz besonders.«

»Was denn, Senhor Holmes?«

»Wo, meinen Sie, könnte ich wohl diese Mulattin wiederfinden?«

11

SEINE SIAMKATZE, DIE SONST IMMER ÜBER DIE Dächer streicht, schläft heute friedlich in ihrem Weidenkörbchen neben der Tür. Aber er beachtet die Katze nicht. Wenn er auf seinem schmalen Bett liegt, verliert er jedes Zeitgefühl. Seit über zwei Stunden liegt er da, flach auf dem Rücken, den Blick starr zur Decke gerichtet. Es ist eine Konzentrationsübung, die er immer macht, wenn der Haß in seiner Seele allmählich nachläßt. Dann legt er sich vollkommen nackt hin und stellt sich mit geschlossenen Augen vor, wie der Haß erneut seinen ganzen Organismus in Besitz nimmt. Nach und nach breitet sich das Gefühl in seinem Körper aus. Es beginnt in den Zehen und zieht durch die Beine hoch. Kraft seiner Vorstellung kann er den Haß in jede Hautfalte, jede Beuge, jede Pore seines Körpers lenken. Der Haß durchdringt seine muskulösen Oberschenkel und steigt höher. Jetzt erfaßt er bereits seine Genitalien. Warum der Haß sein Geschlecht hart werden läßt, versteht er nie. Mit dem Haß kommt die Hitze. Haß und Hitze schwellen gemeinsam an. Er spürt die Trennungslinie, die sich während der Exerzitien herausbildet. Wenn der Haß den Solarplexus erreicht, glüht seine untere Körperhälfte, während die obere noch immer ganz kalt ist, wie totes Fleisch. In diesem Augenblick weiß er, daß er sich noch mehr konzentrieren und im Geiste immer wieder, wie ein Gebetsmantra, Haß, Haß, Haß sagen muß. Ganz langsam steigt der Haß höher, setzt seinen Weg fort, seinen Weg zum Ziel, durchflutet seinen Kopf, bis er die Haarspitzen erreicht. Ein Schaudern läuft ihm durch den ganzen Körper. Die Bettücher sind schweißgetränkt. Der Prozeß ist abgeschlossen. Der Kern seines Seins wieder von schierem Haß erfüllt. Selten muß er diese Übung zu Hilfe nehmen. Nur eins kann seinen Haß untergraben. Die Angst. In der vergangenen Nacht hat er Angst gehabt. Angst, daß der Engländer ihn einholt, ihn entlarvt. Von weitem hat er die alberne Mütze, das karierte Cape gesehen und Angst bekommen. Angst vor dem Tod, Angst vor dem Leben. Er will nicht gefaßt werden, er weiß, daß er nicht gefaßt werden will. Trotzdem ist da etwas, das ihn zwingt, die Hinweise zu hinterlassen, die mit Sicherheit zur Katastrophe führen. Sie sind zu offensichtlich. Der dicke begriffsstutzige Kommissar kapiert nichts, aber der Engländer wird die Botschaften mühelos entschlüsseln. Sherlock Holmes wird die Spur bestimmt zu deuten wissen. Er steht auf und beginnt, sich mit einem Leinenhandtuch abzutrocknen. Er schwitzt so stark, daß er ein zweites Handtuch nehmen muß. Er holt den alten Dolch aus der im Schrank versteckten Schachtel und streicht sich mit der kalten Klinge über die Stirn, um das fiebrige Gefühl zu lindern, das er noch immer spürt. Die Frau und der Detektiv würden ihn nicht wiedererkennen, sein Umhang und die Dunkelheit haben ihn geschützt, dennoch ist er unzufrieden. Sie hat Glück gehabt. Großes Glück. Nur deshalb ist es ihm nicht gelungen, ihr die scharfgewetzte Messerschneide in die weiche Brust zu stoßen und die Lunge aus dem Leib zu reißen. Die Mestizin hatte sieben Leben, wie die Katzen. Oder sind es neun? Haben Katzen sieben Leben oder neun? Er weiß es nicht mehr. Er geht zu seiner Siamkatze, die in ihrem Weidenkorb schläft. Packt das Tier mit einer Hand am Kopf und schlitzt ihm mit der anderen mit einem einzigen Dolchhieb den Leib auf. Es geht so schnell, daß die Katze nicht einmal mehr die Augen öffnet, bevor sie stirbt. Ein Leben. Katzen haben also auch nur ein Leben, genau wie Huren.

Da ihr bereits mehrere brasilianische Schauspieler die Ehre erwiesen hatten, beschloß Sarah Bernhardt, mit ihrer ganzen Truppe zusammen eine Theateraufführung in Rio de Janeiro überraschend zu besuchen.

Das auserwählte Stück war die Jahres-Revue *Die Mann-Frau*, eben jenes Stück, in dem die Mulattin Anna Candelária, die es Sherlock Holmes so angetan hatte, in der Rolle einer Kammerzofe mitspielte. Aufgeführt wurde es im Teatro Santana im Stadtteil Rossio, am selben Platz Praça da Constituição, wo Sarah Bernhardt im Theater São Pedro de Alcântara auftrat. Der Höhepunkt der Revue basierte auf einem Fall, der sich ein Jahr zuvor in der Stadt zugetragen hatte: Ein Mann hatte sich, als Frau verkleidet, in Privathäusern als Hausmädchen verdingt. Als der Schwindel aufflog, gab es einen Skandal, der ganz Rio erschütterte. In dem Stück, das die Ereignisse des vergangenen Jahres Revue passieren ließ, wurde die Episode nachgespielt. Die wichtigsten Couplets hatte Chiquinha Gonzaga komponiert, der Text stammte von Valentim Magalhães und Filinto de Almeida. Das Publikum brüllte vor Lachen, wenn der brillante Komiker Vasques, in Frauenkleidern scharwenzelnd, einen Monolog singend vortrug und mit den Worten schloß:

»Wenn Sie mir nur Glauben schenken,
sehen Sie gleich, alles ist echt:
in der Form wie auch im Denken
bin ich ein Mensch ohne Geschlecht ...«

Gleich nach ihrer eigenen Vorstellung verließ Sarah das São Pedro, zog sich nicht einmal um, und betrat das Teatro Santana gegen Ende der Revue, als das ganze Ensemble mit dem Bild »Maxixe in der neuen Stadt« auf der Bühne stand. Es war ein triumphaler, der Göttlichen würdiger Einzug. Kaum war den Schauspielern bewußt geworden, welch illustren Besuch sie überraschend bekommen hatten, da trat Heller, der Impresario von *Die Mann-Frau*, auf die Bühne, unterbrach seine Schauspieler und ließ den Maestro die Marseillaise spielen. Der Jubel kannte keine Grenzen. Sarah ging nach oben auf die Bühne und überreichte Cinira Polônio, einer der Hauptdarstellerinnen des Ensembles, einen Blumenstrauß mit Schleifen in den brasilianischen Nationalfarben Grün und Gelb. Von Sarahs Geste hingerissen, klatschte das Publikum stehend Beifall. Vasques konnte nicht widerstehen; er ging auf sie zu, umarmte sie und küßte sie. Anschließend rannte er über die Bühne und rief: »Ich habe Sarah Bernhardt geküßt! Ich habe Sarah Bernhardt geküßt!«

Das Fest endete damit, daß Heller die Franzosen und Brasilianer zu einem gemeinsamen Abendessen bei Wein und Gitarrenmusik ins *Restaurant de la Terrasse* einlud. Der hochkultivierte Heller ließ Roederer Cristal ausschenken, eine *cuvée de prestige* und der einzige Champagner in durchsichtiger Flasche, eine Erfindung von Zar Alexander II., damit seine Gäste den guten Tropfen schon von außen würdigen konnten.

Als Sarah am nächsten Nachmittag zur Probe ins Theater kam, spürte sie noch die Nachwirkungen der letzten Nacht. Was für ein Temperament diese Brasilianer hatten. Alle waren nach ihr verrückt. In der Woche zuvor, hatte man ihr erzählt, war ein Fazendeiro drei Tage und drei Nächte geritten, um sie auf der Bühne zu sehen. Als er vor der Kasse stand, war die Vorstellung wie immer ausverkauft. Der Fazendeiro machte einen Mordsspektakel und schrie, er werde nicht von der Stelle weichen, bis er »die berühmte Künstlerin aus Frankreich« zu sehen bekomme. Um seinen Zorn zu besänftigen, bot ihm der Geschäftsführer einen Stehplatz ganz hinten im Saal an. Der Fazendeiro beruhigte sich, nahm die Eintrittskarte und begab sich zum Eingang. Bevor er durch die Tür ging, fragte er noch: »Ach, übrigens, was macht diese Frau eigentlich? Singt sie oder tanzt sie?« Sarah hatte darüber herzhaft gelacht.

Mit dem technischen Personal verständigte Sarah Bernhardt sich durch den Dolmetscher Sarmento, einen vom Theater engagierten Mann, der zwei Jahre in Paris gelebt hatte. Sarmento, ein untersetzter Mensch ohne Hals, gebürtig aus dem Landesinnern der Provinz Ceará, hatte schon als junger Bursche, von Abenteuerlust getrieben, auf einem Schiff der New-Zealand Shipping Company als Seemann angeheuert und beschlossen, um die Welt zu fahren. Fünfzehn Jahre lang hatte er in verschiedenen Ländern die unterschiedlichsten Berufe ausgeübt. In Hongkong war er Rikscha-Fahrer gewesen, in Barcelona Banderillero, in Bombay Wasserträger, in Missouri Pferdekutscher bei der Wells Fargo, in Peru Zauberpriester, in London Croupier, in Venedig Gondoliere, in Glasgow Schnapsbrenner, in Tirol Sänger, in Istanbul Totengräber, in Coimbra Müller und in Paris schließlich Gigolo. Während dieser Zeit hatte Sarmento Mandarin, Spanisch, Hindustani, Englisch, Italienisch, Deutsch, Türkisch und Französisch gelernt, und in all diesen Sprachen drückte er sich mit perfektem Cearenser Akzent aus.

Sarah ließ alle auf die Bühne kommen, um die letzten Einzelheiten für *Le maître de forges* von Georges Ohnet abzustimmen, in dem sie die Claire de Beaulieu spielte. Die Rolle war einer ihrer größten Erfolge, und da sie mit großer Professionalität arbeitete, verlangte sie, daß alles reibungslos klappte. Sie stellte fest, daß ein Stuhl auf der Bühne fehlte, und fragte mit Sarmentos Hilfe den Inspizienten Pipoca nach dem fehlenden Möbel.

»Ist heute abend da«, lautete die lakonische Antwort.

»Und der Teppich für das Proszenium?«

»Ist heute abend da.«

»Wo ist die Lampe für den kleinen Tisch?«

»Ist heute abend da.«

»Die Kissen fehlen auch noch.«

»Sind heute abend da.«

Ohne die Stimme zu erheben, wandte Sarah sich zu Sarmento:

»Sagen Sie Monsieur Pipoca, er soll alle fehlenden Gegenstände unverzüglich auf die Bühne holen, und zwar jetzt. Denn sonst bin heute abend ich nicht da.«

Dann drehte sie sich um und begann, den Text mit den Schauspielern zu besprechen. Bevor sie mit der Probe anfangen konnte, wurde sie von Pimenta unterbrochen, der den Theatersaal betrat.

»Welchem Umstand verdanken wir die Ehre dieses Besuchs, etwa einer neuen Klage gegen mich?« fragte Sarah von der Bühne, wieder mit Hilfe von Sarmento.

»Natürlich nicht, Madame. Ich will einen Herrn aufsuchen, der hier arbeitet. Ich bitte die Störung zu entschuldigen«, antwortete Pimenta, tippte an seinen Hut und bog in den Gang ein, der zum Orchesterprobenraum führte.

Er suchte einen Geiger namens Haroldo Borges. Borges war viermal in Haft gewesen, weil er seine Frau brutal geschlagen hatte. Die Anzeigen hatte ein Nachbar erstattet, der beim Militär war und der Frau des Musikers etliche Male Beistand geleistet hatte, und Haroldo hatten die Prügel zwei Monate Gefängnis eingebracht. Der Kommissar betrat den Probenraum. Mehrere Musiker stimmten ihre Instrumente oder unterhielten sich. Das Gespräch drehte sich wie immer um die niedrigen Gehälter. Als Pimenta eintrat, schauten alle neugierig auf.

»Ich suche einen Geiger namens Haroldo Borges«, sagte der Kommissar.

Eine hagere Gestalt mit hohlwangigem Gesicht antwortete von hinten aus dem Raum:

»Ja, bitte?«

»Ich bin Kommissar Mello Pimenta und würde mich gern mit Ihnen unter vier Augen unterhalten.«

Wortlos legte Haroldo Borges seine Geige in den Kasten und ging langsam auf den Polizisten zu. Gemeinsam begaben sie sich zum Künstlereingang. Als Borges kurz vor der schmalen Tür stand, warf er den Kasten mit dem Instrument auf Pimenta und versuchte, hinaus auf die Straße zu laufen. Der dicke Polizist drückte ihn gegen den Türrahmen.

»Wo wollen Sie denn so eilig hin?«

»Irgendwohin, wo es keine Ungerechtigkeit der Polizei gibt.«

»Ungerechtigkeit?«

»Das war doch wieder der Gouveia, stimmt's?«

Mello Pimenta begriff überhaupt nichts. Er kannte keinen Gouveia und war auch kein Anhänger von Ungerechtigkeiten.

»Ich habe nicht die geringste Ahnung, wovon Sie sprechen. Wer ist Gouveia?«

»Der Sergeant vom Kaiserlichen Militärpolizeikorps, der in meiner Straße wohnt. Immer derselbe.«

Mello Pimenta begann zu begreifen. Gouveia war der Mann vom Militär, der die Anzeigen erstattete, wenn Borges seine Frau schlug.

»Meine Sache hat nichts mit Ihren häuslichen Zwistigkeiten zu tun. Ich ermittele in zwei Verbrechen und möchte wissen, wo Sie sich an den Tagen aufgehalten haben, als die Taten begangen wurden.«

Pimenta zückte sein Notizheft. Zu seinem Pech, aber des Geigers Glück war Haroldo Borges an den Mordtagen in Juiz de Fora gewesen, weit weg von Rio de Janeiro, zu einem kleinen Gastspiel mit dem Streichquartett, das er zusammengestellt hatte, damit sie ihre schmalen Monatsgehälter in der Freizeit etwas aufbessern konnten. Vertreten hatte ihn Lima, ein vielseitig talentierter Mann, der immer für die Kollegen einsprang, wenn diese sich woanders ein kleines Zubrot verdienten. Mello steckte sein Notizheft in die Tasche und sagte trocken:

»Sie können gehen. Und dies noch zur Warnung: Erdreisten Sie sich nicht noch einmal, eine wehrlose Frau zu prügeln und der Polizei Ungerechtigkeit vorzuwerfen.«

Haroldo Borges sah Pimenta mit traurigem Blick an.

»Herr Kommissar, kennen Sie meine Frau, die Marieta?«

»Nein, natürlich nicht.«

»Sie wiegt über hundert Kilo und ist einen Meter achtzig groß. Glauben Sie vielleicht, ich mit meiner schmächtigen Figur könnte sie schlagen?«

»Ja, was hat es denn dann mit dieser Prügelgeschichte auf sich?«

»Das ist es ja, Herr Kommissar. Sie betrügt mich mit diesem Gouveia, der in meiner Straße wohnt. Immer wenn ich ihr das vorhalte, schlägt mich die Marieta zusammen. Anschließend geht der Sergeant auf die Wache und erstattet genau umgekehrt Anzeige. Gestern erst habe ich wieder was eingesteckt.« Der Geiger knöpfte sein Hemd auf und zeigte seinen mit Blutergüssen übersäten Körper. »Als ich Sie gesehen habe, bin ich in Panik geraten. Ich dachte, der Gouveia wäre schon bei der Polizei gewesen und Sie wollten mich verhaften. Ich halte es nicht mehr aus, zu Unrecht eingesperrt zu werden.«

»Und wieso nehmen sie dann auf der Wache dem Mann diese Geschichte ab?« fragte der Kommissar ungläubig.

»Sie kennen das doch, Herr Kommissar, der Gouveia ist Sergeant, ein Angehöriger vom kasernierten Kaiserlichen Polizeikorps, der hat da viele Freunde, und ich bin nur ein kleiner Geiger.«

»Sie können beruhigt sein, ich werde dafür sorgen, daß man Sie nicht mehr behelligt. Aber ich will Ihnen einen Rat geben, guter Freund. Sie sollten diese Frau verlassen und sich eine andere Gefährtin suchen.«

»Das geht nicht, Herr Kommissar. Ich würde es ja gern, aber ich kann nicht. Marieta ist furchtbar eifersüchtig. Sie hat schon gesagt, wenn ich sie verlasse, bringt sie mich um«, erklärte Borges leise, während er sich das Hemd zuknöpfte.

Mello Pimenta verabschiedete sich und nahm sich vor, seiner ihn über alles liebenden Frau Esperidiana, diesem Geschenk des Himmels, ein paar Kokostörtchen mitzubringen.

12

RODRIGO MODESTO TAVARES WAR AUF ZIEMLICH unkonventionelle Art zu seinem Titel Visconde de Ibituaçu gekommen. Er war sehr reich, schon etwas in die Jahre gekommen, verkehrte häufig im Palast und umschmeichelte den Kaiser. Eines schönen Aprilmorgens vor ungefähr fünf Jahren fuhr Dom Pedro zur Einweihung eines weiteren Abschnitts seiner so geliebten Eisenbahnstrecke. In seiner Begleitung etliche Würdenträger, Minister, Senatoren, Staatsräte, Marschälle und selbstverständlich Rodrigo Modesto Tavares, der größten Wert darauf legte, bei derlei Feierlichkeiten an der Seite des Herrschers aufzutreten. Seine Kaiserliche Hoheit strahlte in seiner Galauniform. Die Kapelle spielte mit großem Pomp ein paar Militärmärsche. Eine Menschenmenge drängte sich, um Dom Pedro II. zu sehen. Die funkelnde Sonne und das tiefe Blau des wolkenlosen Himmels verliehen dem Ereignis noch größere Festlichkeit. Auf der überfüllten Tribüne machte der Monarch Anstalten, mit der Einweihungszeremonie zu beginnen, da geschah Unerwartetes. Just in der kurzen Stille, die nach dem Beifall im Anschluß an das Abspielen der Nationalhymne eintrat, entfuhr Dom Pedro eine geräuschvolle Flatulenz. Betretene Mienen ringsum. Wie sollte man auf den peinlichen Zwischenfall reagieren? Da sagte Rodrigo, dessen Verstand so flink wie der aller Schmeichler arbeitete, laut und vernehmlich: »Ich bitte tausendmal um Vergebung, Majestät. So etwas passiert mir gelegentlich. Ich leide an Meteorismus.«

Minister, Senatoren und Marschälle hätten sich ohrfeigen mögen. Warum waren sie nur nicht selbst auf die Idee gekommen, den kaiserlichen Furz auf sich zu nehmen?! Der dankbare Monarch verlieh seinem Freund, der ihn vor einer so schrecklichen Blamage bewahrt hatte, den Titel eines Visconde com Grandeza. Damit die Bezeichnung des frisch Geadelten dem Ereignis gerecht wurde, ernannte er Rodrigo zum Visconde de Ibituaçu, was auf Tupi-Guarani »großer Wind« bedeutet.

Das Palais des Visconde im Stadtteil Laranjeiras zählte zu den prächtigsten Residenzen von ganz Rio de Janeiro. Inmitten eines Wäldchens, umringt von Kokospalmen und Kapokbäumen, stand es auf der höchsten Erhebung des Geländes und ragte aus der üppigen Vegetation heraus. Die Einladungen zu den Festen, die Rodrigo Modesto Tavares, Visconde de Ibituaçu, in seinem Haus gab, waren in der guten Gesellschaft höchst begehrt, doch Rodrigo umgab sich lieber mit Künstlern, Bohemiens und Intellektuellen. So wie an diesem Abend beim Essen zu Ehren von Sherlock Holmes und Sarah Bernhardt. Die ganze Bande war erschienen, von Bilac bis hin zu Paula Nei, dem Lustigsten in der Runde. Der Visconde hatte auch die Baronin de Avaré und ein paar schöne, elegante junge Damen eingeladen, als Gegengewicht zu den männlichen Gästen, die deutlich in der Mehrzahl waren. Sarah Bernhardt wurde von ihrem Sohn begleitet, doch Sherlock Holmes war allein gekommen. Dr. Watson war mit der Entschuldigung, er müsse sich um seine unerledigte Korrespondenz kümmern, im Hotel geblieben. In Wirklichkeit haßte er solche Abendgesellschaften, die sich bis tief in die Nacht hinzogen. Paula Nei bemerkte, als er den Detektiv ohne seine übliche Begleitung erblickte, respektlos wie immer:

»Sieh mal einer an, Cosmas ist ohne Damian gekommen! Und ich dachte, wo der Herr, da auch das Gescherr.«

Nach dem Souper begaben sie sich in einen Salon, den der Visconde wegen seines riesigen venezianischen Kronleuchters spöttisch als Scherbengrotte bezeichnete. Man unterhielt sich auf französisch, eine Sprache, die alle beherrschten, auch Sherlock Holmes. In dem Salon erwartete sie eine angenehme Überraschung: Am Flügel saß Ernesto Nazareth und sorgte für die musikalische Untermalung des Abends.

Nazareth, damals ein junger Pianist und Komponist von dreiundzwanzig Jahren, verdiente sich seinen Lebensunterhalt mit Privatstunden und Auftritten bei Festen. Er hatte bereits etliche Stücke veröffentlicht, und seine Polkas, wie »Fonte de suspiro«, »Gentes! O imposto pegou?« und »Teus olhos cativam«, fanden bei der Bevölkerung großen Anklang. In diesem Augenblick spielte er seine neueste Komposition, den Walzer »Dora«, den er für Teodora Amália de Meireles geschrieben hatte, die er in wenigen Tagen heiraten wollte. Dank einer Haarlocke, die ihm in die Stirn fiel, erinnerte er etwas an Chopin, den er übrigens zutiefst verehrte. Kaum hatte er geendet, bat ihn Rodrigo, die sehr beliebte Polka »Beija-Flor« zu spielen. Beeindruckend an den Kompositionen des jungen Pianisten war, daß selbst in den fröhlichsten *maxixes* ein melancholischer Unterton mitschwang.

Der Visconde de Ibituaçu war glücklich. Der Abend entwickelte sich zu einer selbst in seinem Haus nie dagewesenen *réussite*. Zu Ehren von Sherlock Holmes hatte Miguel Solera de Lara seine gewohnte Schüchternheit überwunden und ein paar Passagen aus *The triumph of life* von Shelley, seinem Lieblingsdichter, meisterhaft vorgetragen. Alle unterhielten sich blendend. Guimarães Passos trat, von Bilac begleitet, auf Sarah Bernhardt zu.

»Madame, wenn Sie gestatten, möchte ich Ihnen den

jungen Dichter vorstellen, von dem ich Ihnen beim Souper im Grandhotel erzählt habe. Olavo Bilac.«

»Sehr erfreut, Madame«, sagte der Dichter.

»Ihr Freund hat in höchsten Lobesworten von Ihnen gesprochen. Wer weiß, vielleicht kann ich Sie ja irgendwann als Muse inspirieren?«

»Ihr Vorschlag kommt zu spät, Madame. Diese Kühnheit habe ich mir bereits in Form eines Sonetts erlaubt. Es heißt ›Feodora‹, und ich gedenke, es in der Zeitschrift *A Semana* zu veröffentlichen«, antwortete Bilac.

Entzückt bat die Schauspielerin Bilac, ihr das Sonett vorzutragen. Der Dichter ließ sich nicht lange bitte und rezitierte in makellosem Französisch die Strophen, die mit den Worten endeten:

Tu sais tous les secrets des abîmes du cœur,
O toi, qui sais mêler, pour montrer ta douleur,
Le cri d'une lionne aux sanglots d'une femme!

Begeisterter Applaus von allen Gästen brandete auf, und Sarah küßte gerührt den jungen Barden auf die Stirn. Bilac geriet ganz außer sich vor Freude. Der Marquês de Salles, der für solche Gelegenheiten immer eine Überraschung parat hatte, bot sich an, auch etwas vorzutragen.

»Von wem?« fragte Artur Azevedo, der nicht von der Seite seiner »Göttlichen« wich.

»Du kennst ihn nicht. Der Verfasser hat sich noch keinen Namen gemacht, er ist in Uruguay geboren, aber ein Landsmann von Madame, denn sein Vater war französischer Konsul. Er heißt Isidore Ducasse. Wir haben Ende der sechziger Jahre zusammen an der École Polytechnique in Paris studiert. Er hat unter dem Pseudonym Comte de Lautréamont ein langes Poem geschrieben.«

»Noch nie gehört. Der einzige Lautréamont, den ich

kenne, ist die Gestalt aus Eugène Sues Feuilletonroman«, sagte Miguel, dessen Gedächtnis ein wahres literarisches Archiv war.

De Salles fuhr fort: »Sein Werk wurde zwar veröffentlicht, doch leider traute sich sein Verleger nicht, es an die Buchhandlungen auszuliefern, aus Angst, man könnte ihm einen Prozeß machen.« Der Marquês liebte es, eine heikle Atmosphäre zu verbreiten.

Inzwischen war die Neugier der Anwesenden fast greifbar. Alle wollten mehr über diesen geheimnisvollen Dichter erfahren. Solera de Lara als Buchhändler war besonders interessiert:

»Und wie heißt das Buch?«

»*Die Gesänge des Maldoror.* Zufällig besitze ich ein signiertes Exemplar, das Ducasse mir persönlich geschenkt hat. Eine Rarität, Senhor Miguel, eine echte Rarität ...«, stichelte der Marquês.

»So viel Geheimnistuerei halte ich nicht mehr aus. Nun tragen Sie schon endlich etwas aus diesem verfemten Poem vor«, verlangte Sarah Bernhardt.

»Eigentlich, Madame, weiß ich nicht, ob ich das tun sollte. Die Verse meines Freundes können für die Ohren empfindsamer Damen schockierend sein.«

Die Frauen im Raum protestierten vehement. Chiquinha Gonzaga machte sich zu ihrer Wortführerin.

»Marquês, wir befinden uns im 19. Jahrhundert. Es gibt nichts Außergewöhnliches mehr, was Ihr Schreiberling enthüllen könnte«, sagte sie verächtlich.

»Nun gut, wenn Sie darauf bestehen, hier haben Sie eine Kostprobe dessen, wozu Maldoror gleich im ersten Gesang rät«, sagte der Marquês de Salles, ging in die Mitte des Salons und begann, mit seiner samtweichen Baritonstimme zu rezitieren:

»Vierzehn Tage lang
lasse man seine Fingernägel
wachsen.
Oh, wie süß ist es, brutal aus seinem Bett ein Kind zu reißen,
dessen Oberlippe noch kein Hauch von Flaum bedeckt,
und, die Augen weit geöffnet,
so zu tun, als legte man ihm sanft die Hand auf die Stirn,
um seine schönen Haare nach hinten zu streichen!
Dann, plötzlich, im Augenblick, da es am wenigsten darauf gefaßt ist,
die Nägel tief in seine weiche Brust zu schlagen,
doch so, daß es nicht stirbt;
denn wenn es stürbe,
könnte man es später nicht leiden sehen.
Dann, die Wunden ausleckend, trinke man sein Blut,
und während dieser Zeit, die so lange dauern müßte wie die Ewigkeit,
weint das Kind.
Nichts ist so gut wie dieses noch ganz warme Blut, das ihm auf die angegebene Weise entzogen wird,
es sei denn seine Tränen, bitter wie Salz ...«

»Ich glaube, mehr brauchen wir nicht zu hören«, unterbrach Miguel Solera de Lara.

Unbehagen machte sich im Salon breit. Die vom Visconde eingeladenen jungen Damen befächelten sich mit ihren bemalten Fächern.

»Daß der Verleger etwas so Erbärmliches nicht weiterverbreiten wollte, kann ich verstehen«, sagte der Visconde de Ibituaçu gereizt.

»Ich habe Sie ja gewarnt«, bemerkte der Marquês de Salles und konnte sein Lächeln vor Genugtuung, daß er diese peinliche Situation herbeigeführt hatte, nicht verbergen.

Sarah Bernhardt ließ sich noch ein Glas Champagner geben und nahm den Dichter in Schutz:

»Also, ich fand es ausgezeichnet. Ich würde mir gern das Buch von Ihnen ausleihen, Marquês.«

»Mit Vergnügen, Madame. Es freut mich, daß mein Freund Isidore eine so bedeutende Fürsprecherin gefunden hat.«

Sherlock Holmes brach die gespannte Atmosphäre mit der unschuldigen Frage:

»Würde es den Herrschaften etwas ausmachen, wenn ich meine Pfeife rauche?«

»Mein werter Mister Holmes, nach diesem Vortrag des Marquês könnten Sie sogar Opium rauchen, und niemand wäre schockiert«, stellte Paula Nei fest. Zur Erleichterung des Visconde kehrte wieder gelöste Stimmung ein.

Wie üblich bei solchen Gesellschaften teilte sich das Fest irgendwann in zwei Gruppen: auf der einen Seite die Männer, auf der anderen die Frauen. Mit Ausnahme von Chiquinha Gonzaga, der Baronin de Avaré und Sarah Bernhardt, die sich lieber den Herren anschlossen, und Maurice Bernhardt mit dem Marquês de Salles, die sich natürlich für die Gesellschaft der Damen entschieden. Maurice war wie der Marquês ein unverbesserlicher Frauenheld und hatte sich mit seinem Temperament schon in prekäre Situationen gebracht. Als er einmal im Foyer seines Hotels den vorübergehenden jungen Frauen Komplimente machte, reagierte ein junger Mann, der eins der Mädchen begleitete, verärgert und verabreichte ihm ein paar kräftige Ohrfeigen. Der Geschäftsführer mußte eingreifen, um schlimmere Folgen des Zwischenfalls zu verhindern. Doch diese Unbill war längst vergessen, nun plauderte er an der Seite des Marquês mit den jungen Damen, die tausend Dinge über Paris und seine Mutter wissen wollten: »Ist es wahr, daß sie sich einen Löwen im Haus hält?«; »Ist Pigalle wirklich so, wie man sich erzählt?« Maurice antwortete manchmal wahrheitsgemäß, manchmal auch nicht, aber immer vom Marquês komplizenhaft unterstützt.

In der geräumigen Bibliothek, bei dicken Havannas und Cognac, befriedigte Sherlock Holmes nach einem Bericht über seine Beinahe-Begegnung mit dem *assassino serial*, wie der Marquês übersetzt hatte, die Wißbegier der übrigen Gäste. Der Romancier Aluísio Azevedo wollte sich das Gerücht bestätigen lassen, das inzwischen in der Stadt die Runde gemacht hatte:

»Dann stimmt es also, daß der Geigendieb und der verrückte Mörder ein und dieselbe Person sind?«

»Das nehme ich an. In Anbetracht der zurückgelassenen Geigensaiten wäre es wirklich ein sehr großer Zufall, daß beides zum gleichen Zeitpunkt geschieht, und ich glaube nicht an Zufälle«, verkündete der Detektiv und stieß eine Rauchwolke aus seiner Pfeife aus.

»Aber warum läßt er bei seinen Opfern Geigensaiten zurück und schneidet ihnen die Ohren ab?« fragte Olavo Bilac.

Chiquinha Gonzaga zündete sich einen nicht unzierlichen Zigarillo an und wagte eine Erklärung:

»Das ist doch ganz einfach, mein lieber Olavo. Der Mann legt absichtlich Spuren, sozusagen als Herausforderung. Vermutlich hat er unbewußt den Wunsch, gefaßt zu werden.«

Holmes staunte über den Scharfsinn der Komponistin. Er war längst zum selben Schluß gekommen.

»Mein Kompliment, Miss Gonzaga. Ich denke ganz genauso.«

»Aber warum mußte er ausgerechnet meine Geige stehlen?« fragte die Baronin Maria Luísa, die dem Gespräch aufmerksam folgte.

»Das weiß ich noch nicht. Dafür kann es verschiedene Gründe geben. Erstens, weil es eine Stradivari ist. Daß unser Täter Aufmerksamkeit erregen will, liegt auf der Hand. Es kann auch sein, daß sie das erste Instrument war, das ihm begegnet ist.«

»Und die Ohren? Warum legt er auf eine so makabre Sammlung Wert?« fragte Artur Azevedo.

»Aus Geldgier mit Sicherheit nicht. Keins der Opfer trug Ohrringe«, scherzte Alberto Fazelli, wie immer unpassend.

»Die Ohren sind auch eine Botschaft. Eine grausame Botschaft des *serial killer*«, stellte Sherlock Holmes feierlich fest.

Da noch keiner der Anwesenden den Neologismus gehört hatte, fragte Artur Azevedo nach:

»*Serial killer*? Was bedeutet das?«

»Mir ist noch nie ein vergleichbarer Fall zu Ohren gekommen, deshalb habe ich diesen Begriff erfunden, als Bezeichnung für jemanden, der mehrere Personen der Reihe nach ermordet, immer auf die gleiche Art und ohne jedes ersichtliche Motiv. Deshalb ist er besonders schwer zu fassen.«

»*Serial killer*, Siriel Ki-ler«, murmelte Paula Nei, und es klang fast alttestamentarisch.

Coelho Neto, der sich wenig aus Sensationsgeschichten machte, aber mit Vorliebe Menschen beobachtete, um sie zu Personen in einem seiner nächsten Romane zu verarbeiten, lenkte das Gespräch auf ein allgemeineres Thema:

»Nun, Senhor Holmes, wie gefällt Ihnen unser Brasilien?«

»Ein faszinierendes Land, wirklich faszinierend. Die Lebensart begeistert mich. Die Menschen sind über die Maßen herzlich. Ich fühle mich so wohl, als wäre ich hier zu Hause. Eins allerdings verstehe ich nicht«, setzte Holmes ratlos nach.

»Sprechen Sie es aus, Senhor Holmes«, forderte ihn Coelho Neto auf.

»Die Kleidung. Ich verstehe nicht, warum sich in einem tropischen Land die Männer alle nach europäischem Vorbild schwarz kleiden.«

Der Detektiv hatte ein heikles Thema angesprochen. Die Sitte, Westen und schwere Gehröcke wie in den kalten Klimazonen zu tragen, löste bei den Reisenden immer Verwunderung und Spott aus, und auch *O Mequetrefe* hatte die Unsitte schon mit Karikaturen aufs Korn genommen.

»Sie müssen uns verzeihen, Senhor Holmes, aber kultiviert sein hat eben seinen Preis. *Il faut souffrir pour être beau …*«, antwortete die Baronin de Avaré.

»Ich jedenfalls bedaure, daß ich keine leichtere Kleidung mitgebracht habe. Ich wüßte gern einen Schneider, der mir ein paar helle Anzüge machen könnte.«

»Salomão Calif!« riefen die Männer im Raum wie im Chor.

Guimarães Passos erklärte:

»Calif ist der beste Schneider von Rio und ein sehr guter Freund von uns.« Und erbot sich: »Wenn Sie möchten, kann ich Sie zu ihm führen.«

»Ich wäre Ihnen sehr dankbar«, sagte Holmes. »Was mich außerdem tief beeindruckt, ist die Schönheit der

Frauen. Die junge Frau, der ich das Leben gerettet habe, war atemberaubend. Ich habe sie nur kurz gesehen, aber mein gut trainiertes Auge konnte erkennen, daß sie eine sehr hellhäutige Mestizin war, mit weich gelocktem schwarzem Haar, schlank, ein straffer Körper und große grüne Augen.«

Sarah Bernhardt warf rasch ein:

»Das ist ja merkwürdig, mein lieber Holmes. Neulich war ich in einer Revue, und zum Ensemble gehörte eine junge Mulattin, die ganz ähnlich aussah. Schon lange nicht mehr habe ich eine so schöne Frau gesehen.«

»Schöne Mulattinnen gibt es in Rio mehr als genug«, stellte Paula Nei fest.

Doch Sherlock hatte angebissen.

»In welchem Theater?« fragte er.

»Wie es hieß, habe ich vergessen. Es liegt nicht weit von meinem.«

Da es im Stadtteil Rossio mehrere Theater gab, wußten sie nicht genau, von welchem Sarah Bernhardt sprach.

»Das muß das Santana sein, wo *Die Mann-Frau* gegeben wird. Die Musik ist von unserer Chiquinha Gonzaga hier«, mutmaßte Artur Azevedo als Fachmann in diesem Genre.

»Richtig«, fiel es Sarah ein. »Ich habe sie nur kurz auf der Bühne gesehen, aber anschließend sind wir alle zusammen essen gegangen. Soweit ich verstanden habe, hat sie nur eine kleine Rolle, aber man versicherte mir, daß sie Talent besitzt.«

»Die einzige Mulattin im Ensemble ist Anna Candelária, ein sehr hübsches Mädchen, gerade am Anfang ihrer Karriere«, teilte Chiquinha Gonzaga mit und zündete sich noch einen Zigarillo an.

Holmes zückte sein Notizheft und schrieb etwas hinein.

Während Albertinho Fazelli sich bemühte, Sherlock Holmes davon zu überzeugen, daß er sich nicht allzu großen Hoffnungen hingeben dürfe, da seiner Erfahrung nach etliche Mulattinnen dieser knappen Beschreibung entsprechen konnten, trat Maurice Bernhardt in die Bibliothek. In seiner Begleitung der Marquês und mehrere junge Frauen, die aufgeregt kicherten.

»*Maman*, mir ist gerade eine wunderbare Idee gekommen. Wie wäre es mit einer Séance?«

»Zu dieser späten Stunde, Maurice?«

»Jetzt ist die beste Zeit. Die Geisterstunde. Ich habe den jungen Damen hier schon gesagt, wenn ich dabei bin, bewegt sich das Glas immer.«

Mit Ausnahme von Sherlock Holmes, der nicht an Übernatürliches glaubte und im Augenblick nur an die Mulattin dachte, waren alle von der Idee angetan. Der Visconde de Ibituaçu machte unverzüglich einen runden Tisch frei und schob ihn eigenhändig in die Mitte des Raums. Die anderen ergriffen die Stühle, während die Baronin de Avaré, die zum Sekretär gegangen war, Zettel zurechtschnitt und mit den Buchstaben des Alphabets beschrieb.

»Besteht die Möglichkeit, daß ein Geist erscheint und uns sagt, wo meine Geige ist?« fragte sie scherzhaft.

Paula Nei trank seinen Champagner aus und stellte sein Glas umgestülpt auf die Tischmitte zwischen die Zettel mit den Buchstaben. Der Visconde wies die Diener an, die Lichter zu löschen und nur einen Leuchter neben den Bücherregalen brennen zu lassen. Bilac, der Marquês, Paula Nei, Guimarães Passos, Maurice und einige junge Damen nahmen am Tisch Platz. Die anderen stellten sich in einem Kreis rings um sie. Alle, die am Tisch saßen, legten einen Finger auf das umgestülpte Glas. So verharrten sie ein paar Minuten lang und dachten an Seelen und Geister, doch es tat sich nichts.

»Die Geister haben wohl heute ihren freien Tag ...«, mutmaßte Paula Nei.

»Vielleicht sind sie beleidigt, weil sie keine offizielle Einladung des Visconde erhalten haben«, fügte Guimarães Passos hinzu.

»Konzentrieren. Man muß sich konzentrieren«, mahnte Maurice Bernhardt, um das verstohlene Kichern der jungen Damen zu dämpfen.

»Es ist noch zu hell. Senhor Holmes, könnten Sie so freundlich sein und die Kerzen in dem Leuchter dort löschen?« bat er dann.

Doch Holmes saß in seine Gedanken vertieft und hörte die Bitte des jungen Mannes nicht. Sarah persönlich übernahm es, die Kerzen auszupusten. Nur ein Strahl des Mondlichts erhellte den Raum und warf auf die Umstehenden Schatten.

Die Stille, die dann in der Dunkelheit eintrat, wurde von dem entsetzten Aufschrei einer der jungen Damen zerrissen. Noch bevor jemand die Kerzen anzünden konnte, hörte man das Klatschen einer kräftigen Ohrfeige.

»Unverschämter Kerl! Wenn du grapschen willst, halte dich an deine Frau Mutter!«

Als die Lichter angingen, rieb Maurice Bernhardt sich noch immer verlegen die Wange.

Der Kommissar Mello Pimenta zückte sein weißes Batisttaschentuch und wischte sich zum wiederholten Mal die Stirn ab. Wegen Hitze transpirierte er nie; Anlaß für seinen Schweißausbruch waren die Vorhaltungen, die ihm sein Chef gerade machte. Er stand im Büro der Polizeizentrale im Gebäude der Rua do Lavradio 36, in dem sich auch sein Kommissariat befand. Eine lästige Fliege summte ihm um den Kopf. Der Polizeipräsident Coelho Bastos saß an seinem mächtigen Mahagonischreibtisch und strich sich über den Schnurrbart, während er harsch zu Pimenta sprach, ohne ihm in die Augen zu sehen:

»Ich befinde mich in einer ziemlich heiklen Situation, verstehen Sie. Die Zeitungen haben den Raub der kaiserlichen Juwelen bis heute nicht vergessen.«

Coelho Bastos bezog sich auf die Juwelen der Kaiserin Leopoldina, der Baronin Fonseca da Costa und der Prinzessin Isabel, die vor ein paar Jahren aus dem Palast verschwunden waren, als noch sein Vorgänger amtierte. Später war bei Hof zu erfahren, daß der Dieb Manuel Paiva war, ein Bruder von Pedro de Paiva, dem Sekretär des Kaisers für amouröse Angelegenheiten, und die Sache wurde vertuscht, doch Bastos hatte die von *O Mequetrefe* veröffentlichten Karikaturen noch allzu deutlich vor Augen.

»Als reichte es nicht schon, daß ich von der gestohlenen Stradivari erst aus der Zeitung erfahren habe. Anscheinend traut Dom Pedro seinem Polizeichef nicht einmal mehr zu, den Diebstahl einer Fiedel aufzuklären. Und um die Sache noch komplizierter zu machen, taucht dann noch ein Mörder auf.«

»Ein *serial killer*«, korrigierte Mello Pimenta.

»Ein was?« fragte der Polizeichef.

»Ein *serial killer*. So hat Sherlock Holmes diesen Verbrecher genannt, der in Serie mordet«, antwortete Pimenta und verscheuchte die Fliege, die sich ihm jetzt auf die Nasenspitze gesetzt hatte.

»Sherlock Holmes. Noch ein Beweis für das mangelnde Vertrauen Seiner Majestät. Ich verstehe nicht, wozu wir hierzulande einen englischen Detektiv brauchen«, maulte Coelho Bastos und versuchte, dieselbe Fliege mit seinem Tintenlöscher auf dem Tisch zu erschlagen.

»Ich bitte um Verzeihung, aber ich meine, daß wir in diesem speziellen Fall auf jede mögliche Hilfe zurückgreifen müssen. Dank Sherlock Holmes wissen wir inzwischen, daß der Geigendieb und der Mörder ein und dieselbe Person sind.«

»Was wissen wir noch?«

»Sehr wenig. Ich habe im Palast Erkundigungen über das arme Ding eingeholt, das am Brunnen umgekommen ist. Sie war Waise, wurde vom Onkel unterstützt und führte, wie man mir sagte, ein ruhiges Leben. Sie hatte weder Freundinnen noch einen Verehrer. Meistens war sie allein und las französische Schnulzenromane. Das typische stille, anständige Mädchen.«

»Und die andere, die aus der Rua do Regente?« fragte Coelho Bastos.

»Das genaue Gegenteil. Ich war in dem Freudenhaus, in dem sie arbeitete. Dort habe ich mich mit dem Verwalter des Hauses unterhalten, einem Abartigen, den sie ›Madames Arsch‹ nennen und vor dem die Mädchen keine Geheimnisse haben. Er sagte, die Dirne habe, obwohl sie noch keine achtzehn war, viel getrunken und es mit jedem getrieben. Sie hatte keine festen Freier.«

»Und was ist mit unseren üblichen Informanten?«

»Von der Seite sollten wir uns nichts erhoffen. Ich sage Ihnen, Dr. Coelho Bastos, es wird nicht einfach, den Kerl zu entlarven, denn er mordet ohne jedes Motiv«, schloß Mello Pimenta und schüttelte heftig den Kopf, was aber an der Fliege liegen konnte, die ihm gerade ins Ohr kriechen wollte.

»Wie meinen Sie das?«

»Das ist das erste, was wir bei der Polizei lernen, den Beweggrund für ein Verbrechen in Erfahrung zu bringen.«

»Den Beweggrund, ach was! Der Beweggrund ist, daß der Kerl nicht richtig tickt, das ist alles.«

»Der Beweggrund eines Geisteskranken läßt sich nicht so ohne weiteres herausfinden«, erklärte Mello Pimenta, während er sich abermals mit dem Taschentuch abtupfte.

Der Polizeichef erhob sich verärgert:

»Dann gehen Sie ins Irrenhaus, reden Sie mit den Ärzten, reden Sie mit den Verrückten, nehmen Sie den Engländer mit, wenn Sie es für nötig halten, aber bringen Sie diesen Wahnsinnigen zur Strecke, bevor ich auch noch den Verstand verliere!«

Keine schlechte Idee eigentlich, mit einem Irrenarzt der Anstalt Dom Pedro II. an der Praia Vermelha zu sprechen. Etwas mehr darüber zu erfahren, wie Menschen handelten, die an Geisteskrankheiten litten, womöglich gar mit einem von ihnen zu sprechen, zu erfahren, wie sie dachten und sich verhielten. Er würde sich schnellstens darum kümmern müssen, denn man durfte den Unhold nicht länger ungehindert agieren lassen. Zwei Frauen waren schon tot, und alles schien darauf hinzudeuten, daß der Mörder sein blutrünstiges Werk fortsetzen würde.

»Noch etwas?« Der Polizeichef Coelho Bastos unterbrach den Kommissar in seinen Gedanken.

Mello Pimenta kannte die Ausbrüche seines Chefs nur zu gut und wußte, wann es Zeit zum Gehen war.

»Nein, Exzellenz«, antwortete er förmlich.

»Dann also guten Tag.«

Der Kommissar verneigte sich zu einem kurzen Gruß, ging hinaus und schlug die Tür hinter sich zu. Ein mörderischer Akt für die Fliege, die ihm folgen wollte.

Dies stand außer Frage: Salomão Calif hatte die beste Kundschaft der Stadt. Es gab zwar Schneider, die berühmter waren, wie Luiz Maria de Mattos in der Rua do Ouvidor, der mit den bestickten Uniformen des Kaisers Wunderwerke schuf, oder Adolpho Ornellas in der Rua dos Ourives, Teixeira in der Rua ao Cisne de Ouro, ja selbst Braga, der Soutanenschneider in der Rua do Hospício, der für den Bischof von Rio de Janeiro, Seine Eminenz Dom Pedro de Lacerda, die Soutanen anfertigte, doch die Dandys der Stadt vertrauten einzig Califs Schere. Seine Schneiderei befand sich in der Rua Uruguaiana, neben dem Barbiergeschäft von Hippolyte Effantin.

Dorthin begaben sich nach dem Mittagessen Holmes, Watson und Guimarães Passos. Als sie am Eingang zu Hippolytes Salon vorüberkamen, blieb Watson stehen.

»Holmes, während Sie Ihre Anzüge bestellen, könnte ich mir den Bart stutzen und die Haare schneiden lassen«, sagte er mit einem Blick auf die großen Spiegel und pompösen Stühle, die der ganze Stolz des Barbiers waren.

»Eine ausgezeichnete Idee, Watson. Was mich betrifft, werde ich meine Haare wachsen lassen, aber ich glaube, Ihnen würde so eine eher romantische Frisur partout nicht stehen.«

Der Detektiv wollte schon mit Guimarães Passos weitergehen, da hielt Watson ihn zurück:

»Einen Augenblick, Sie wissen doch, daß ich kein Wort dieser kuriosen Sprache spreche. Erklären Sie dem Mann, wie ich es haben möchte.«

»Watson, es ist höchste Zeit, daß Sie wenigstens etwas lernen. Gehen Sie einfach hinein und sagen dem Barbier: ›Barba e cabelo‹«, antwortete Sherlock und ging weiter, bevor Watson protestieren konnte.

In der Schneiderei, wo sich Dutzende von Ballen englischer Stoffe auf den Tresen türmten, erwartete sie Salomão Calif mit ausgebreiteten Armen.

»Senhor Holmes, Guimarães, seien Sie willkommen.«

»Ich habe Mister Holmes gesagt, daß du der beste Schneider der Stadt bist. Nicht, daß du mich jetzt enttäuschst«, sagte Guimarães Passos mit drohendem Zeigefinger.

»Schenken Sie ihm keinen Glauben, Senhor Holmes, er übertreibt aus Freundschaft. Was darf es für Sie sein? Ich habe hier die schönsten Flanelle und Kaschmirwollen aus Ihrer Heimat. Was bevorzugen Sie?«

Holmes strich über die Stoffe und antwortete:

»Weder das eine noch das andere. Ich möchte, daß Sie mir vier Anzüge aus weißem Leinen machen.«

»Leinen?« staunten Guimarães und der Schneider.

»Aber so etwas trägt man hier nicht als Herr von Rang«, entgegnete Calif.

»Das ist etwas fürs einfache Volk«, ergänzte Guimarães Passos.

»Dann führe ich es eben als Mode ein«, erwiderte der Engländer unbeirrt.

»Nun gut, dann also Leinen«, sagte Salomão, griff nach dem Metermaß und ging zu Holmes, der vor dem Spiegel stand.

»Und weißes, vergessen Sie das nicht. Ich verstehe nicht, wieso die Brasilianer keine leichtere, der tropischen Hitze angemessene Kleidung tragen.«

»Und der Schnitt, Senhor Holmes? Haben Sie eine bestimmte Vorstellung?«

»Keine besonderen Extras. Das Jackett schneiden Sie bitte etwas weiter zu, damit Platz für den Revolver ist, den ich immer mitnehme, wenn ich außerhalb von Aldgate unterwegs bin. Und außerdem wünsche ich tiefe Taschen, denn ich habe immer meinen Tabak und die Lupe bei mir.«

Salomão Calif begann, an Sherlock Maß zu nehmen. Als er niederkniete, um den Schritt zu messen, zeigte er sich von der kräftigen Auswölbung unter dem einen Hosenbein tief beeindruckt.

»Wie ich sehe, sind Sie ganz außerordentlich gut ausgestattet«, bemerkte er schmeichlerisch wie traditionell alle Schneider.

»Reden Sie keinen Unsinn, Senhor Salomão, das ist meine Pfeife«, erklärte Sherlock Holmes.

Guimarães Passos' schallendes Gelächter war Calif sehr peinlich. Er wußte, daß die Geschichte nachher im *Café do Globo* die Runde machen würde. Während er den Engländer weiter von oben bis unten sachkundig vermaß, fragte er:

»Ich weiß, Sie sind es sicherlich schon leid, über das Thema zu sprechen, Senhor Holmes, trotzdem kann ich mich nicht der Frage enthalten: Wie steht es mit Ihren Ermittlungen? Irgend etwas Neues über den *serial killer*?«

»Vorläufig nicht, aber irgendwann erwischt es den Bösewicht noch«, sagte Holmes; er hörte nicht ungern, daß der von ihm geprägte Begriff bereits von Mund zu Mund ging, wenn es an der Aussprache auch haperte.

»Wissen Sie wenigstens, welche Art von Waffe der Mörder benutzt?«

Sherlock Holmes antwortete in Andeutungen.

»Man weiß mit Sicherheit, daß es ein scharfer Gegenstand ist. Es kann ein Klappmesser sein, ein Degen, ein Bajonett, ein Dolch, ein Messer oder auch eine Schere«, sagte er und hob die langen, über Kreuz geklappten Schneiden an, die Salomão am Hosenbund baumelten. »Ja, es könnte durchaus so eine Schere wie diese sein.«

»Ich bitte Sie, Mister Sherlock, unserm *turco* hier tut ja schon der Stoff leid, wenn er ihn zerschneidet«, machte sich Guimarães Passos angesichts des Schneiders erschrokkener Miene lustig.

Holmes schmunzelte.

»Ich nehme Ihren Freund ja nur auf den Arm. Natürlich weiß ich, daß er nicht der Mörder ist, der ist nämlich viel größer als er. Vergessen Sie nicht, daß ich ihn in der Nationalbibliothek von weitem gesehen habe.«

Nach einem *cafezinho* – Holmes liebte das Wort – verabschiedeten sich Guimarães Passos und Sherlock Holmes von einem verschüchterten Salomão Calif, dem des Detektivs Scherz noch in den Knochen saß.

»Auf Wiedersehen, Senhor Holmes. Sowie die Leinenanzüge zur Anprobe bereit sind, gebe ich Ihnen Nachricht.«

»Ehe ich es vergesse, ich hätte auch gern eine flache Mütze, genau wie meine, aus dem gleichen Stoff. Ist das möglich?«

»Selbstverständlich! Keine Sorge, ich bestelle sie persönlich beim *Chapéu Monstro* in der Rua São José. Die beste Hutmacherei am Platz.«

Die beiden verließen die Schneiderei und begaben sich zum Salon von Hippolyte Effantin, wo Watson mit einem Handtuch um den Hals auf dem Rasierstuhl saß und zum hundertsten Male sagte:

»Barba e cabelo.«

Der Barbier fragte erschöpft:

»Möchten Sie, daß ich ihn stutze, oder soll ich ihn ganz abnehmen?«

»Barba e cabelo.«

»Aber wie? Nur stutzen?« erkundigte sich Hippolyte erneut.

»Barba e cabelo«, schrie Watson verzweifelt und immer lauter.

Dieses Mal sollte der gute Doktor also noch nicht zu seiner guten alten Fürst-Danilo-Frisur zurückkehren.

13

ER HATTE SICH IM STILLEN DARÜBER AMÜSIERT, WIE empört die Leute auf die wenigen Zeilen eines Gedichts reagierten. Wie armselig die Menschen doch sind. Sie stoßen sich an Brutalitäten, die nur in der Phantasie eines obskuren Dichters existieren, bleiben aber ungerührt angesichts der Grausamkeit, die ihnen allerorts im Stadtbild begegnet, wenn sie fröhlich durch die verdreckten Straßen spazieren. Was werden sie sagen, wenn sie erfahren, daß sich im selben Raum wie sie jemand befindet, der weit grausamer ist als jede fiktive Person in einem Buch? Vermutlich werden sie sich weigern, es zu glauben, und den Blick genau so abwenden, wie sie es bei den schmutzigen Negern und Bettlern tun, über die sie unterwegs stolpern. Wenn der Ausblick schrecklich ist, schließe man das Fenster. Für ihn ist es etwas anderes. Er zehrt von dem alltäglichen Elend. Fremde Misere ist ein stärkender Balsam für seine Einsamkeit. Die Hölle der anderen ist sein Paradies. Er wundert sich immer über die Predigten der Patres, die das Gute über das Böse stellen, als wären es nicht die zwei Seiten ein und derselben Medaille. Für ihn ist das Gute das Böse. Was Grausamkeit ist, hängt letztlich nur vom Standpunkt ab. Sie nennen es grausam, was er mit den Huren tut. Warum? Es unterscheidet sich in nichts von dem, was er gerade in einer Anleitung zum Tranchieren gelesen hat, um sich inspirieren zu lassen. Er greift erneut nach dem Heft auf dem Nachttisch und liest murmelnd, als spräche er ein Gebet, die angestrichenen Passagen:

»Als erstes die Haut abziehen. Nach Entfernen der Knorpel die Brust längs der Rippen zerlegen, wobei man die Stellen wählt, die dem Messer keinen Widerstand bie-

ten. Die Schulter von oben und unten in Scheiben schneiden ... Das Bein quer einschneiden, bis man auf den Knochen stößt, an dem so freigelegten Griff festhalten und das Fleisch Stück für Stück abheben, bis nur noch der ausgelöste Knochen übrigbleibt ... Dann den Kopf abtrennen, der als Ganzes serviert wird ... Die Rippen und der Hals sind empfindliche Stellen ... Das Rückgrat in zwei Teile zerlegen und die daran hängenden Rippen ablösen ... Nach den Gelenkstellen suchen und entsprechend den Rest in dicke Scheiben schneiden, dabei die Hüften zum Schluß lassen ... Mit dem Schlachtmesser einen kräftigen Schlag auf das obere Ende des Schulterblatts geben, da sich dieses leicht vom Knochengerüst löst ... Falls kleinere Portionen erwünscht sind, die weniger edlen Stücke nochmals zerteilen, die Rippen oder das Skelett können zerlegt und in Abschnitte aufgeteilt werden ... Vom Hals aus längs des Rückgrats aufschlitzen und anschließend die Portionen quer herausschneiden. Leber und Nieren werden ebenfalls in kleine Stücke zerteilt, um sie jenen anzubieten, die sie schätzen ... Immer wieder den Schliff des Tranchiermessers überprüfen ...«

Er schließt das Büchlein und legt es behutsam auf den Tisch. Dieses Ritual wird nie und nirgends als Grausamkeit bezeichnet. Es gilt lediglich deshalb als nicht grausam, weil die abgeschlachteten Tiere als Nahrung dienen. Das ist also der Unterschied. Essen. Vielleicht sollte auch er essen. Das Fleisch endlich kosten. Der Gedanke läßt ihm den Speichel im Mund zusammenlaufen.

Er greift nach dem Messer und begibt sich hinaus in die Nacht.

Um diese Zeit ebbte der Betrieb auf der Praça da Constituição ab. Die Menschen, die aus den verschiedenen Theatern kamen, stiegen rasch in ihre Kutschen und fuhren nach Hause, manche noch lachend, andere ernst, je nachdem, welche Aufführung sie gesehen hatten.

Vor dem Teatro Santana stand, zum ersten Mal im weißen Anzug, ein ungeduldiger Sherlock Holmes. Er war allein. Watson hatte er unter dem Vorwand abgehängt, er hätte ein geheimes Treffen mit Mello Pimenta. Die Fotos auf den Plakaten am Eingang bestätigten Sarah Bernhardts Worte. Es war die junge Frau, die Sherlock suchte. Schon an mehreren Abenden hatte er versucht, Anna Candelária zu treffen, doch das Schicksal hatte gewollt, daß er immer zu spät beim Theater eintraf. Um eine neuerliche Enttäuschung auszuschließen, war er dieses Mal eine halbe Stunde vor Ende der Vorstellung gekommen. Neben dem Künstlereingang an die Mauer gelehnt, wartete Holmes auf die Mulattin, die ihm nicht aus dem Kopf ging. Allmählich wurde er unruhig. Mehrere Schauspieler hatten sich schon auf den Heimweg gemacht, doch von Anna Candelária bislang keine Spur. An den Abenden zuvor hatte er sich bei den Pförtnern nach ihr erkundigt. Nun unterhielten sich zwei Pförtner, während sie die Gitter vor dem Foyer schlossen:

»Hast du gesehen, wer wieder da ist?«

»Wer denn?«

»Der Portugiese ... der auf die Mulattin wartet.«

»Ach der! Der hat mich schon zehnmal gefragt, wann das Stück zu Ende ist.«

»Warum ist der wohl so spätabends ganz in Weiß?«

»Keine Ahnung, ist wohl ein Tick von denen da drüben.«

Holmes machte gerade Anstalten, seine Pfeife neu zu

stopfen, da erschien Anna Candelária. Sie erkannte ihren Retter sofort.

»Hallo! Wie schön, Sie wiederzusehen, ich glaube, ich muß mich noch bei Ihnen entschuldigen.«

»Entschuldigen? Aus welchem Grund sollten Sie sich bei mir entschuldigen müssen, Senhorita?«

»Wegen neulich abends. Schließlich haben Sie mir das Leben gerettet, und ich habe nicht auf Sie gewartet, um mich zu bedanken«, sagte sie mit einem so hinreißenden Lächeln, daß Holmes' Herz endgültig erobert war.

»Was in Anbetracht der Umstände nur zu verständlich ist. Ich kann mir denken, daß Sie der Vorfall sehr mitgenommen hat.«

Seit Anna in der Zeitung gelesen hatte, daß ihr Retter der berühmte Engländer war, suchte sie nach Mitteln und Wegen, ihn kennenzulernen. Fast hätte sie auf dem dritten Kommissariat gefragt, wo er abgestiegen war.

»Wie haben Sie herausgefunden, daß ich hier arbeite?«

»Haben Sie vergessen, daß ich Detektiv bin?« sagte Sherlock und versuchte ebenfalls einnehmend zu lächeln. »Sherlock Holmes, zu Ihren Diensten.«

»Anna Candelária«, sagte sie und reichte ihm die Hand.

Holmes blickte mit seinen blauen Augen unverwandt in die grünen Augen der wunderschönen Mulattin und küßte ihr die Fingerspitzen.

»Sie würden mir eine große Freude machen, Senhorita, wenn ich Sie zu einem Souper mit ein paar Bekannten einladen dürfte. Der Kommissar Mello Pimenta wird auch dasein, und da wir die Ermittlungen in Zusammenhang mit diesen schrecklichen Verbrechen nun gemeinsam führen, ist Ihre Anwesenheit, Senhorita Anna, als einziges Opfer, das dem rasenden Mörder entkommen ist, unentbehrlich.«

»Bitte sagen Sie Anna zu mir.«

»Gewiß doch, sofern ich dann für Sie einfach Sherlock bin«, antwortete er, selbst darüber verblüfft, daß er dem Mädchen diese intime Anrede anbot, wo er doch anderen, selbst Watson, allerhöchstens gestattete, ihn beim Familiennamen zu nennen. Er reichte Anna Candelária den Arm und winkte einer Mietdroschke.

Der Botanische Garten an der Lagoa Rodrigo de Freitas zählte zu den schönsten Orten in Rio de Janeiro. Entstanden war er aus einem kleinen Garten, den der Marquês de Sabará neben der von ihm geleiteten Pulverfabrik an der Lagune angelegt hatte. Wenn ein Besucher ihn besichtigen wollte, begleitete ihn ein Soldat aus der Fabrik auf dem Spaziergang durch das blühende Fleckchen und erläuterte die verschiedenen Beete, an denen der Marquês soviel Freude hatte. Dort gab es Teestauden, Gewürze und Pflanzen aus Saatkörnern, die 1809 aus der Ile-de-France nach Rio gebracht worden waren. Später wurde die Fabrik an den Fuß des Gebirgszugs Serra da Estrela verlegt, wo sie dann jährlich mehr als zehntausend *arrobas* Schießpulver herstellen konnte. Der Garten mit den exotischen Pflanzen wurde auf eine Länge von einer *légua* erweitert und dem Kaiserlichen Museum angegliedert. Nun begann er in der Rua Humaitá und erstreckte sich über gut sechs Kilometer bis nach Gávea. Die heitere Schönheit der Lagune gab ihm einen unvergleichlichen Rahmen. Unangenehm wurde es nur, wenn in der Lagune das Fischesterben einsetzte, ein Phänomen, das immer dann auftrat, wenn der Sauerstoffgehalt im Wasser sank, und die ganze Gegend mit unerträglichem Gestank verpestete. Zwar gab es einen Plan zur Verbreiterung des Abflußkanals zwischen der Lagune und dem Meer, doch der verstaubte im Labyrinth eines Amtes. Wenn man durch die Rua Voluntários da Pátria fuhr, sah man rechter Hand den Corcovado und im Hintergrund den Felsen der Pedra da Gávea. Eine palmengesäumte Straße führte zum Eingang, und neben dem schmiedeeisernen Tor stand zwischen Pilastern, die Marmorschalen zierten, ein uralter wilder Birnbaum.

Fast gegenüber vom Tor befand sich an der Rua do Jardim Botânico das Chalet Restaurant Campestre. In dem von dichten Baumgruppen umgegebenen Lokal wurde zu jeder Tageszeit Essen serviert, und da es bis zwei Uhr nachts geöffnet blieb, war es bei Nachtschwärmern besonders beliebt. Draußen standen die Tische unter den Bäumen, an denen von den Damen sehr geschätzte Schaukeln hingen. Drinnen gab es eine Bar im englischen Stil in Form eines Halbkreises mit einer Mahagoniplatte, spiegelverkleideter Rückwand und einer Bierzapfanlage mit zwei Hähnen, an der man das kalte Getränk genießen konnte, und daneben einen großen Billardsalon. Der Besitzer J. R. Macedo, ein Ex-Seminarist, hatte mit der Zahlungssäumigkeit der Bohemiens unendliche Geduld. Einzig Fernando Limeira hatte er den Kredit gestrichen. Das war ein junger Mann aus bester Familie in Minas, der ein paar Jahre auf Vaters Kosten in Europa studiert hatte. Er hatte ein langes rotes Gesicht und wurde »Fuchs« genannt. Fernando weigerte sich entschieden, zu arbeiten, und lebte von kleinen Gelegenheitsgeschäften, während er sich mit Hilfe der Beziehungen seiner Verwandtschaft um eine Stelle als Gerichtsschreiber im Staatsdienst bemühte. Seine Methoden, sich Geld zu beschaffen, waren nicht immer ganz orthodox. Nachdem in der Rua das Laranjeiras eine neue Straßenbahnlinie eingeweiht worden war, betrat er einmal eine Taverne in der Straße und fragte nach dem Besitzer, einem beleibten, wenig umgänglichen Portugiesen. Feierlich stellte er sich vor:

»Sehr angenehm, Fernando Limeira, von der Botanical Garden Rail Road Company, Assistent des Marschall Carnaúba.«

»Kenne ich nicht«, antwortete der Portugiese schroff.

»Ich will Ihnen den Anlaß meines Besuchs erklären. Sie haben sicherlich bemerkt, daß unsere Gesellschaft eine neue Straßenbahnstrecke eingerichtet hat, die hier durch Ihre Straße führt.«

»Interessiert mich nicht.«

»Gut, aber überlegen Sie, um wieviel Ihr Umsatz steigen könnte, wenn eine Haltestelle unserer Bahn direkt vor Ihrem Lokal läge. Und mit den Fahrgästen, die hier aussteigen, bekämen Sie auch noch wechselnde Kundschaft.« Der Wirt überschlug bereits im Kopf, welch unglaublichen Gewinn ihm das einbringen würde.

»Und was soll mich der Spaß kosten?« fragte er, denn er wußte genau, daß es nichts umsonst gibt.

»Nur eine Kleinigkeit, so um vierhundert *mil-réis*.«

»Das ist zuviel.«

»Nun gut, weil Sie so besonders nett sind, mache ich es Ihnen für hundertfünfzig. Aber ich bin ein anständiger Mann, der sein Wort hält. Sie zahlen erst, wenn die Straßenbahn auch wirklich vor Ihrer Tür hält.«

Das Geschäft wurde abgemacht, und Fernando verließ das Lokal, unterm Arm die Aktentasche voller alter Zeitungen, die er nur benutzte, um seiner Rolle mehr Würde zu verleihen. In der Nacht, als die Straße menschenleer war, kehrte er mit einer Dose Farbe zurück und strich den Gaslaternenpfahl gegenüber der Taverne weiß an, so wie die Rail Road Company die obligatorischen Haltestellen für die Straßenbahnfahrer kennzeichnete.

Am nächsten Tag wurde Fernando Limeira in der überfüllten Kneipe von einem euphorischen Portugiesen empfangen.

»Es ist die wahre Pracht! Die Bahn hält, und die Leute strömen wie die Fliegen rein! Wie die Fliegen! Sie sind ein Mann von Wort, eine Seltenheit heutzutage. Hier ist der vereinbarte Betrag«, sagte er beglückt und händigte ihm die in Münzen und zerknitterten Scheinen zusammengekratzte Summe aus.

»Ich tue das nicht um des Geldes willen, sondern weil ich die Politik des Marschalls Carnaúba vertrete, der sich für eine ständige Vertiefung der Bande zwischen unseren Völkern einsetzt«, erklärte der Fuchs großmütig, während er die hundertfünfzig *mil-réis* einsteckte. Dann machte er sich schnell auf den Weg, denn er wußte, daß die Freude des Portugiesen nicht lange währen würde.

Als die Straßenbahnen ins Depot kamen und mitteilten, daß es unterwegs eine neue Haltestelle gebe, begriff die Verwaltung gleich, daß es sich um einen Streich handelte. Am Abend strichen Angestellte der Gesellschaft den Pfosten wieder schwarz, und die Straßenbahnen fuhren zum großen Kummer des Portugiesen wieder an der Taverne vorbei.

Auch im Campestre schlug Fernando Limeira manchmal in kleinerem Rahmen zu, und da er zudem seit über einem Jahr seine Zeche nicht bezahlte, hatte J. R. erklärt, nun sei Schluß mit dem Unwesen. Entrüstet verbreitete der Fuchs eine andere Geschichte – er gehe nicht mehr ins Campestre, sagte er, weil da ausbeuterische Preise verlangt würden.

Zu eben diesem Restaurant des Chalet Campestre am Jardim Botânico fuhr der Tilbury mit Sherlock Holmes und Anna Candelária. Eine fröhlich lärmende Runde erwartete sie. An einem der draußen gedeckten Tische saßen der Kommissar Mello Pimenta und ein guter Teil der Bande. Der Marquês de Salles begrüßte das Paar als erster.

»Senhor Holmes, wie ich sehe, haben Sie endlich die Gesuchte gefunden. Sie hatten recht, die junge Dame ist wirklich von einzigartiger Schönheit«, sagte er, während er die Mulattin mit seinem Kennerblick von oben bis unten musterte.

Anna Candelária, als Schauspielerin mit lockeren Umgangsformen vertraut, war ganz unbefangen. Holmes hingegen schien die Situation in größte Verlegenheit zu bringen. Er war weibliche Begleitung nicht gewohnt und errötete bis zu den Haarwurzeln, als er merkte, daß die junge Frau seine Hand nahm. Sie holten sich Stühle vom Nachbartisch und setzten sich zu der Gruppe. Chiquinha Gonzaga, die sich über das Unbehagen des Engländers amüsierte, sagte zu Anna:

»Soso, Mädchen! Wie es scheint, hast du unserem Detektiv den Kopf verdreht.«

»Wie käme ich dazu, Dona Chiquinha. Ich bin nur unendlich dankbar. Daß ich heute noch lebe, habe ich ihm zu verdanken.« Und zu Holmes gewandt, fügte sie hinzu: »Nicht wahr, Sherlock?«

Sherlock Holmes überlief es von oben bis unten. Mit Vertraulichkeiten solcher Art wußte er noch nicht recht umzugehen. Macedo persönlich kam die Bestellungen aufnehmen und bestand darauf, den Wein zu Ehren des Engländers zu spendieren. Mello Pimenta wartete nicht erst das Dessert ab. Schließlich war der Sinn dieses Abendessens, über die Mädchenmorde zu sprechen. Sowie das Hauptgericht serviert war, unterbrach er das Gescherze und Geplauder und fragte Anna Candelária:

»Ich verstehe nicht, Senhorita, warum Sie nicht zur Polizeiwache gegangen sind und von Ihrer Begegnung mit dem Mörder berichtet haben.«

»Ich hatte Angst, Herr Kommissar. Sie wissen doch genau, daß hier in Brasilien Schauspielerinnen noch immer wie Prostituierte angesehen werden. Ich wußte nicht, wie man mich behandeln würde.«

»Ich kann Ihnen versichern, daß die Polizei alle Menschen höflich und mit Respekt behandelt. Selbst Prostituierte«, behauptete Mello Pimenta.

Chiquinha Gonzaga verschluckte sich fast.

»Moment mal, Pimenta, falls du die Absicht hast, weiterhin hier bei der Bande zu bleiben, wirst du auf Lügenmärchen verzichten müssen.«

Pimenta überhörte das Gelächter der Gruppe und fuhr fort:

»Könnten Sie mir den Täter beschreiben?«

»Ausgeschlossen, Herr Kommissar. Es war Nacht, und er hatte sich in einen Umhang gehüllt und einen Hut tief ins Gesicht gezogen. Nur an seine Augen kann ich mich erinnern, es war, als ob sie im Dunkeln funkelten.«

»Sie haben nicht gesehen, was für ein Messer er hatte?«

»Nein, ich weiß nur, daß es eine lange Klinge war.«

»Hat er irgend etwas gesagt, als er sich näherte?«

»Nein, er hat kein Wort gesprochen.«

»Den Mörder ausfindig zu machen dürfte schwierig werden. So wie es aussieht, kann es jeder sein«, überlegte Olavo Bilac laut.

Sherlock Holmes, der bereits sein Besteck zusammengelegt hatte, pflichtete dem Dichter bei. Es kitzelte ihn, sich ein wenig vor Anna Candelária aufzuspielen:

»Ganz richtig, Senhor Bilac. Jeder kann es sein. Er kann sogar in diesem Augenblick in aller Seelenruhe hier im Restaurant speisen und uns von weitem beobachten.«

Alle drehten sich um und musterten wortlos die übrigen Gäste. Sherlock Holmes ließ nicht nach:

»Es kann sogar sein, daß er an unserem Tisch sitzt.«

»Wie bitte? Glauben Sie, daß er mit zur Bande gehört?« Albertinho Fazelli sah Holmes erschrocken an.

»Ich glaube gar nichts. Ich sage lediglich, daß nach dem, was wir wissen, auch Sie es sein können«, erwiderte der Detektiv.

Der Marquês de Salles mischte sich ein, bevor Albertinho in Ohnmacht fiel:

»Wir wollen es auch nicht übertreiben, Senhor Holmes. Ich habe schon so manche Nacht mit Alberto durchgefeiert, aber noch nie erlebt, daß seine Augen im Dunkeln funkeln.«

Holmes gab sich nicht geschlagen:

»Vergessen Sie nicht, Marquês, daß unser Mann verrückt ist. Er kann eine gespaltene Persönlichkeit haben. Zufällig habe ich vor meiner Abreise ein Buch mit dem Titel *The Strange Case of Dr. Jekyll and Mr. Hyde* gelesen, in dem es um genau dieses Thema geht.«

»Dann bin ich also auch verdächtig?« fragte Guimarães Passos scherzhaft.

»Warum nicht? Meines Wissens scheiden nur Dr. Watson und ich als potentielle Mörder aus, denn wir waren nicht hier, als das erste Verbrechen begangen wurde, und selbstverständlich auch Anna Candelária«, sagte Holmes mit einem schüchtern-galanten Blick zu der Mulattin.

»Weil sie eine Frau ist?« fragte Alberto Fazelli, der sich mit logischem Denken immer schwertat.

»Nein, weil sie fast ein Opfer geworden wäre.«

Chiquinha Gonzaga auf der anderen Seite des Tisches reagierte lebhaft:

»Dann schließen Sie also nicht aus, daß es eine Frau sein

kann? Endlich einmal werden wir Frauen den Männern gleichgestellt.«

»Warum nicht? Der *serial killer* könnte durchaus eine verkleidete Frau sein. Daß Verrückte in der Krise ungewöhnliche Kräfte entwickeln, ist als typisches Merkmal bekannt«, sagte Sherlock Holmes, während er zittrig seine Pfeife anzündete und sich dabei die Fingerspitzen verbrannte, weil er mit einem Seitenblick sehen wollte, wie sein Vortrag auf Anna wirkte.

Mello Pimenta fand, es sei an der Zeit, das Gespräch wieder in die richtige Bahn zu lenken:

»Apropos Verrückte, Senhor Holmes, mein Chef, der Polizeipräsident Coelho Bastos, hat mir unfreiwillig einen Vorschlag gemacht, der Erfolg versprechen könnte. Er hat uns einen Besuch im Irrenhaus empfohlen. Wer weiß, vielleicht kommt uns bei einem Gespräch mit einem Irrenarzt oder sogar auch mit einem Insassen eine Eingebung?«

»Eine ausgezeichnete Idee, Herr Kommissar. Daran hatte ich auch schon gedacht«, log Sherlock Holmes.

»Dann vereinbare ich also einen Termin mit dem Direktor. Sowie ich das Datum weiß, schicke ich Ihnen eine Nachricht.«

Nach dem Kaffee unterhielten sie sich über die mangelnde Sicherheit in Rio de Janeiro.

»Allein in diesem Jahr sind einschließlich der beiden jungen Frauen schon fünfzehn Tötungsdelikte begangen worden«, sagte Mello Pimenta.

»Das gibt es in allen großen Städten«, warf Guimarães Passos ein.

Wie immer bezahlte Alberto Fazelli die Rechnung. Als sie sich zum Gehen anschickten, wurde es am Eingang zum Restaurant laut. Es war Fernando Limeira, der Fuchs, der vollkommen betrunken erschienen war und mit Macedo stritt. Der Wirt des Chalet Campestre wiederholte unablässig:

»Wie gesagt, Fernando, ich habe dich sehr gern, aber wenn du essen willst, mußt du bar bezahlen.«

»Bei den absurden Preisen, die du verlangst?« schrie Limeira und stieß die Kellner weg, die ihn hinausbefördern wollten.

»Ich verlange keineswegs absurde Preise. Du bestellst nur immer das Teuerste von der ganzen Karte. Das Essen ist teuer, aber nicht unsere Arbeit.«

Fernando Limeira rückte seine verrutschte Krawatte zurecht und lenkte ein:

»Na gut, dann können wir uns vielleicht einigen.« Er griff in die Innentasche seines Gehrocks, zog ein Stück rohes Fleisch heraus und fragte laut schreiend: »Wie hoch ist hierfür der reine ›Machlohn‹?«

Das ganze Restaurant brach in schallendes Gelächter aus, auch Macedo. Mit dem Fuchs konnte man unmöglich lange verkracht bleiben.

Sherlock Holmes und Anna Candelária verließen das Chalet Campestre in einer Mietviktoria. Der Engländer erbot sich, Anna nach Hause zu bringen, doch nachdem sie ihm ihre Anschrift genannt hatte, sagte sie leichthin:

»Es ist noch früh. Bevor ich nach Hause fahre, würde ich gern Ihr Hotel kennenlernen. Die Zimmer im Albion sollen phantastisch sein, habe ich gehört.«

Holmes reagierte mit gemischten Gefühlen. Zwar war er überglücklich, daß Anna ihn begleiten wollte, zugleich aber schockierte ihn der Gedanke. Niemals hätte er gewagt, ihr einen solchen Vorschlag zu machen. Schweigend fuhren sie weiter bis zur Rua Fresca.

Während Holmes den Nachtportier mit der Bitte um völlig unnötige Auskünfte ablenkte, schlich sich Anna zur Treppe. Kaum hatten sie sein Zimmer betreten, setzte sie sich aufs Bett:

»Mein Gott, ist das weich! Und das Zimmer ist viel hübscher, als ich dachte.« Sie klopfte mit der Hand auf die Kissen: »Kommen Sie her, zu mir.«

Linkisch setzte Holmes sich neben sie. Unvermittelt nahm Anna sein Gesicht zwischen die Hände und küßte ihn lange auf die Lippen. Das Herz klopfte ihm bis zum Hals. Selbst bei der Verfolgung übelster Verbrecher war er noch nie so aufgeregt gewesen. Er stand auf, legte den Beaumont-Adams-Revolver, den er bei besonders gefährlichen Unternehmungen immer bei sich trug, in die Schublade, knöpfte das Jackett auf und fragte gespielt gleichgültig:

»Kann ich Ihnen etwas anbieten? Tee, Sherry, Kokain?«

»Kokain?«

»Ja, ein anregendes Mittel, ganz ausgezeichnet. Ich habe es durch Sigmund Freud, einen Wiener Arzt, kennengelernt. Wir haben in der Klinik von Doktor Charcot in Paris zusammen die Hypnosetechnik studiert. Mein Freund Sigmund schwört auf die Wunderwirkung von Koka.« Er holte eine kleine Dose und ein silbernes Saugrohr aus der Tasche und schickte sich zu einer *prise* an.

»Ich dachte, ich wäre anregend genug ...« Anna Candelária nahm dem Detektiv die Gegenstände aus der Hand und legte sie auf den Nachttisch.

Dann zog sie ihn zurück zum Bett. Küßte ihn erneut, diesmal noch feuriger, und knöpfte ihm das Hemd auf. Sherlock rückte verlegen von ihr ab.

»Anna, ich muß etwas Schreckliches beichten.«

»Was denn, mein Schatz?«

»Ich bin Jungfrau.«

Anna Candelária sah ihn entgeistert an. In den Tropen war es üblich, daß sich die Jungen bereits als Elfjährige an den Kammerzofen rieben. Auf den Fazendas verloren sie, schon bevor ihnen die ersten Barthaare sprossen, ihre Jungfräulichkeit bei den jungen Sklavinnen.

»Sherlock, wie alt bist du?«

»Im Januar bin ich zweiunddreißig geworden«, antwortete der Detektiv. Durch seinen Ernst wirkte er älter.

»Ich verstehe nicht – hast du ein Keuschheitsgelübde abgelegt?«

»Nein, das nicht, aber bevor ich dich kennengelernt habe, hat mich diese Sache nie interessiert. Ich war mit meinen Gedanken immer nur bei der Kriminalwissenschaft.«

»Dann bin ich also die erste Frau in deinem Leben?«

»Ja, abgesehen von Violet«, sagte Holmes.

»Wer ist Violet?«

»Meine Mutter.«

Der schönen Mulattin traten die Tränen in die Augen. Zärtlich strich sie ihm über das dichte braune Haar.

»Verstehst du jetzt, warum ich zum Kokain greifen wollte?«

»Mein Liebling, solche Drogen dämpfen nur das Verlangen. Du brauchst eher etwas zur Entspannung.«

Mit diesen Worten zog sie ein kleines blaues Päckchen mit gelber Umrandung aus ihrer Handtasche und zeigte es dem Engländer.

»Was ist das?«

»Kennst du die nicht? Das sind indische Zigaretten, sie enthalten Cannabis, eine asiatische Pflanze. Aber hier in unserem Klima gedeiht sie auch sehr gut. Man bekommt sie in jeder Apotheke zu kaufen«, erklärte Anna Candelária, öffnete das bauchige Wachspapierpäckchen und drehte eine Zigarette.

»Und wofür sind die gut?«

»Für fast alles. Laut Beschreibung helfen sie wunderbar bei Schnarchen, Schlaflosigkeit, Appetitlosigkeit und Asthma; ein Allheilmittel. Außerdem wirken sie höchst beruhigend auf die Nerven.« Anna reichte Holmes die Zigarette.

»Danke, aber ich rauche das Kraut lieber in meiner Pfeife.« Sherlock griff in den gewachsten Umschlag wie in eine Tabaksdose und stopfte seinen dicken Pfeifenkopf.

»Vorsicht, nimm nicht zu viel auf einmal«, sagte Anna Candelária, während sie sich ihre Zigarette anzündete.

Holmes paffte ein paar Züge.

»Abgesehen vom Geruch merke ich nichts.« Er probierte es noch einmal. »Bei mir wirkt es überhaupt nicht.«

»Du mußt den Rauch tief einziehen und ihn so lange wie möglich in der Lunge behalten«, belehrte ihn die Mulattin.

Holmes befolgte die Anweisung und rauchte hastig die erste Pfeife zu Ende.

»Ich bin noch genau so angespannt wie vorher, ich rauche noch eine«, verkündete er und bediente sich erneut.

»Langsam, mein Lieber, es dauert immer etwas, bis es wirkt.«

Der Detektiv hörte nicht auf sie und rauchte in kräftigen Zügen weiter. »Es liegt wohl an meiner Größe. Wahrscheinlich brauche ich eine Dosis für Riesen«, scherzte er.

»Übertreib es nicht, ich habe schon erlebt, wie noch größere Männer als du von Cannabis außer Gefecht gesetzt wurden.«

Nach der vierten Pfeifenfüllung hielt Holmes unvermittelt inne.

»Mir war noch gar nicht aufgefallen, wie bunt dieses

Zimmer ist. Hast du bemerkt, wie wunderschön die Farben sind, Anna? Ein so leuchtendes Gelb habe ich noch nie gesehen. Und die Tapete! Die Blumen tanzen! Sieh nur, wie sie tanzen! Sie wirken ganz plastisch! Ich muß so lachen, das ist so komisch. Die Blumen tanzen! So was Lustiges! Wirklich zu komisch!«

Anna wurde von ihm angesteckt und lachte mit.

»Ich habe dich gewarnt, mein Schatz, du hast zu viel geraucht.«

Lachend warfen sich beide aufs Bett. Holmes begann sie leidenschaftlich zu küssen und versuchte gleichzeitig, sich von seinem Anzug und Anna von ihrem Kleid zu befreien.

»Mein süßes Palindrom ...«, flüsterte er ihr ins Ohr, als sie endlich aufeinander lagen.

»Wie hast du mich genannt?«

»Palindrom, weißt du nicht, was das ist?«

»Nein, nicht genau.«

»Ein Wort, das man vorwärts genau so wie rückwärts lesen kann, und immer bedeutet es dasselbe, so wie du, Anna ... Anna ... Anna ...«, sagte Holmes immer wieder verzückt, während er ihre braunen Brüste küßte. Dann saugte er abwechselnd an ihren aufgerichteten Brustwarzen, und Anna Candelária stöhnte vor Lust. Er küßte ihre sinnlichen Lippen, seine Zunge spielte mit ihrer Zunge. Plötzlich richtete er sich auf den Armen auf: »Weißt du, wonach mir jetzt ist?«

»Wonach, mein verliebter Engländer? Ich wünsche mir, daß du alles mit mir machst, wozu du Lust hast ...«, antwortete Anna, vor Verlangen zitternd.

»Mir ist nach etwas Süßem.«

»?«

»Warum, weiß ich nicht, aber plötzlich habe ich eine unwiderstehliche Lust auf etwas Süßes.«

»Ach, ich weiß, warum, das kommt vom Cannabis. Von diesen Zigaretten bekommt man einen Heißhunger auf Zucker. Wenn ich viel rauche, stopfe ich mich immer mit Kokosmakronen voll«, erklärte Anna, knöpfte ihr Kleid zu und stand auf. »Bleib hier liegen, ich gehe in die Hotelküche, etwas Süßes stibitzen, ich bin gleich wieder da«, sagte sie lachend und ging zur Tür.

Sherlock, der einen trockenen Mund hatte, ließ sich rückwärts auf die dicken Kopfkissen fallen und genoß das übergroße Glücksgefühl, das sein ganzes Sein durchströmte. Zum ersten Mal seit seiner Ankunft verspürte er keine Sehnsucht nach dem Londoner Nebel.

Der Portier schnarchte mit dem Gesicht auf dem Concierge-Tresen, die Zeitung, die er zu lesen versucht hatte, um nicht einzuschlafen, lag neben ihm auf dem Fußboden. Ganz vorsichtig, ohne Lärm zu machen, schlich Anna Candelária durch das Foyer und trat in den großen Küchenvorraum des Albion. In einer Kammer neben dem Geschirrschrank entdeckte sie, wonach sie suchte: einen Teller mit Koskosgebäck. Sie probierte ein Stück und fand es köstlich. Freilich schmeckte ihr alles Süße wunderbar, wenn sie eine indische Zigarette geraucht hatte. Mit der Beute ihres Raubzuges kehrte sie auf dem gleichen Weg, den sie gekommen war, zurück. Sie betrat das Zimmer und schloß die Tür hinter sich. Als sie sich dem Bett näherte, sah sie einen Sherlock Holmes, der mit beseligtem Lächeln auf den Lippen in tiefem Schlaf lag. Ihn zu wecken brachte sie nicht übers Herz. Also setzte sie sich auf den Bettrand und aß sämtliche Kokosmakronen allein auf. Dann küßte sie den Detektiv sanft auf die Stirn und verließ behutsam auf Zehenspitzen den Raum.

Ein gellender Schrei weckte Holmes aus tiefem Schlaf, als er gerade träumte, daß eine nackte Mulattin mit großen Brüsten und langen festen Schenkeln für ihn tanzte. Die Mulattin hatte den wunderbaren Körper von Anna Candelária, aber seltsamerweise war ihr Gesicht das seiner Mutter. Der Detektiv verscheuchte das befremdende Bild aus seinem Kopf. Er tastete die Matratze neben sich ab und stellte fest, daß er allein war. Das Geschrei wurde immer lauter, er sprang aus dem Bett und holte seinen Revolver, den er in die Kommode gelegt hatte. Da merkte er, daß der Lärm aus Watsons Zimmer kam, und öffnete die Zwischentür zu des Doktors Gemach. Watson brüllte unaufhörlich und würgte sein Kopfkissen:

»Stirb, Kanaille! Der Barbar, der mich von hinten angreift, der muß erst noch geboren werden!«

Erleichtert stellte Sherlock fest, daß es sich um einen Alptraum handelte. Er beugte sich über den Doktor, schüttelte ihn kräftig und haute mit der Hand aufs Kopfkissen:

»Aufwachen, Watson, um Gottes willen, wachen Sie auf!«

Doktor Watson schlug die Augen auf. Sekundenlang wirkte er, als wäre er wach, dann attackierte er Sherlock.

»Ach, jetzt seid ihr zu zweit? Her mit euch, für einen Soldaten Ihrer Majestät ist einer sowieso zu wenig! Es lebe die Königin!« schrie er wie von Sinnen.

Holmes verpaßte ihm eine Ohrfeige:

»Ich bin's, Watson. Schluß jetzt, bevor Sie das ganze Hotel geweckt haben!«

Allmählich kam der Doktor aus seinem Wahntraum zu sich.

»Na so was! Ich dachte, ich wäre in Indien und würde von einem Ghasikämpfer angegriffen.«

»Zum Glück war es nur ein Traum, mein lieber Watson.«

»Das kommt von diesen heidnischen Speisen. Von jetzt an halte ich mich an die Cream Cracker, die ich aus London mitgebracht habe.«

»Erst einmal wollen wir versuchen, etwas zu schlafen, die Nacht war schon aufregend genug.«

»Wie dem auch sei, ich bedaure, daß ich meinen alten Colt von der Armee nicht mitgebracht habe«, beklagte sich der Doktor beim Anblick des Revolvers seines Freundes.

»Nun machen Sie sich nicht schon im voraus Sorgen, Watson. Denken Sie daran: Was geschehen soll, wird geschehen«, philosophierte der Detektiv und trat den Rückweg in sein Zimmer an.

Der Doktor zog seine Decke hoch und brummelte:

»Sie haben recht, Holmes. Wie sagt doch ein altes schottisches Sprichwort: Die einzigen Vögel, die am Vortag sterben, sind der Truthahn und das Schwein.«

Holmes schob das ziemlich wirre Sprichwort auf den schrecklichen Alptraum seines Freundes und schloß die Tür.

14

IN TIEFER SORGE ÜBER DIE HILFLOSIGKEIT DER verwaisten Neugeborenen, die in den Gassen ausgesetzt wurden und an Kälte und Entkräftung zugrunde gingen, sandte der Gouverneur Antonio Paes de Sande im Jahre 1693 ein Schreiben an El-Rei Pedro II. von Portugal und bat um Vorkehrungen, denn das Armenhaus Santa Casa da Misericórdia konnte sie wegen mangelnder Einkünfte nicht aufnehmen. Auch der Stadtrat zeigte keinerlei Interesse, die armen unschuldigen Kinder großzuziehen. Da Portugal dank der kürzlich entdeckten Goldminen in Brasilien unermeßliche Reichtümer angehäuft hatte, war El-Rei wohltätig gestimmt und verfügte in seiner Antwort, daß die schutzlosen Kinder auf Kosten des Staatsvermögens zu ernähren und zu diesem Zweck die für die barmherzige Aufgabe benötigten Abgaben zu erheben seien.

Also verwendete der Stadtrat zunächst die Überschüsse aus einigen Steuern auf die Versorgung der unglücklichen Kleinen, die hilflos in den Straßen ausgesetzt und in manchen Fällen sogar von Hunden aufgefressen wurden. Doch gab es keine festen Mittel für das mildtätige Werk.

Nachdem die Not und das Elend der elternlosen Kinder das Herz eines gewissen Romão de Mattos Duarte erweicht hatten, beschloß dieser im Januar 1738, dem Armenhaus Santa Casa da Misericórdia zweiunddreißigtausend Cruzados für die Versorgung der verstoßenen Kleinen zu stiften. Das war der Grundstein für das Findelhaus Roda dos Expostos, »Kreisel der Ausgesetzten«.

Roda wurde das Findelhaus genannt, weil es am Seiteneingang des Gebäudes eine dicke Holztür mit einer Öffnung gab, darin ein drehbarer Zylinder, ebenfalls aus

Holz, mit zwei Fächern, in denen die unerwünschten Säuglinge abgelegt wurden, und zwar meistens nachts. Wenn man den Zylinder kurz anstieß, verschwand das ausgesetzte Kind durch die Öffnung im Innern des Gebäudes. Eine Klingel unterrichtete die barmherzigen Schwestern, die dann das Kind herausnahmen.

Das Findelhaus wurde am Largo da Misericórdia gegründet, doch seit 1860 befand es sich in einem zweigeschossigen Gebäude in der Rua Evaristo da Veiga Nummer 66.

Das neue Findelhaus war im Juni jenes Jahres in Anwesenheit der kaiserlichen Familie eingeweiht worden. Das Vestibül war mit Marmor ausgekleidet, auf der einen Seite befand sich das Sekretariat für die Bezahlung der externen Kinderpflegerinnen – Krankenschwestern, die im Auftrag des Armenhauses arbeiteten – und auf der anderen Seite der »Kreiselraum«. Ständig hielt sich eine barmherzige Schwester in der Nähe des Drehzylinders auf, um die Ausgesetzten herauszunehmen. Rechts und links von der Haupttreppe standen Statuen des heiligen Vicente de Paula und der Karitas. Im selben Stock befanden sich der Speisesaal, der Aufenthaltsraum, das Bügelzimmer, die Küche, die Waschtröge und der Garten. Im Obergeschoß das Verwaltungsbüro, das Arbeitszimmer der Schwester Oberin, die Kapelle, die Arzneikammer, der Leseraum, das Nähzimmer, die Schlafgemächer der barmherzigen Schwestern, ein Saal mit vierzig Kinderbetten und der Schlafsaal der größeren Mädchen mit zweiundvierzig Schlafstellen. Die Jungen wurden meistens schnell adoptiert. Ölgemälde von Pedro I. und der Kaiserin Leopoldina sowie Dom Pedro II. und der Kaiserin Dona Teresa Cristina schmückten die Wände. Die aufgenommenen Mädchen, die dort wohnten, lernten Lesen, Schreiben, Rechnen, Grammatik, Biblische Geschichte, Nadelarbeiten und Bügeln. Wenn sie später heirateten, erhielten sie von der Schwesternschaft eine Mitgift. Die Prinzessin Isabel schickte dem Findelhaus jedes Jahr Truhen voller Kleidungsstücke, die sie eigenhändig genäht hatte, eine Geste, aus der ihre große Herzensgüte sprach.

Zum Beweis dafür, daß das Findelhaus seine Wohltäter nicht vergaß, hing dort auch ein Porträt seines Gründers, des mildtätigen Romão de Mattos Duarte. Was die Besucher indes am meisten anrührte, war im Saal mit den Kinderbetten das Bild eines Säuglings mit Wasserkopf, der im Juli 1882 abgegeben worden und zwei Monate später gestorben war. Vor seinem Tod war er auf den Namen Mateus getauft worden. Mateus war ein Symbol für alle, die im Findelhaus arbeiteten.

Was niemand wußte, war, daß die Mutter von Mateus seit über drei Jahren im »Kreisel der Ausgesetzten« arbeitete. Sie hieß Carolina de Lourdes und war die Tochter von Josué Calixto, einem angesehenen Bestattungsunternehmer aus der Rua Itapiru, gleich neben dem Friedhof São Francisco de Paula am Largo de Catumbi. Carolina hatte den falschen Versprechungen von Ariel Lemos geglaubt, einem jungen Mann, der aus Curitiba gekommen war, um bei Calixto die Geheimnisse des Einbalsamierens zu erlernen. Ariel hatte die hübsche Siebzehnjährige verführt und war anschließend ins Landesinnere der Provinz Paraná geflohen, seitdem hatte man nie wieder von ihm gehört. Josué Calixto, ein strenger, unbeugsamer Witwer, der fleißig im Alten Testament las, verstieß seine Tochter. Hätte nicht eine alleinstehende Tante in Niterói sie in ihrem Haus aufgenommen, dann wäre Carolina sicherlich nur noch der Schritt in das äußerst schwere Leben als leichtes Mädchen geblieben.

Als der Junge geboren wurde, glaubte die entsetzte Carolina, schuld an der Mißbildung des Kindes wäre ihr eigener Frevel. Nach einer Woche verließ sie ihr Versteck und gab die unselige Frucht ihrer Sünde im Findelhaus ab. Inzwischen hatte sie sich wieder dem Vater angenähert, der ihr eine lange Bußzeit auferlegte und ihr dann verzieh. Aber die Reue raubte der schönen Carolina den Schlaf. Nächtelang lag sie wach und dachte an den kranken Jungen, den sie auf dem kalten Holz des Kreisels abgelegt hatte. In der Dunkelheit ihres Zimmers sah sie die großen trüben Augen des Kindes vor sich, die sie unverwandt anblickten. Eines Tages konnte sie ihr Schuldgefühl nicht länger ertragen und begab sich zum Findelhaus. Doch groß war der Schock, als sie erfuhr, daß ihr Sohn gestorben und zum Symbolkind der Einrichtung geworden war. Ohne sich zu erkennen zu geben, nahm sie sich vor, diesen verstoßenen Kindern, die wie ihr Sohn einzig auf die Barmherzigkeit Fremder angewiesen waren, Gutes zu tun. Mit dem Einverständnis des Vaters begann sie, ohne jede Bezahlung als Amme im Findelhaus zu arbeiten. »Der größte Lohn ist die Wärme, die ich meinen ›Winzlingen‹ geben kann«, sagte sie immer, wenn sie von den Kleinen sprach. Alle wunderten sich darüber, daß sich eine so ungewöhnlich schöne junge Frau, fast selbst noch ein Kind, dieser harten Aufgabe mit so großer Geduld widmete. Carolina war im Findelhaus sehr beliebt. Sie kannte keinen Stundenplan, wenn eine Schwester erkrankte, erbot sie sich, nachts am Kreisel zu wachen, und am nächsten Tag versorgte sie die Bedürftigen wieder bis spät in den Abend.

An diesem Regenabend verließ Carolina de Lourdes das Findelhaus erst nach elf Uhr. Zwei Tage schon war sie nicht zu Hause gewesen, und ihr besorgter Vater verlangte, sie müsse sich etwas ausruhen, damit sie nicht vor

Erschöpfung zusammenbrach. Er hatte sie am frühen Abend mit seiner Kutsche abholen wollen, war jedoch im prasselnden Regen nicht durchgekommen. Die Schwestern hatten Carolina bedrängt, sie solle im Haus übernachten, aber das kam für sie nicht in Frage. Ihr Vater sei fast genauso hilfsbedürftig wie ihre »Winzlinge«, hatte sie gesagt, und nun ging sie trotz des Unwetters die Rua Evaristo da Veiga entlang.

Ein Blitz erhellt sekundenlang die schwarze Gestalt, die am Weg zur Chácara da Ajuda unter einem Baum wartet. Carolina de Lourdes geht in Richtung Rua Visconde de Maranguape. Er heftet sich schnell an ihre Fersen. Die Donnerschläge und Blitze, die den schweren Regen unterbrechen, verwandeln die Straße in ein unheimliches Szenarium. Carolina beschleunigt ihr Tempo und biegt nach rechts in die Rua Nova dos Arcos ein. Er folgt ihr schnell und achtet darauf, daß seine weit ausgreifenden Schritte im selben Rhythmus wie die Schritte des Mädchens den Boden berühren, damit kein Geräusch von ihm zu hören ist. Der Abstand zwischen ihnen wird immer kürzer. Jedesmal wenn sie stehenbleibt und nach einem Tilbury Ausschau hält, stockt auch er hinter ihr, als gehorchte er einer unbeholfenen Choreographie. Einen Moment lang werden beide von den Brückenbögen des Aquädukts wie zwei einsame Tänzer auf einer gigantischen Bühne eingerahmt. Keine Menschenseele weit und breit. Sie überquert die Rua do Lavradio und geht die Rua do Resende entlang. Als er dieselbe Stelle erreicht, kommt ihm eine Idee – er biegt rasch nach links in die Rua Riachuelo ein und beginnt zu laufen. Seine Füße berühren kaum das nasse Pflaster. In seinem Umhang sieht er aus wie ein riesengroßer, durch den Regen fliegender Aasgeier. Sie bewegen sich nun parallel in dieselbe Richtung, Carolina in der Rua do Resende und er in der Rua Riachuelo – die wehrlose Beute und der Raubvogel. Er will sie von vorn treffen. Er weiß, daß die Frau ihm nicht entwischen kann, die nächste Kreuzung ist erst an der Rua dos Inválidos. Er biegt rechts ab und rast zur nächsten Kreuzung. Keuchend, an die Mauer des letzten Hauses an der Ecke gepreßt, sieht er sein Opfer nahen. Wie ein Stierkämpfer seine Muleta versteckt er den Dolch unter dem Umhang und wartet.

Carolina de Lourdes kann nur noch die Hände vorstrekken und vergeblich versuchen, sich zu schützen. Die Klinge durchbohrt ihre Handflächen und dringt in ihre Lunge. Er zieht den Dolch heraus und stößt erneut zu, einmal, zweimal, fünfmal, fünfzehnmal. Carolina liegt schon tot auf dem Boden, als er sich niederkniet, ihr den Leib bis zum Brustbein aufschlitzt, ihre noch warme Leber herausreißt und sie begierig an seiner Wange reibt. Er leckt und riecht an dem schleimigen Organ. Er empfindet keinen Widerwillen, im Gegenteil, bei dem süßlichen Blutgeruch durchzuckt ihn ekstatische Lust. Er ist vollkommen erschöpft. Doch dieses Mal wird er noch nicht das Fleisch der Sünde essen. Er will lieber warten, denn er weiß, daß die größte Köstlichkeit immer erst zum Abschluß des Banketts serviert wird. Fast rücksichtsvoll schiebt er das tropfende Organ in den grausigen Spalt zurück, dann trennt er wie mechanisch, denn inzwischen hat er Routine, der Unglücklichen die Ohren ab, steckt sie in die Tasche und zieht die am Gürtel hängende Geige hervor. Wieder zelebriert er die makabre Zeremonie, reißt die La-Saite, die dritte des Instruments, vom Wirbel und drückt sie in die Schamhaare der jungen Frau. Dann geht er, auf der letzten verbliebenen Saite ein Pizzikato zupfend, davon.

Der Regen wäscht das Blut der jungen Frau von der Straße, sie liegt auf dem Pflaster, die Arme zum Kreuz ausgebreitet und beide Hände durchbohrt.

Sherlock Holmes hatte beim Aufwachen einen trockenen Mund. Im Kopf empfand er Leere, als wäre sein Schädel ein Hohlraum, den ehemals ein privilegiertes Gehirn ausgefüllt hatte. Es war wieder zuviel Cannabis gewesen. Das gestrige Unwetter hatte er dazu genutzt, den ganzen Tag auf seinem Zimmer zu bleiben und über den Fall nachzudenken, wie er es in der Baker Street zu tun pflegte, allerdings drängten sich ständig Bilder von Anna Candelária in seinen Armen zwischen seine Gedanken. Wäre er in London, hätte Holmes auf Kokain zurückgegriffen, um seine Konzentrationsfähigkeit zu mobilisieren, doch als sein Blick auf das Päckchen indische Zigaretten fiel, das Anna in seinem Zimmer auf dem Tisch vergessen hatte, stopfte er sich lieber wieder damit eine Pfeife. Er setzte sich ans Fenster und blickte in den Regen, dann nahm er seine Geige, und vom Rauchen berauscht, gelang es ihm, dem Instrument höchst eigenwillige Töne zu entlocken. Er improvisierte, schuf Melodien, die an jene einheimischen Stücke erinnerten, die Mukumbe im Haus der Baronin de Avaré gespielt hatte. Er wußte nicht, wie lange er dort gesessen, geraucht und gespielt hatte. Watson, der dieses Insichgehen bei seinem Freund kannte, hatte ihn den ganzen Tag über allein gelassen. Holmes war nicht einmal zum Abendessen im Hotelrestaurant erschienen, sondern hatte sich das Essen auf seinem Zimmer servieren lassen. Er war früh schlafen gegangen und hatte farbenpächtige Träume gehabt. Nun, beim Aufwachen, verspürte er eine Art Kater, aber ganz anders, als er es je erlebt hatte.

Dr. Watson öffnete die Tür. Zu Holmes' Überraschung war er bester Laune.

»Guten Morgen, lieber Freund, ich glaube, es ist Zeit, aus dem Bett zu steigen«, verkündete Watson strahlend und setzte sich einen merkwürdigen Hut auf den Kopf.

Holmes blinzelte ein paarmal, um das verschwommene Bild vor seinen Augen deutlicher zu sehen. An Dr. Watson war irgend etwas ungewöhnlich, doch was es war, konnte der Detektiv in seiner Benommenheit nicht ausmachen. Sherlock rieb sich die Augen, und endlich erkannte er: Watson trug einen Lederhut und Sandalen wie die Viehhirten im kargen Steppenland. Sherlock Holmes fiel fast aus dem Bett.

»Beim Zeus, Mann, was hat das zu bedeuten?«

»Ich befolge lediglich Ihren Rat. Haben Sie nicht gesagt, ich müsse mich den Sitten des Landes anpassen? Diese Attribute sind typisch für hier. Warum? Gefallen sie Ihnen nicht?«

»Darf ich fragen, wo zum Teufel Sie das gekauft haben?«

»Gestern, während Sie den Tag hinter verschlossener Tür verbrachten, hat Ihr Freund Paula Nei mich auf eine Rundfahrt durch die Stadt mitgenommen. Es gibt alles in den Straßen, der reinste persische Markt. Ein fliegender Händler bot diese Artikel an, und Nei überredete mich, sie zu kaufen. Sie kommen aus der Nordostregion. Ich muß sagen, die Sandalen sind sehr bequem«, antwortete Watson gutgelaunt und bewegte seine bloßen Zehen.

»Das mag ja sein, aber sie riechen äußerst streng«, erwiderte Holmes.

»Eben das hat mir am meisten gefallen. Sie sind aus Ziegenleder gemacht, der Geruch erinnert mich an den türkischen Tabak, den ich immer in Ankara geraucht habe.«

»Und der Hut?«

»Ist ein perfekter Ersatz für meine Melone. Paula Nei war entzückt«, erklärte der Doktor eitel.

Holmes wollte der Begeisterung seines Freundes keinen Dämpfer aufsetzen, doch er wußte genau, daß Paula Nei sich wieder mal einen Scherz erlaubt hatte. Die Unterhaltung der beiden wurde von Inojozas unterbrochen, der mit einem zusammengefalteten Blatt Papier in der Hand eintrat: »Sie gestatten, Senhor Holmes, ich ...«

Der Detektiv unterbrach den Concierge.

»Sie brauchen nichts zu sagen. Ich vermute, Sie leiden an einer Krankheit, die als Veitstanz bekannt ist, und gestern haben Sie einen Streit mit Ihrer Gemahlin gehabt. Außerdem bringen Sie mir ein Billett von der Senhorita Anna Candelária und mußten sich vor kurzem auf ein Handgemenge mit einem Zigeuner einlassen, dessen Ohrringe nicht aus Gold sind«, sagte Holmes herablassend, während er sich den Morgenrock über die Schultern hängte.

Watson, an die geistigen Übungen seines Freundes Sherlock gewöhnt, zeigte keine Regung, Inojozas hingegen blieb vor Staunen über diese außergewöhnliche Schlußfolgerung der Mund offenstehen.

»Wie sind Sie bloß zu diesem Schluß gekommen, Senhor Holmes?«

»Ganz einfach, mein lieber Inojozas. Der Veitstanz, in Akademikerkreisen als ›Sydenham-Chorea‹ bekannt, ruft bei den Patienten unkontrolliertes Zittern hervor, was die Tropfen auf Ihrem Revers erklärt, die von einem verschütteten Glas Wasser stammen. Der Streit mit Ihrer Gemahlin ist leicht erklärt, da der Ehering an Ihrem Finger fehlt, sein Abdruck aber noch zu sehen ist; zudem stelle ich fest, daß das Billett, das Sie mir bringen, von einer Person mit weiblicher Schrift geschrieben wurde, also von der Senhorita Anna Candelária, von der ich Nachricht erwarte. Die Erklärung für die Handgreiflichkeiten mit dem Zigeuner ist noch offensichtlicher. Wo könnte man einen Zigeuner im Kampf besser packen als an seinen Ohrringen und ihn damit vollkommen außer Gefecht setzen? Und daß seine Ohrringe aus irgendeinem anderen Metall, aber jedenfalls nicht aus Gold waren, beweisen die Grünspanflecken, die ich an Ihren Händen bemerkt habe«, teilte Sherlock Holmes mit. Er ergriff seine Kleider, seine Toiletten-Utensilien und verließ triumphierend den Raum in Richtung Badezimmer mit der Ankündigung:

»Ich komme gleich zurück.«

Inojozas setzte sich sprachlos Watson gegenüber. Der Doktor versuchte ihn zu trösten:

»Erschrecken Sie nicht, mein Guter. Holmes' Fähigkeiten, logische Schlüsse zu ziehen, haben schon die besten Köpfe von Scotland Yard verblüfft und so manchen Verbrecher hinter Gitter gebracht. Zu Ihrem Veitstanz sage ich Ihnen als Arzt, daß man mit Opiumtabletten bei der Behandlung dieses Leidens ausgezeichnete Ergebnisse erzielt hat.«

»Danke, Dr. Watson, aber ich kann Ihnen versichern, daß ich an keiner Krankheit leide. Meine Kleidung ist bespritzt, weil es noch regnet. Außerdem bin ich Junggeselle, was ich am Finger trug, war kein Ehering, sondern ein Schmuckring, den ich abgenommen habe, weil er zu eng war. Dieser Brief hier ist kein Billett von der Senhorita Anna Candelária, sondern ein Schreiben von mir, das ich zur Post bringen wollte, und einen Zigeuner habe ich schon seit Jahren nicht mehr gesehen. Die Flecken auf meiner Hand sind Tinte, weil ich mich beim Schreiben des Briefes bekleckert habe«, erklärte Inojozas.

»Das sind Kleinigkeiten, guter Senhor Inojozas, bloße Kleinigkeiten. Wir wollen doch das Ergebnis der brillanten Überlegungen, deren Zeuge wir soeben waren, nicht von ordinären Details trüben lassen. Welchem Umstand verdanken wir die Ehre Ihres Besuches in unseren Räumen?«

»Ich wollte mitteilen, daß der Kommissar Mello Pimenta angerufen hat«, sagte Inojozas, machte Anstalten, sich zu erheben, nahm aber wieder Platz.

»Sagen Sie, Senhor Inojozas, wie heißt *telephone* auf portugiesisch?«

»*Telefone.*«

»Wir haben also Telefon im Hotel?« fragte Holmes, der gerade mit einem makellosen weißen Anzug bekleidet ins Zimmer zurückkehrte. »Von solcher Modernität war mir nichts bekannt.«

Inojozas erhob sich wieder.

»Selbstverständlich, Senhor Holmes, es gibt schon mehr als tausendsechshundert Anschlüsse. Das einzige Problem ist, daß die Instandhaltung der Leitungen noch ziemlich nachlässig gehandhabt wird. Mit der Zeit, hoffen wir, wird dieses Problem beseitigt. Der Minister für öffentliche Bauten hat eine Lösung noch in diesem Jahrhundert in Aussicht gestellt.«

»Und was ist mit dem Billett meiner Freundin?«

Inojozas zeigte den Umschlag und erklärte verlegen:

»Ich bedaure, Senhor Holmes, aber das ist lediglich ein Brief, den ich zur Post bringen muß.«

»Das heißt also, eine meiner Folgerungen war falsch? Wie dem auch sei, das spielt keine Rolle, von vieren drei richtige ist schon eine beachtliche Leistung«, bemerkte der Detektiv, während er seinem Krawattenknoten einen letzten Ruck gab.

Inojozas und Watson enthielten sich jeden Kommentars. Sherlock fuhr fort:

»Und was möchte der gute alte Pimenta von mir?«

»Anscheinend hat es heute nacht wieder einen Mord gegeben. Der Kommissar erwartet die Herren am Tatort.«

»Genau das hatte ich befürchtet. Noch eine Tote. Kommen Sie, Watson, wir dürfen keine Zeit verlieren.«

Inojozas begleitete die beiden zur Hoteltür und beauftragte einen Kutscher, Holmes und Watson zur Rua do Resende, Ecke Rua dos Inválidos zu bringen. Der Empfangschef des Albion war sprachlos und verängstigt. Trotz des milden Klimas an diesem regnerischen Morgen lief ihm kalter Schweiß über die Schläfen. Der Detektiv hatte gesagt, die Schriftzüge auf dem Umschlag seien weiblich, und hatte damit ins Schwarze getroffen. Hatte seine verschnörkelte Schrift womöglich verraten, was er seit zartester Kindheit in sich verbarg? In einem stillen Bittgebet an seinen Schutzpatron, den heiligen Onésimo, flehte Inojozas, sein schreckliches Geheimnis möge niemals enthüllt werden. Denn bislang wußte von seinen sexuellen Neigungen einzig der junge Hausdiener Reginaldo, der seit fünf Jahren bei ihm wohnte und seine große Liebe war.

15

EIN LETZTER FEINER REGEN NIESELTE NOCH AUF DIE Stadt, als der Tilbury mit Sherlock Holmes und Dr. Watson durch die Rua Nova dos Arcos fuhr. Holmes staunte über das großartige Bauwerk. Die zweistöckige Bogenbrücke aus zweiundvierzig Bögen, über denen der Aquädukt verlief, bot tatsächlich einen majestätischen Anblick und erinnerte den Betrachter an die alten Bauten des Römischen Reiches. Der 1750 fertiggestellte Aquädukt war noch während der Kolonialzeit unter dem Gouverneur Gomes Freire de Andrade erbaut worden. Tief beindruckt fragte Sherlock den Kutscher nach seiner Funktion. Der Kutscher, darin geübt, Fremden die Stadt Rio de Janeiro zu zeigen, erklärte:

»Das ist ein Aquädukt, mit dem kommt Wasser vom Morro do Desterro zum Morro de Santo Antônio. Modernisierung hin und her, die Versorgung ist und bleibt saumäßig. Der Aquädukt reicht nicht mehr für den Bedarf.«

»In Rio gibt es Wassermangel?« staunte der Detektiv.

»Ja, immer wieder mal. Zum Glück haben wir die Brunnen. Schuld sind die von der Regierung, alles üble Gauner. Die wollten sogar einmal eine Sonderabgabe oder so etwas, angeblich um das Problem ein für allemal zu beseitigen.«

»Und? Mit Erfolg?« fragte Holmes.

»Ach, i wo! Damit das Geld nicht irgendwohin verschwindet, haben sie das, was für die Wasserwerke vorgesehen war, in einer großen Truhe mit drei Schlössern aufbewahrt.«

»Ausgezeichnete Idee«, bemerkte Sherlock.

»Könnte man meinen. Einen der Schlüssel kriegte der

Stadtrat, einen der Gouverneur und den dritten der Prior der Jesuiten. Und nun stellen Sie sich vor, das Geld ist trotzdem verschwunden! Ich sage Ihnen, das ist das reinste Piratenpack«, knurrte er.

Kurz darauf zog der Kutscher an den Zügeln und brachte den Tilbury am Schauplatz des Verbrechens zum Stehen. Passanten hatten den verwüsteten Leib von Carolina de Lourdes mit Zeitungen bedeckt. Jemand hatte rund um den Leichnam Kerzen angezündet, doch der Sprühregen hatte alle wieder gelöscht, mit Ausnahme einer Kerze dicht neben dem Kopf des Mädchens, deren Flamme beharrlich weiterflackerte. Die »Fledermäuse«, wie die Polizeibeamten auch genannt wurden, bildeten einen Absperrungskordon, der die Schaulustigen mit ihrer morbiden Neugier zurückhielt. Plötzlich waren von weitem bimmelnde Glöckchen und trappelnde Pferdehufe zu hören. Alle blickten in die Richtung, aus der sie kamen. Von der Rua da Relação her bog ein Leichenwagen in die Rua dos Inválidos ein. Das rundum geschlossene Gefährt hielt neben der ermordeten jungen Frau, und zwei »Totenfresser« sprangen vom Kutschbock. Mit in jahrelanger Praxis erworbener Erfahrung und Gleichgültigkeit öffneten sie den rückwärtigen Teil des Fuhrwerks, zogen eine lange Plane heraus und wickelten Carolina darin ein. Dann faßten sie den Leichnam an Füßen und Kopf und warfen ihn in den Wagen. Bevor sie wieder aufstiegen, kam einer der »Totenfresser« noch einmal zurück, spuckte gezielt und löschte treffsicher die letzte Kerze, die noch immer am Kantstein flackerte. Keine fünf Minuten waren vergangen, da fuhren sie durch die Rua do Resende davon.

Mello Pimenta und Saraiva, die das Opfer bereits untersucht hatten, kamen auf die beiden Engländer zu. Pimenta machte sie miteinander bekannt:

»Guten Tag, Senhor Holmes, guten Tag, Dr. Watson, das hier ist unser Gerichtsmediziner Professor Saraiva.«

Holmes übersetzte für seinen Freund:

»Ein Kollege von Ihnen, Watson, Gerichtsmediziner, eine faszinierende Fachrichtung. Gerichtsmediziner sind die einzigen Ärzte, die über alles Bescheid wissen. Leider immer erst, wenn es zu spät ist.«

Mello erklärte rasch, was in der vergangenen Nacht geschehen war, und Sherlock fragte:

»Weiß man schon, wer das Mädchen ist?«

»Ja. Sie heißt Carolina de Lourdes Calixto. Sie arbeitete im Kreisel.«

»Ich verstehe, wieder eine Prostituierte«, sagte Sherlock Holmes, denn er hielt »Kreisel« für eine volkstümliche Bezeichnung des Dirnenviertels.

»Nein, Senhor Holmes, der Kreisel ist eine wohltätige Einrichtung, die ausgesetzte Säuglinge aufnimmt. Das Mädchen war die Tochter eines Bestattungsunternehmers namens Josué Calixto und arbeitete dort aus reiner Nächstenliebe als Amme.«

»Wer hat die Leiche gefunden?«

»Ausgerechnet eine der mildtätigen Schwestern von der Santa Casa da Misericórdia. Das Findelhaus liegt nicht weit von hier, in der Rua Evaristo da Veiga. Ich war bereits dort und habe mir ein paar Fragen beantworten lassen.«

»Haben Sie erfahren, ob die Kleine irgendwelche Feinde hatte?«

»Ganz im Gegenteil, sie war äußerst beliebt. Im Haus herrscht tiefe Bestürzung und Trauer.«

»Hat man zufällig beobachtet, ob ihr jemand folgte, als sie das Haus verließ?«

»Keiner weiß etwas. Es goß in Strömen, aber sie wollte trotzdem unbedingt nach Hause gehen.«

»So ein Mist, wir kommen nicht voran.« Holmes strich sich mit den Fingern über die Stirn, hinter der es zu pochen begann.

Mello Pimenta entschuldigte sich:

»Ich wollte Sie nicht so früh am Morgen stören, aber da es sich um den *serial killer* handelte, dachte ich, Ihnen wäre vielleicht daran gelegen, bei den Ermittlungen dabeizusein.«

»Das war vollkommen richtig, Herr Kommissar. Ich nehme doch an, daß Sie die Umgebung nach neuen Indizien abgesucht haben?«

»Selbstverständlich, aber es sind die gleichen Hinweise. Die Ohren abgeschnitten und wieder eine aufgerollte Saite«, antwortete Mello Pimenta und zeigte Sherlock die Geigensaite.

»Zumindest besteht jetzt wohl kein Zweifel mehr daran, daß der *serial killer* und der Geigendieb ein und dieselbe Person sind. Mehr Sorgen macht mir allerdings, daß auf dem Instrument noch eine Saite übrig ist. Haben Sie Fußabdrücke oder sonstige Spuren auf dem Boden entdeckt?«

»Falls es welche gab, hat der Regen sie beseitigt.«

»Würde es Ihnen etwas ausmachen, wenn ich mir den Tatort kurz ansehe?«

»Ich bitte Sie, Senhor Holmes. Sie tun mir damit einen Gefallen.«

Der Detektiv zog seine Lupe aus der Tasche und ging zum Trottoir, das von Blutflecken dunkel verfärbt war. Als er sich bückte, um die Stelle näher zu betrachten, drehte sich ihm alles im Kopf, und die Lupe fiel ihm fast aus der Hand. Er mußte sich an der Hauswand abstützen, um nicht umzufallen. Mello Pimenta, Saraiva und Watson liefen ihm zu Hilfe.

»Was ist, alter Freund?« fragte Watson besorgt.

»Nichts, nur ein kleiner Schwindelanfall«, antwortete Holmes und faßte sich wieder. Dann übersetzte er für Pimenta und Saraiva: »Mir ist schwindlig geworden. Ich glaube, ich habe gestern von dem Kraut, das mir eine Freundin gegeben hat, zuviel genommen. Indische Zigaretten, ich weiß nicht, ob Sie die kennen. Hervorragend, nebenbei bemerkt, nur habe ich zuviel geraucht.«

»Oh, ich verstehe, Senhor Holmes hat unser *pango* ausprobiert«, bemerkte der erfahrene Saraiva.

»*Pango?*« fragte Sherlock.

»Ganz richtig. So nennen die Schwarzen den Cannabis. Es gab übrigens früher hinter der Palastküche Seiner Majestät in São Cristóvão ein sehr schönes Beet mit diesen Pflanzen.«

Mello Pimenta faßte Holmes am Arm und zog ihn weg.

»Senhor Holmes, ich kann Ihnen versichern, hier gibt es für uns nichts Interessantes mehr. Sie kehren besser mit Dr. Watson ins Hotel zurück, während ich mit Saraiva zum Gerichtsmedizinischen Institut fahre und mir die Autopsie mit ansehe.«

»Auf gar keinen Fall. Dr. Watson und ich legen großen Wert darauf, bei der Leichenschau dabeizusein. Schließlich sehen acht Augen mehr als vier.«

»Sieben, nicht acht.«

»Wie meinen Sie das?«

»Saraiva ist auf einem Auge blind«, erklärte Mello Pimenta, womit er ein nicht allgemein bekanntes Detail des Anatomieprofessors enthüllte.

»Ein Andenken an die Schlachten im Paraguay-Krieg«, ergänzte Saraiva verlegen.

»Ach, Sie sind also ein Kriegsheld«, bemerkte Holmes mitfühlend. »Ist es im Nahkampf passiert?«

»Nein, durch eine Infektion. Ich habe mich mit der schmutzigen Hand am Auge gekratzt«, teilte der Gerichtsmediziner ungeniert mit.

»Wie dem auch sei, ich möchte gern mitkommen. Das Schwindelgefühl geht vorbei«, versicherte der Detektiv.

Saraiva, der sich mit Katerzuständen so gut wie kaum jemand sonst auskannte, empfahl ihm:

»Wenn Sie gestatten, Senhor Holmes, das beste Mittel gegen so ein morgendliches Unwohlsein ist eine gute *cachaça.*«

»*Cachaça*? Was zum Teufel ist das für ein Zeug?«

»Ein aus Zuckerrohr gebrannter Schnaps. Sehr milde und schmeckt köstlich. Nur ein Glas, und Sie fühlen sich wieder rundum wohl. Wissen Sie was? Ich leiste Ihnen dabei Gesellschaft. Ich fühle mich heute morgen auch etwas matt.«

»Saraiva, ich weiß nicht, ob es ratsam ist, Senhor Holmes zu dieser frühen Stunde *cachaça* zu geben«, mischte sich Mello Pimento vorsichtig ein.

»Unsinn, mein lieber Mello Pimenta. Ich bin sicher, nach diesem bewährten Mittel ist unser englischer Freund wieder taufrisch.«

Die vier begaben sich zu einer Taverne an der Ecke der Rua Riachuelo. Saraiva bestellte offensichtlich sachkundig zweimal vom besten Zuckerrohrschnaps des Hauses und kippte sein Glas mit einem einzigen Schluck. Beim Anblick der farblosen Flüssigkeit, die einen scharfen Alkoholgeruch verströmte, erkundigte sich Dr. Watson bei Holmes, was für ein Getränk das sei.

»Nichts besonderes, Watson, nur ein Schnaps aus Zuckerrohr. Der Professor Saraiva hat mir versichert, daß er ausgezeichnete Heilwirkung besitzt.«

»Ich weiß nicht, Holmes, dem Geruch nach zu urteilen,

scheint mir der ziemlich hochprozentig zu sein. Vielleicht sollten Sie ihn nicht pur trinken«, riet er.

»Wie denn sonst? Mit Wasser verdünnt?«

»Ich glaube, etwas Fruchtsaft wäre besser. Apfelsine oder Zitrone. Beides hervorragende Heilmittel. Wie wir inzwischen wissen, eignen sie sich auch sehr gut zur Vorbeugung gegen Skorbut.«

Sherlock wandte sich an den Tavernenwirt:

»Mein Freund hier schlägt vor, ich soll mir etwas Saft von einer Apfelsine oder Zitrone in den Schnaps tun. Haben Sie zufällig die eine oder andere Frucht da?«

»Zitronen hätte ich«, antwortete der Wirt, ohne den neugierigen Blick von dem Hut und den Sandalen aus dem Nordosten zu wenden, die der Doktor noch immer trug.

Watson fügte hinzu:

»Vielleicht wäre es auch gut, etwas Eis und Zucker dazuzutun, Holmes, um das Brennen des Alkohols abzumildern.«

Sherlock Holmes gab Watsons Anregung weiter. Der Tavernenwirt ging ans Tresenende und beauftragte seinen Gehilfen, das Gewünschte zu holen. Watson schnitt die Zitrone in vier Teile und gab zwei Viertel zusammen mit dem Zucker ins Glas. Dann zerdrückte er die Viertel mit einem Löffel und sagte:

»Im Zweifelsfall gibt man die Schnitze lieber ganz hinein und drückt sie aus.«

Als er damit fertig war, fügte er ein paar Stücke Eis hinzu und reichte den seltsamen Trunk dem Detektiv:

»So, Holmes, jetzt, glaube ich, können Sie das gefahrlos trinken.«

Hinten in der Taverne sahen der Wirt und sein Gehilfe gespannt zu. Der junge Kellner fragte:

»Was für eine Sprache sprechen die, Chef?«

»Keine Ahnung. Für mich ist das entweder Latein, oder es kommt vom Teufel.«

»Und was für ein Gebräu mischen die sich da?«

»Ich weiß nicht, das hat sich der *caipira*, dieser Hinterwäldler da, ausgedacht«, sagte der Wirt und wies auf Watsons Viehtreiberhut.

»Welcher von beiden, der Lange?« fragte der Bursche, mit dem Finger auf den ganz weiß gekleideten Sherlock Holmes deutend.

»Nein, der große *caipira* trinkt nur. Gemixt hat es der kleinere, der *caipirinha*«, antwortete der Wirt.

Das staatliche Leichenschauhaus am Largo do Moura wirkte tatsächlich noch düsterer als die Leichenhalle des Dritten Büßerordens. Der Fußboden bestand aus dunklem Zement, und die im Laufe der Zeit rissig gewordenen weißen Kacheln an den Wänden trugen nicht gerade dazu bei, das Erscheinungsbild zu verschönen.

Ironischerweise roch es in der Halle nicht nur nach den Desinfektionsmitteln, sondern auch nach Leben. Und zwar deshalb, weil die Nebengebäude zur Rückseite der riesigen Küche des Hospital da Santa Casa lagen und die Essensgerüche, die durch den hunderteinundsechzig Spannen hohen, aus sechsunddreißigtausend englischen gebrannten Ziegeln erbauten Schornstein austraten, ständig über dem Leichendepot hingen. Eine strenge Duftmischung, der so mancher Besucher nicht standhielt.

Seit fast einer Stunde untersuchte Saraiva den geöffneten Leichnam von Carolina de Lourdes. Mello Pimenta und Dr. Watson sahen der Autopsie von weitem zu, doch Sherlock Holmes stand über den steinernen Tisch gebeugt und beobachtete aufmerksam jede Bewegung des Gerichtsmediziners. Gelegentlich war Saraiva über seine Kommentare geradezu verblüfft.

»Darf ich fragen, Senhor Holmes, wo Sie so gute Kenntnisse auf diesem Gebiet erworben haben?«

»Als Detektiv halte ich diese Dinge für ganz wesentlich, deshalb habe ich bei Sir Richard Owen vom British Museum Anatomie und Paläontologie studiert. Zudem habe ich mich auch immer sehr für die Arbeiten von Leonardo da Vinci interessiert. Leonardo war, wie Sie wissen, von der *figura istrumentale dell'omo* fasziniert.«

»Ja, natürlich«, antwortete Saraiva, der es nicht wußte.

Holmes blickte konzentriert auf die freiliegenden Eingeweide der jungen Frau:

»Herr Professor, irgend etwas kommt mir merkwürdig vor ...«

»Was meinen Sie, Senhor Holmes?«

»Ich weiß nicht, aber ich habe den Eindruck, als seien die inneren Organe in die Bauchhöhle zurückgelegt worden. Als hätte der Mörder sie herausgerissen und dann wieder hineingelegt.«

Der Pathologe beugte sich über die Leiche.

»Donnerwetter! Da haben Sie tatsächlich recht!«

Saraiva steckte die Hand in die offene Bauchhöhle, schob den Magen beiseite und holte die Leber heraus. Holmes zückte seine Lupe und sah sie sich ganz genau an. Dann rief er Mello Pimenta.

»Sehen Sie hier, Herr Kommissar, da sind deutliche Einkerbungen von Fingernägeln und mikroskopisch feine, mit dem bloßen Auge nicht wahrnehmbare Linien, als hätte der Mörder die Leber über eine rauhe Fläche gezogen. Den tiefen Fingerspuren und den feinen Rillen nach zu urteilen, könnte es sein, daß er ...« Holmes stockte. »Nein, das wäre zu schrecklich!«

»Bitte, Senhor Holmes, sprechen Sie es aus!«

»Ich weiß, es ist grauenhaft, aber ich bin mir fast sicher, daß der Unhold die Leber an seinem eigenen Gesicht gerieben hat.«

Alle außer Watson, der ja nicht verstand, was gesprochen wurde, erstarrten fassungslos. Der Detektiv sprach weiter.

»Nachts sprießt der Bart bereits wieder, und diese kleinen Furchen sind von der Reibung an den Bartstoppeln verursacht. Der Verrückte hat sich wie im Rausch das Gesicht an den Eingeweiden des armen Mädchens gerieben«, schloß er finster.

Mello Pimenta sagte entsetzt:

»Da gibt es keinen Zweifel mehr, es handelt sich tatsächlich um einen Verrückten. Der Direktor der Irrenanstalt hat einen Termin in der nächsten Woche zugesagt. Ich lasse ihm eine Nachricht schicken, daß wir gleich morgen zu ihm kommen.«

Holmes untersuchte noch immer die Fingerabdrücke auf der Leber:

»Schade, daß die Studien von Jean Vucetich noch keine Schlüsse zulassen.«

»Verzeihen Sie mir meine maßlose Unwissenheit, Senhor Holmes, aber könnten Sie mir wohl sagen, wer das ist?« fragte Mello Pimenta.

»Ein Polizeibeamter aus Buenos Aires, der ein System zur Identifizierung anhand der Finger entwickelt. Er nennt das Verfahren ›Vergleichende Daktyloskopie‹. Vucetich und einigen europäischen Anthropologen zufolge gibt es keine zwei Menschen mit exakt den gleichen Hautlinien an den Extremitäten. Wenn Sie einmal durch die Lupe schauen, können Sie die Abdrücke dieser Linien erkennen. Leider ist das für uns vorläufig von keinerlei Nutzen«, sagte Holmes und reichte die Leber des Mädchens an Saraiva zurück.

Just in diesem Augenblick wurde das Gespräch durch einen Schmerzensaufschrei am Eingang unterbrochen:

»Verflucht soll er sein! Verflucht soll er sein!«

In der Türöffnung erschien die qualverzerrte Gestalt des Bestattungsunternehmers Josué Calixto, des Vaters des armen Mädchens. Hochgewachsen, ganz in Schwarz, einen Zylinder auf dem Kopf, war Calixto die reinste Karikatur seines Berufs. Tiefe schwarze Schatten umrahmten seine Augen, die vom nicht einzudämmenden Tränenstrom blutunterlaufen waren. Während er näher kam, rief er:

»Meine Tochter, wo ist meine Tochter?!«

Saraiva, der noch die Leber des Mädchens in der Hand hielt, gab sie unauffällig an Holmes weiter und wies auf den Obduktionstisch. Da sich der Detektiv zwischen Calixto und dem Tisch befand, verbarg er die Leber hinter seinem Rücken und trat zur Seite. Der Bestattungsunternehmer stürzte sich wie von Sinnen auf den Leichnam seiner Tochter.

»Ich bin an allem schuld, ich habe sie umgebracht! Oh, mein Gott, was für eine grausame Strafe! Mein geliebtes Töchterchen, nie wieder werde ich dich lebend sehen!«

Vom Bestattungsunternehmer unbemerkt, warf Holmes die Leber Mello Pimenta zu, der sie geschickt auffing, und sprach den untröstlichen Vater an:

»Dürfte ich fragen, warum Sie sich für dieses abscheuliche Verbrechen verantwortlich fühlen?«

Josué berichtete von dem langen Leidensweg seiner Tochter und davon, daß seine Unbeugsamkeit sie ins Findelhaus getrieben hatte.

»Hätte ich mehr Verständnis gehabt, dann wäre das alles nicht geschehen. Oh, du mein Gott! Warum hast du nicht mich statt Carolina zu dir genommen?« klagte der vom Schmerz überwältigte Mann. Pimenta ging zu Calixto. Im Vorbeigehen übergab er die Leber erneut an Saraiva.

»Senhor Calixto, ich bin Kommissar Mello Pimenta. Ich weiß, daß dies für Sie ein sehr schwieriger Moment ist, trotzdem muß ich Ihnen ein paar Fragen stellen.«

»Bitte sehr, Herr Kommissar. Wenn ich dazu beitragen kann, diesen furchtbaren Mörder ausfindig zu machen.«

»Wissen Sie, ob Ihre Tochter neue Bekanntschaften geschlossen hatte?«

»Nein, die arme Kleine opferte sich ganz und gar für die Waisen auf.«

»Haben Sie in letzter Zeit beobachtet, daß jemand um Ihr Haus herumgeschlichen ist?«

»Auch nicht. Wir wohnen in einem sehr ruhigen Viertel. Hätte sich etwas Ungewöhnliches getan, wäre es mir aufgefallen.«

»Falls Ihnen noch etwas einfällt, das mich interessieren könnte, Sie finden mich im dritten Kommissariat«, teilte Pimenta ihm mit.

Während der Kommissar diese Fragen stellte, untersuchte Holmes ein Stück weiter eingehend die zerrissenen Kleider von Carolina de Lourdes, die auf einem Haufen in einer Ecke lagen. Zwischen den Rockfalten entdeckte er ein langes Pferdehaar, das bei den ersten Untersuchungen übersehen worden war. Von den anderen unbemerkt, rollte er es über den Fingern auf und steckte es in die Tasche, während Josué Calixto sich die Tränen abwischte und bat:

»Wenn Sie gestatten, würde ich jetzt gern einen kurzen Moment mit meiner Tochter allein bleiben. Wer ist der zuständige Pathologe?«

Behende wie ein Jongleur warf Saraiva die Leber Dr. Watson zu und trat einen Schritt in Richtung Calixto vor:

»Das bin ich, Saraiva, zu Ihren Diensten.«

»Dem Namen nach kenne ich Sie schon lange, Herr Professor. Da wir fast aus derselben Branche sind, möchte ich Sie um einen großen Gefallen bitten.«

»Aber gern, Senhor Calixto.«

»Wie ich sehe, hat der Unhold meine Tochter grausam zugerichtet. Wenn Sie Ihre Untersuchungen abgeschlossen haben, möchte ich mein ganzes Können darauf verwenden, dem armen Kind das Aussehen wiederzugeben, das es zu Lebzeiten hatte. Ich möchte nicht, daß man sie so sieht, und ich möchte auch keine Totenwache mit geschlossenem Sarg«, sprach der Bestattungsunternehmer feierlich.

»Selbstverständlich, das ist das mindeste, was wir tun können.« Saraiva drückte dem Vater des Mädchens die Hand. »Mein Mitgefühl.«

Holmes, Pimenta und der Gerichtsmediziner verabschiedeten sich nacheinander schweigend von dem Mann. Als Watson an der Reihe war, zog er die Leber, die er vorher unter sein Jackett gesteckt hatte, hervor, säuberte sie mit seinem Taschentuch, überreichte sie Calixto und erklärte kleinlaut, aber in bestem Shakespeare-Englisch:

»Ich glaube, das hier gehört Ihnen.«

Dann steckte er das Taschentuch ein und verließ die Totenhalle so feierlich ernst, wie es der Augenblick verlangte.

16

DIE IRRENANSTALT HOSPÍCIO D. PEDRO II., AUF DEM Gelände der Chácara da Praia Vermelha errichtet, war ein imposantes Gebäude im Stil des französischen Neoklassizismus. Es umfaßte eine Fläche von eintausendfünfhundertzweiundsechzig Quadratklafter, hatte einen reich mit Steinmetzarbeiten verzierten Portikus und eine zehnstufige Freitreppe, die zum Eingang führte. Vier Steinsäulen mit dorischen Kapitellen trugen eine Marmorbalustrade. Hinter den Säulen blickte man auf drei Türen, und im Obergeschoß gab es noch einmal vier ionische Säulen, überkrönt von einem Giebelfeld mit dem in Marmor geschnittenen kaiserlichen Wappen. Die Säulen umrahmten drei Fenster, in denen sich die Symmetrie des Erdgeschosses wiederholte. Die Seitenflügel des Gebäudes besaßen im unteren Geschoß zwanzig mit Brüstungen ausgestattete Fenster und weitere zwanzig im oberen Stockwerk. Sämtliche Fenster waren mit kräftigen Eisengittern versehen. Eine mit marmornen Statuen und Schalen bekrönte Attika verdeckte das Dach des Gebäudes. Die Grünpflanzen und Blumen in den Schalen lockerten das wegen der Gitter doch etwas kerkerhaft anmutende Erscheinungsbild des Gebäudes auf.

Am Treppenaufgang zu der Anstalt stand der Kommissar Mello Pimenta und wartete auf Sherlock Holmes. Nach den Regentagen war die Sonne wieder zum Vorschein gekommen und verschönte den strahlenden Morgen. Noch herrschte wenig Betrieb in den Straßen. Der Detektiv hatte sich bereits verspätet. Ein Miet-Tilbury hielt vor dem Eingang, doch stieg nur ein alter Seemann aus. Er trug eine abgewetzte blaue Joppe über einem schwarzweiß quergestreiften Strickhemd. Die weiten, ein wenig zu kurzen Hosen, von einem Gürtel mit viereckiger Metallschnalle gehalten, ließen die ebenfalls gestreiften Socken und die schweren Holzschuhe sehen. Über dem rechten Auge hatte der Mann eine schwarze Klappe und statt der linken Hand einen Haken. Ein Bein nachziehend, kam die merkwürdige Gestalt auf Pimenta zu und flüsterte plötzlich dem Kommissar mit starkem portugiesischem Akzent ins Ohr:

»Wo ist der Lageplan für den Schatz?«

»Senhor Holmes?! Was für ein Aufzug ist das denn?«

»Nur eine Tarnung, mein Freund. Ich fand es besser, nicht zu große Aufmerksamkeit auf diese Phase unserer Ermittlungen zu lenken.«

»Nun gut, dann können wir hineingehen. Der Anstaltsdirektor erwartet uns bereits«, sagte Pimenta, blickte aber noch immer ziemlich indigniert auf Sherlocks Kostümierung.

Mit dem Haken an der Hand und der Augenklappe sah der Engländer furchterregend aus. Zudem hatte Holmes sich eine falsche Nase und unter der Seemannsmütze eine weiße Perücke aufgesetzt. Der Kommissar wußte nicht, wie er dem Anstaltsleiter erklären sollte, warum er in Begleitung eines alten portugiesischen Matrosen kam. Sie gingen durch einen langen Flur und erreichten das Büro des Direktors. Ein Assistent führte sie ins Sprechzimmer.

Dr. Hélio Pedregal Noronha war der Chefarzt der Irrenanstalt D. Pedro II. Statt des üblichen weißen Kittels trug er einen schlichten Anzug. Sein Kinn zierte ein sehr gepflegter Spitzbart, auf seiner Nase klemmte ein Pincenez. Die Wände des Raums waren mit Regalen voller medizinischer Fachbücher bedeckt. Auf seinem Schreibtisch stand eine Bronzestatuette in Form eines Totenkopfs, auf dem eine Eule hockte. Pedregal Noronhas Blick hing wie gefesselt an Sherlock Holmes' kurioser Erscheinung. Mit einer Handbewegung forderte er Mello Pimenta und den Detektiv auf, ihm gegenüber Platz zu nehmen.

»Ehrlich gesagt, Herr Kommissar, mir scheint, ich habe den Anlaß für Ihren Besuch nicht recht verstanden. Ich dachte, es ginge um Ihre Ermittlungen, aber jetzt sehe ich, daß es sich um eine Einlieferung handelt«, sagte der Irrenarzt mit einem Blick auf Sherlock.

Bevor Pimenta gezwungen war, eine Erklärung abzugeben, antwortete Holmes:

»Sie täuschen sich, Doktor. Ich bin weder schwachsinnig noch geistesverwirrt. Gestatten Sie, daß ich mich vorstelle: Sherlock Holmes, zu Ihren Diensten. Mein Aufzug ist lediglich eine der zahllosen Verkleidungen, die ich benutze, wenn ich nicht erkannt werden möchte.«

»Ich verstehe«, antwortete Noronha; es klang aber nicht sehr überzeugend.

Mello Pimenta ergriff das Wort:

»Ich habe Senhor Holmes mitgebracht, dessen Hilfe für uns von unschätzbarem Wert ist.«

»Und womit kann ich Ihnen behilflich sein?« fragte der Arzt, zog seine Uhr aus der Westentasche und warf einen nicht zu übersehenden Blick darauf.

»Zuerst möchte ich klarstellen, daß alles, was wir hier besprechen, strikt vertraulich ist«, erklärte Pimenta.

»Seien Sie unbesorgt, Herr Kommissar. Die Schweigepflicht gehört zu meinem Beruf.«

Mello Pimenta lehnte sich in seinem Stuhl zurück und berichtete dem Arzt alles, was er über den Fall wußte. Als er geendet hatte, fügte Holmes hinzu:

»Der letzte Mord hat uns die Gewißheit gebracht, daß

hier ein Verrückter frei herumläuft und diese Verbrechen begeht.«

»Mir wäre lieber, wenn Sie in bezug auf die Kranken den Begriff *geisteskrank* verwendeten. Seit sich Philippe Pinel in seinem *Traité médico-philosophique sur l'aliénation mentale* für eine menschlichere Behandlung der Geisteskranken ausgesprochen hat, vermeiden wir bestimmte pejorative Ausdrücke«, bemerkte Pedregal Noronha von oben herab, obwohl er das Buch niemals gelesen hatte.

Mello Pimenta reagierte entrüstet:

»Ich sehe nicht, was an einem solchen Ungeheuer menschlich sein soll. Dem armen Mädchen die Leber aus dem Leib reißen und sie an seinem Gesicht reiben?«

»Ich kann Ihnen versichern, daß ich im Laufe all dieser Jahre, seit ich mich mit seelischen Krankheiten beschäftige, schon Schlimmeres erlebt habe. Was mich trotzdem nicht daran hindert, meine Patienten in ihrer Art als Menschen zu betrachten«, erwiderte der Arzt.

»Was bezeichnen Sie als Schlimmeres?« Sherlock Holmes blickte ihn mit dem einen Auge ermunternd an.

»Koprophagie, zum Beispiel, Kranke, die ihren eigenen Kot essen. Ich hatte hier schon eine an Hysterie leidende Frau, die einen Selbstmordversuch unternahm, indem sie sich große Mengen ihrer eigenen Exkremente einverleibte.«

»Ist es möglich, daß ein Mensch ein normales Verhalten zeigt und gleichzeitig solche Untaten begeht?« fragte Mello Pimenta.

»Selbstverständlich, das gehört zum Krankheitsbild. Man kann mit einem Geisteskranken jahrelang gesellschaftlichen Umgang haben, ohne eine seiner Krisen mitzuerleben. Das menschliche Gehirn ist noch immer eine Terra incognita und gibt uns Rätsel auf.«

»Haben Sie jemals einen Menschen mit einer Störung ähnlich der unseres Mörders untersucht?« fragte Mello Pimenta weiter.

»Wir haben gerade jetzt einen Mann hier, der an einer außergewöhnlichen zerebralen Störung leidet. Er ist hochintelligent und sehr gebildet, aber wenn er eine Krise hat, fällt er jeden in seiner Nähe an, reißt ihm Fleisch aus dem Leib und verzehrt es. Die Ironie des Schicksal wollte, daß er, bevor er dem Wahnsinn verfiel, einer unserer herausragendsten Irrenärzte war.«

»Wie heißt der Mann?« erkundigte sich Sherlock Holmes.

»Dr. Aderbal Câmara. Er leidet an akutem Kannibalismus.«

»Können wir uns mit ihm unterhalten?«

»Ich sehe zwar nicht, inwiefern Ihnen das weiterhelfen könnte, aber wenn Sie es unbedingt möchten, werde ich meinen Assistenten bitten, Sie zu ihm zu bringen. Er ist in der Abteilung der Tobsüchtigen untergebracht. Gestern erst hat er einen Pfleger angefallen.« Pedregal Noronha erhob sich und ging zur Tür. »Wenn Sie mich jetzt entschuldigen wollen, es ist Zeit für meine Visite bei den Patienten.«

Der Famulus Antônio Belmonte, der Mello Pimenta und Sherlock Holmes durch die modrigen Gänge der Anstalt führte, hatte einen kuriosen Tick. Nach jeweils drei Schritten blieb er stehen und polierte seine Stiefeletten abwechselnd hinten an den Hosenbeinen. Am Ende eines Weges, der den beiden Besuchern wie ein Labyrinth vorkam, standen sie schließlich vor einer massiven Holztür. Belmonte zog ein Schlüsselbund aus der Tasche und schloß auf. Sie betraten einen karg beleuchteten Korridor.

»Er befindet sich in der letzten Zelle links. Ab hier gehen Sie besser allein weiter. Die Verrückten werden sehr unruhig, wenn sie mich sehen.«

»Ich dachte, dieser Ausdruck wäre hier im Haus verboten«, sagte Holmes.

»Der Doktor Noronha hört es nicht gern, wenn wir ihn benutzen, aber für mich ist ein Verrückter ein Verrückter. Seien Sie vorsichtig und gehen Sie nicht zu nah an die Zellen heran. Die hier sind alle gefährlich.«

»Wie sollen wir Sie rufen, wenn wir fertig sind?« fragte Mello Pimenta beunruhigt.

»Sie können mich Belmonte rufen, so wie alle«, antwortete der Famulus und lachte meckernd über seinen eigenen Witz. «Da drinnen hängt ein Gong. Wenn Sie ihn schlagen, komme ich Sie abholen.» Er schloß die Tür und ging in nervöser Schuhputzprozession wieder zurück.

Sherlock Holmes und Mello Pimenta traten in den düsteren Gang. Auf der einen Seite war die Zellenreihe zu erkennen, auf der anderen eine Steinwand mit einigen wenigen Gaslampen, die für die spärliche Beleuchtung sorgten. Es gab weder Fenster noch Fensterläden. Zusammenhanglose Wörter, vermischt mit Schreien, Stöhnen und Flüstern, drangen ihnen von den dort isolierten Geistesverwirrten entgegen. Holmes hörte deutlich eine heisere Männerstimme, die speicheltriefend schrie:

»Heh, Matrose! Komm her, Matrooose!«

Ein schweres Eisengitter vom Boden bis zur Decke trennte den Gefangenen von seinen Besuchern. Drinnen nichts als eine Pritsche, eine Schüssel, ein Krug und ein klobiger Stuhl, auf dem Dr. Aderbal Câmara saß. Sein Gesicht war von der infamen Schandmaske bedeckt.

Das im 18. Jahrhundert auf Bestellung von Faktoreiverwaltern von einem unbekannten portugiesischen Schmied ersonnene Gerät hinderte die von Schwermut geplagten, sich vor Heimweh nach der Mutter Afrika und ihren Familien verzehrenden Schwarzen daran, Erde zu essen, bis sie daran starben. Es war die einzige Form von Selbstmord, die den verzweifelten Sklaven offenstand. Sie zogen diesen grauenhaften Tod einem Leben in Gefangenschaft vor. Auch Sklaven, die im Diamantbergbau arbeiteten, mußten die scheußliche Erfindung tragen, wodurch verhindert werden sollte, daß sie die Steine verschluckten und aus der Mine herausschmuggelten. Selbst die gleichgültigsten Chronisten erfüllte die Beschreibung des gräßlichen Instruments mit Abscheu. Die aus Blech gearbeitete Schandmaske bedeckte das ganze Gesicht und wurde hinten an den bis in den Nacken reichenden Seitenteilen mit einem Schloß gesichert. Durch kleine Öffnungen in Höhe der Augen und der Nase konnte der Träger sehen und atmen, allerdings konnte er nichts zum Mund führen. Gelegentlich wurde die Schandmaske auch bei Trunkenheit, zur Bestrafung von Verbrechern und bei tobsüchtigen Geisteskranken eingesetzt.

Der abscheuliche Apparat war dem Mann um den Kopf geschnallt. Seine Stimme drang hohl durch das Blech der Maske:

»Oh! Sherlock Holmes und der Kommissar Mello Pimenta! Welchem Umstand verdanke ich die Ehre?«

»Sie kennen uns also?« fragte Holmes verblüfft.

»Natürlich, ich habe Sie schon seit geraumer Zeit erwartet. Ich habe Ihre Ermittlungen verfolgt, aber leider läßt man mich jetzt keine Zeitung mehr lesen. Ich habe dem Pfleger, der mir immer das *Jornal do Commercio* brachte, den Daumen abgebissen. Er hat übrigens köstlich geschmeckt. Zum Sich-die-Finger-danach-Lecken, ganz im Ernst.«

»Und warum glaubten Sie, wir würden Sie besuchen kommen?« erkundigte sich Mello Pimenta.

»Ich bitte Sie, Herr Kommissar. Nur ein Trottel würde nicht merken, daß derjenige, den Sie suchen, etwas mit mir gemeinsam hat. Ein interessanter Charakter. Es würde mich nicht wundern, wenn er demnächst seine Opfer verzehrt.«

Holmes und Pimenta wechselten stumme Blicke.

»Wie ich sehe, ist unser blutrünstiger Freund meiner Vorhersage zuvorgekommen.« Dr. Aderbal schien hinter der Maske zu lächeln.

Nach kurzem Zögern verriet Mello Pimenta:

»Nein, aber wir haben Grund zu der Annahme, daß er die Leber eines seiner Opfer gierig an seinem Gesicht gerieben hat.«

»So eine Vergeudung! Daran erkennt man gleich, daß es ein Anfänger ist, er weiß nicht, was ihm da entgeht.«

»Glauben Sie wirklich?« fragte Mello Pimenta entsetzt.

»Man sagt, daß indische Tiger nach dem Verzehr von Menschenfleisch in einen Rauschzustand versetzt werden. Genau so ergeht es uns. Es gibt nichts Delikateres«, versicherte Dr. Aderbal.

»Lassen Sie uns zum Wesentlichen kommen«, unterbrach Holmes, den diese Abart der Feinschmeckerei nicht im geringsten interessierte. »Wir wüßten gern, ob Sie, als Arzt und ... Patient, also als jemand, der beide Seiten der Medaille kennt, uns etwas sagen können, was uns bei der Suche nach dem *serial killer* weiterhilft.«

»*Serial killer* ... den Ausdruck habe ich in der Zeitung gelesen und fand ihn sehr originell ... Trotzdem, Senhor Holmes, ich sehe nicht, aus welchem Grund ich Ihnen helfen sollte. Was bringt mir das ein?«

»Nichts, es sei denn das befriedigende Bewußtsein, daß

Sie dazu beitragen, eine schreckliche Gefahr für die Gesellschaft zu beseitigen.«

»Ich hasse die Gesellschaft, Senhor Holmes. Die Gesellschaft hat dafür gesorgt, daß man mich in diesem Verlies eingekerkert hat, sie verurteilt mich dazu, diese gräßliche Eisenmaske zu tragen, wenn mich ein unwiderstehlicher Trieb zwingt, Fleisch von meinesgleichen zu verzehren. Nicht mal an meinen Nägeln kann ich kauen. Ich bin schlimmer dran als eine bezwungene Sphinx – löse mein Rätsel, und ich verschlinge dich nicht.«

Mello Pimenta bekam fast Mitleid mit dem eingesperrten Verrückten:

»Nun gut, Dr. Aderbal, wie mir scheint, bleibt uns hier nichts mehr zu tun. Entschuldigen Sie, wenn wir Ihre Zeit in Anspruch genommen haben.«

»Auf Wiedersehen, Dr. Aderbal«, verabschiedete sich Holmes und steckte mutig eine Hand durchs Gitter.

Von der Geste des Detektivs gerührt und verwirrt, sagte Aderbal Câmara zu seinen Besuchern:

»Damit Sie nicht gänzlich umsonst hergekommen sind, will ich Ihnen eine Scharade mit auf den Weg geben:

Von etlichen Inseln umringt,
die schöne Bezeichnung vorzüglich
und passend als Name klingt,
dachte Paulo Barbosa glücklich.

Mag der Ursprung auch griechisch sein,
das tut nicht viel zur Sache,
denn der Monarch liebt wie Latein
auch diese tote Sprache.«

So sprach der Doktor Câmara in Rätseln hinter seiner Maske.

Mello Pimenta notierte rasch das kryptische Gedicht, während Holmes sich bedankte:

»Ich bin Ihnen sehr verbunden, Doktor. Hoffentlich gelingt es mir, das Geheimnis zu lüften, das sich hinter diesen Versen verbirgt.«

»Gefällt sie Ihnen? Sie sehen, in uns allen steckt ja etwas von einem Arzt, einem Dichter und einem Verrückten, und in mir steckt viel davon«, erklärte Dr. Aderbal Câmara, Poet, Irrer und Irrenarzt.

Auf dem Weg zur Tür drehte Sherlock Holmes sich um und fragte:

»Nur eins noch, Dr. Aderbal.«

»Ja, bitte?«

»Wie haben Sie mich trotz meiner Verkleidung erkannt?«

»Hören Sie, guter Senhor Holmes, ich bin zwar verrückt, aber kein Idiot; und ich esse Aufbaukost.« Der Kannibale brach in gräßliches Gelächter aus.

17

DER KOMMISSAR MELLO PIMENTA HATTE SHERLOCK Holmes kurz entschlossen zum Mittagessen bei sich zu Hause in der Rua do Pinheiro eingeladen. Seine überraschte Frau Dona Esperidiana blätterte gleich hastig im *Cozinheiro nacional*, um ein passendes Rezept zu finden.

»Warum hast du mir nicht vorher gesagt, daß du den Senhor Holmes mitbringst? Mir bleibt ja gar keine Zeit, etwas Anständiges zu kochen«, murrte sie in der Küche.

»Machen Sie sich meinetwegen keine Sorgen, Dona Esperidiana. Ich bin kein Feinschmecker«, sagte Holmes.

Mello Pimenta und Sherlock Holmes saßen am Tisch und versuchten, die geheimnisvollen Verse des Doktor Aderbal zu enträtseln. Der Kommissar schlug sein *pour-mémoire* auf und las langsam vor:

»Von etlichen Inseln umringt,
die schöne Bezeichnung vorzüglich
und passend als Name klingt,
dachte Paulo Barbosa glücklich.

Mag der Ursprung auch griechisch sein,
das tut nicht viel zur Sache,
denn der Monarch liebt wie Latein
auch diese tote Sprache.«

»Ganz abgesehen von der miserablen literarischen Qualität, ich kann in diesem Gedicht keinerlei Sinn entdecken«, gestand Sherlock.

»›Denn der Monarch liebt wie Latein auch diese tote Sprache.‹ Alle Welt weiß, daß Dom Pedro Griechisch, Latein und Provenzalisch spricht«, stellte Pimenta fest.

»Provenzalisch? Er spricht Provenzalisch?« staunte der polyglotte Engländer.

»Aber ja.«

»Und mit wem?«

»Das weiß niemand.«

»Mein guter Pimenta, ich fürchte, bei diesem Unterfangen werde ich Ihnen schwerlich helfen können.« Holmes steckte sich seine Pfeife an. »Der Monarch ist also eine Anspielung auf den Kaiser. Wer aber ist dieser Paulo Barbosa?«

»Das weiß ich auch nicht, Senhor Holmes. Paulo Barbosa, Paulo Barbosa, wer mag das sein?«

»Hast du das wirklich vergessen, Hildebrando?« Esperidiana war hereingekommen, um den Tisch zu dekken.

»Was vergessen?«

»Daß Paulo Barbosa Oberhofmeister von Dom Pedro war«, antwortete Esperidiana auf dem Weg zurück in die Küche.

»Wann das?«

Dona Esperidiana rief aus der Küche, wo sie das Mittagessen zubereitete:

»So ein Schando, Hildebrando. Der Senhor Holmes muß dich ja für sehr ungebildet halten. Paulo Barbosa war der Mann, der die Stadt Petrópolis nach dem Kaiser benannt hat.«

»Stimmt, jetzt erinnere ich mich«, log Mello Pimenta.

»Übrigens ein berühmter historischer Fall von Liebedienerei, den wir alle in der Schule lernen. Als man nach einem Namen für die Stadt suchte, sagte Barbosa: ›Erst fiel mir Petersburg ein, das bedeutet im Portugiesischen die Stadt des Pedro. Dann habe ich mich im griechischen Archipel umgesehen und eine Stadt namens Petrópolis entdeckt. Und da der Kaiser Dom Pedro heißt, fand ich, dieser Name würde gut passen‹«, ratterte Dona Esperidiana in der Küche herunter.

Sherlock Holmes erklärte aufgeregt:

»Ich glaube, Ihre Gattin hat das Rätsel gelöst. ›Umgeben von vielen Inseln‹ bezieht sich auf den Archipel, die ›schöne Bezeichnung‹ ist der griechisch inspirierte Name, den dieser Paulo Barbosa der Stadt des Kaisers gegeben hat; *Petro* entspricht Pedro, und *polis* heißt Stadt.«

»Damit will der Kannibale uns also sagen, daß der Täter aus Petrópolis stammt«, folgerte Mello Pimenta.

Dona Esperidiana mischte sich vom Herd aus abermals ein:

»Ich glaube, da irrst du, mein Lieber. Ich meine, er will damit zu verstehen geben, daß der Mörder zum Hofstaat gehört oder bei Hof verkehrt.«

Der Kommissar reagierte gereizt:

»Könnte die gelehrte gnädige Frau mir vielleicht auch sagen, warum Dr. Aderbal den kaiserlichen Palast nicht direkt genannt hat?«

»Aus mehreren Gründen: Erstens wäre es zu direkt gewesen, ihm kam es ja gerade darauf an, den Hinweis in Form einer Scharade zu präsentieren; zweitens, wenn er nur den Palast genannt hätte, würde sich der Kreis der Verdächtigen auf den Hofstaat beschränken; und drittens, weil José White für dieses Wochenende zu Ehren der Prinzessin Isabel ein Wohltätigkeitskonzert im Kristallpalast in Petrópolis veranstaltet. Der Kaiser hat auch Sarah Bernhardt eingeladen, und sie hat ihre Aufführungen verschoben, damit sie dabeisein kann. Als man ihr sagte, daß Petrópolis eine brasilianische Miniaturausgabe von Schweizer Städten ist, war sie entzückt«, verkündete Esperidiana.

»Und woher weißt du das alles?«

»Aus Múcio Prados Kolumne ›Mondänes Leben‹ im *Jornal do Commercio*«, antwortete Dona Esperidiana und trat mit dem Essen auf einem Tablett ins Wohnzimmer.

»Gnädige Frau, ich muß Ihnen für Ihre außergewöhnliche Intelligenz und Ihr logisches Denkvermögen mein Kompliment machen.«

»Danke, Senhor Holmes. Ich hoffe, meine kulinarischen Talente finden ebenso Ihren Beifall.«

»Was hast du uns denn Gutes gekocht?« fragte, noch immer verstimmt, Mello Pimenta.

»Geschmorte Schweineleber *à la nature*«, teilte seine Frau stolz mit, hob den Deckel von der Schüssel und zeigte das glänzende, noch fast rohe Stück Fleisch, das in Geruch und Aussehen stark an das Organ des ermordeten Mädchens erinnerte.

Sherlock Holmes und Mello Pimenta wurden käsig und stürzten ins Bad. Zurück blieb eine stumm weinende Dona Esperidiana, die dampfende Schüssel in den Händen.

Im Jahre 1821 kaufte Dom Pedro I. die Fazenda Córrego Seco auf dem Kamm der Serra da Estrela, achthundert Meter über dem Meeresspiegel, mit der Absicht, dort seine Sommerresidenz zu errichten. Das Schicksal und die Entwicklung der Geschäfte wollten es, daß die Ländereien mit einer Hypothek belastet wurden, weshalb der Plan bis zum Jahre 1843 aufgeschoben werden mußte, als bereits Dom Pedro II. regierte und der damalige kaiserliche Oberhofmeister Paulo Barbosa die Hypothek bezahlen konnte. Barbosa verpachtete die Fazenda an den deutschen Ingenieur Julius Koeler, hielt jedoch einen guten Teil des Besitzes zurück, um darauf den Palast zu bauen. Damit setzte der Sohn den Wunsch des Vaters in die Tat um.

Die Reise nach Petrópolis dauerte nur vier Stunden. Sie begann im Prainha-Hafen in Rio de Janeiro, von wo man mit einer Fähre nach Mauá übersetzte. Dort bestieg man die Eisenbahn bis zum Fuß des Höhenzugs. Es war noch nicht lange her, da mußten die Reisenden die letzten dreizehn Kilometer vom Fuß des Gebirges bis zur Stadt in Fuhrwerken oder Postkutschen zurücklegen; doch vor kurzem war das letzte Stück der modernen Eisenbahnlinie Príncipe Grão–Pará eingeweiht worden, so daß man bis zur Stadt fahren konnte.

Sherlock Holmes und Mello Pimenta tranken im Botequim do Galego am Fuß der Berge, wo der Zug eine Zwangspause einlegte, einen aufgewärmten Kaffee. Dr. Watson, der mit ihnen reiste und es abgelehnt hatte, das dünne Gebräu zu trinken, stand, auf einen dicken Bergwanderstab gestützt, etwas abseits zwischen Büschen und Felsen und betrachtete die Landschaft. Holmes hatte dem Kaiser mitteilen lassen, daß er beim Konzert zugegen sein werde, um einer Information über den Mörder nachzugehen. Aus welcher Quelle der Hinweis stammte, hatte er wohlweislich verschwiegen. Der Detektiv hatte auch Anna Candelária eingeladen, doch im Gegensatz zu Sarah Bernhardt mußte sie am Wochenende auf der Bühne stehen. Wieder dachte er an die schöne Frau, die so unvermutet in sein Leben getreten war. Seit dem letzten Mord hatte er Anna nie länger sehen können. Ihre gelegentlichen Treffen vor dem Theater waren immer nur kurz gewesen. Entweder mußte sie ein neues Bild der Revue einstudieren, oder er war, zusammen mit Mello Pimenta, mit den Ermittlungen beschäftigt. Sie fehlte ihm, die Mulattin. Nie zuvor hatte er dieses süße und zugleich wehmütig ziehende Gefühl empfunden.

Ein Schmerzensschrei riß ihn aus seiner Träumerei. Holmes und Pimenta blickten in die Richtung, aus der der Schrei gekommen war, und sahen Watson, der in Panik brüllend auf den Erdboden wies:

»*A snake! A snake bit me!*«

Sherlock sprang auf und sah gerade noch, wie eine Korallenschlange durch das Gras zu einem Spalt in den Felsen glitt. Er riß Watson den Wanderstab aus der Hand und versetzte dem Kopf der Schlange schnell und behende einen tödlichen Schlag. Watson sank auf einen Stein und hielt sich stöhnend das Bein, während Mello Pimenta angelaufen kam:

»Mein Gott! Das fehlte gerade noch! Wir müssen schnellstens Hilfe holen!«

»Ich glaube, dafür ist es zu spät, Herr Kommissar. Der Doktor ist von einer Korallenschlange gebissen worden«, sagte Sherlock und sah auf seine Uhr. Dann bückte er sich, hob die schwarzrotgelb geringelte Schlange hoch, zog seine Lupe aus der Tasche und musterte sie eingehend. Er wandte sich Watson zu: »Wie haben Sie bloß dieses Kunststück fertiggebracht. Korallenschlangen sind nicht aggressiv, ganz selten wird jemand von so einer Schlange gebissen. Beim Zeus, Mann! Was haben Sie angestellt, damit das Tier Sie attackiert?«

»Keine Ahnung, ich glaube, ich bin ihr aus Versehen auf den Schwanz getreten«, jammerte Watson.

Holmes suchte den ganzen Leib des Reptils mit der Lupe ab und zählte die bunten Ringe:

»Sie sind ein Glückskind, Watson. Diese Korallenschlange ist ungiftig.« Dann übersetzte er für Mello Pimenta in feinstem Lissabonner Portugiesisch: »Dieses Reptil verfügt über kein Gift.«

»Ich wußte gar nicht, daß Sie etwas von Schlangen verstehen, Senhor Holmes.«

»Als ich mich in Macau bei meinem portugiesischen Lehrmeister Professor Nicolau Travessa mit exotischen Giftstoffen beschäftigte, habe ich alles über Schlangen gelernt. Selbst die giftige Korallenotter *Micrurus corallinus* greift den Menschen nur selten an. Zum Glück, denn ihr Gift ist äußerst gefährlich.«

»Ich habe gesehen, daß Sie die Schlange sehr genau untersucht und sogar die Ringe auf ihrem Leib gezählt haben. Haben Sie auf diese Weise festgestellt, daß es sich um keine giftige Korallenschlange handelt?«

Sherlock Holmes erklärte:

»Nein, Herr Kommissar, ich bin lediglich nach der Methode vorgegangen, die Travessa in Goa erfolgreich anwandte, wenn ein Hindu von einer Schlange gebissen wurde. Ich habe exakt so lange abgewartet, wie es dauert, bis das Gift der Korallenschlange wirkt. Da Watson anschließend noch lebte, habe ich daraus geschlossen, daß die Schlange ungiftig ist.«

Mello Pimenta sah zu Watson hinüber, der sich die Bißstelle massierte:

»Werden Sie ihm von dieser Methode erzählen?«

»Ich sehe keinen Anlaß, ihn mit Nebensächlichkeiten zu beunruhigen«, stellte der Detektiv fest, schleuderte die tote Schlange weit weg und wischte sich die Hände an seinem Taschentuch ab.

»Ich muß gestehen, ich beneide Sie darum, wie furchtlos Sie mit diesen Tieren umgehen. Ehrlich gesagt, habe ich vor Schlangen, Spinnen und Eidechsen panische Angst.« Mello Pimenta schauderte.

Holmes fiel eine Geschichte ein, die sich vor vielen Jahren auf einer Jagd in Indien ereignet hatte:

»Wissen Sie, Herr Kommissar, als ich einmal in der Provinz Punjab mit einem Freund namens Wilfred Marmeduke im Dschungel auf Tigerjagd war, wurde dieser Freund von einer Kobra gebissen, und zwar an einer sehr heiklen Stelle ... wie soll ich mich ausdrücken ... genau an der Penisspitze.«

»Warum denn ausgerechnet da?!« Mello Pimenta schauderte erneut.

»Marmeduke hatte einem dringenden physiologischen Bedürfnis nachgegeben, und der Strahl traf zufällig den Kopf der schlafenden Schlange.«

»Entsetzlich!«

»Mir war klar, daß ich ihn nicht würde transportieren können, denn Wilfred wand sich in grauenhaften Schmerzen. Ich stieg auf mein Pferd und raste zum nächsten Ort, wo es einen einzigen Arzt gab. Ich wollte ihn holen, aber er war gerade mitten in einer Operation. Also fragte ich, wie ich weiter vorgehen sollte.«

»Und was sagte der Arzt?«

»Er sagte, es gebe nur eine Möglichkeit, den Tod meines Freundes, der mir unendlich viel bedeutete, zu verhindern. Ich sollte die Bißstelle mit dem Messer aufschneiden und das Gift mit dem Mund heraussaugen.«

»Phantastisch, Senhor Holmes. Und so haben Sie ihm also das Leben gerettet?«

»Nein, Herr Kommissar, er ist gestorben«, antwortete Sherlock Holmes und blickte gedankenverloren in die Ferne.

Trotz der Tragik sollte die Geschichte später als anonyme Anekdote in den Londoner Klubs die Runde machen.

Die Lokomotive pfiff, für die Reisenden das Zeichen, daß die Fahrt nach Petrópolis fortgesetzt wurde. Die drei begaben sich zum Waggon erster Klasse und stiegen ein.

Das von dem Geiger José White organisierte Konzert war zum gesellschaftlichen Ereignis des Jahres geworden. Der Erlös sollte den mildtätigen Werken der Prinzessin Isabel zufließen, die sich für die Befreiung der Unfreien einsetzte, und der Ort hätte nicht passender sein können. Der Pavillon des Kristallpalastes, ursprünglich als Gewächshaus erbaut, ging auf eine Initiative ihres Ehemanns Conde d'Eu als Präsident des Obst- und Gemüsebauernverbands von Petrópolis zurück. Die prächtige Konstruktion aus Eisen und Glas, in Frankreich auf Bestellung in den Werkstätten von Saint-Saveur-les-Arras hergestellt, bot einen zauberhaften Anblick, vor allem abends, wenn die Beleuchtung ihre transparente Leichtigkeit noch unterstrich. Das Podest für die Musiker und die Stühle für das Publikum waren zwischen den Pflanzen aufgestellt worden, mächtige Leuchter ergänzten die Ausstattung. Der Raum war bis auf den letzen Platz besetzt. Abgesehen von der kaiserlichen Familie und natürlich dem Hofstaat erwies auch die feine Gesellschaft von Rio de Janeiro dem Ereignis ihre Ehre. Sarah Bernhardt und ihr Sohn Maurice saßen neben den diversen Intellektuellen und Bohemiens, die sich ebenfalls in die Berge hinaufbegeben hatten. Die Baronin de Avaré, Maria Luísa Catarina de Albuquerque, die sich immer von Dom Pedro fernhielt, wenn er sich von der Kaiserin und seinen Töchtern begleiten ließ, hatte neben dem Marquês de Salles Platz genommen. Ein Pleyel-Flügel auf dem Podest beherrschte das Ambiente. Sherlock Holmes, Mello Pimenta und Dr. Watson blieben hinten im Pavillon stehen. Sie hatten sich eingehend im Raum umgesehen.

»Nun, Senhor Sherlock, haben Sie eine Idee, wer unser Mann sein könnte?« fragte Pimenta.

»Nein, noch nicht. Aber irgend etwas sagt mir, daß er

sich in unserer Nähe befindet. Vielleicht begeht er hier den nächsten Mord.«

»Mitten in dieser Menschenmenge?«

»Nach dem Konzert.«

»Ich weiß nicht, Senhor Holmes. Ich fürchte, daß die Reise hierher reine Zeitverschwendung war.«

»Aber immerhin können wir die Musik genießen«, antwortete der Detektiv gutgelaunt.

Schlagartig verstummten sämtliche Unterhaltungen im Palácio de Cristal. Der Kubaner José White und der Portugiese Artur Napoleão betraten unter lebhaftem Beifall die Bühne. Napoleão nahm am Flügel Platz, White setzte seine Geige an die Schulter, die Soiree begann. Auf dem Programm standen zunächst Sonaten von Vivaldi, Bach, Händel und Mozart. Die vollendete Technik und das Talent der beiden Musiker zogen die Zuhörer schnell in ihren Bann. Die Damen klappten ihre Fächer zusammen, um nicht die reinen Klänge der Musik mit ihrem Rascheln zu stören.

Nach den Sonaten spielten sie, verstärkt durch Julius Weber an der Bratsche und Manuel Zeferino am Cello, das Quartett op. 16 Es-Dur von Beethoven. Sarah Bernhardt war tief bewegt. Sie hatte nicht erwartet, in den Tropen eine Darbietung von solchem Niveau zu erleben.

Dann forderte José White den Geiger Adelelmo do Nascimento, für den er große Bewunderung hegte, auf, sich zu ihnen zu gesellen, und sie spielten das Quintett op. 34 g-Moll von Brahms. Das Publikum jubelte. Als sie geendet hatten, trocknete sich der Kubaner die Stirn mit einem feinen Leinentaschentuch, bat mit erhobenen Armen um Ruhe und sagte in einer Mischung aus Portugiesisch und Spanisch:

»Meine Damen und Herren! Ich weiß, daß wir heute

den Caballero Sherlock Holmes unter uns haben, der, wie alle wissen, ein fabelhafter englischer Detektiv ist. Doch nur wenigen ist bekannt, daß er auch ein begabter Geiger ist. Ich möchte den Caballero bitten, uns die Ehre zu erweisen und mit uns zu spielen.«

Dom Pedro II. erhob sich als erster und klatschte Beifall, gefolgt von Sarah Bernhardt, die laut rief:

»Bravo! Monsieur Holmes! Monsieur Holmes!«

Der Kaiser auf der anderen Seite machte es ihr nach:

»Sherlock Holmes! Sherlock Holmes!«

Im Nu folgte der ganze Kristallpalast dem Beispiel des Kaisers und rief seinen Namen:

»Sherlock Holmes! Sherlock Holmes!«

Mit gespielter Bescheidenheit machte der Detektiv Anstalten, sich zu verweigern, doch Pimenta und Watson schoben ihn nach vorn. Also stieg er ein wenig verlegen auf die improvisierte Bühne und schüttelte den Musikern der Reihe nach die Hand. Zum Schluß trat er auf José White zu, der ihm sein Instrument reichte.

»Danke, Senhor White, man hat ja nicht alle Tage Gelegenheit, auf einer echten Stradivari zu spielen«, sagte er mit einem verstohlenen Augenzwinkern.

In seiner Not tat der Kubaner, als hätte er die subtile Anspielung auf den Geigentausch nicht verstanden. Holmes drehte sich zu Artur Napoleão um und sagte:

»Maestro, bitte etwas Schwungvolles, was die Herren auswendig können müssen, da wir die Partitur nicht hier haben: Quintett op. 44 von Schumann.«

Bedächtig klemmte er die Geige unter das Kinn, hob theatralisch den Bogen und setzte kraftvoll zu der leidenschaftlichen Melodie an.

Genaugenommen hätte Sherlock Holmes mit jedem Orchester der Welt auftreten können. Er besaß Talent, Technik und Selbstsicherheit. Zudem erinnerte seine Erscheinung noch an jene bleichen romantischen Geiger, die allen heiratswilligen Jungfern sehnsüchtige Seufzer entlockten. Das Publikum war über die unverhoffte Attraktion entzückt, dabei ahnte es nicht, daß es gleich darauf eine neue Überraschung erleben würde. Kaum hatte Holmes den dritten Satz begonnen, der den Musikern Gelegenheit gibt, ihre ganze Virtuosität zu demonstrieren, sprang der Marquês de Salles auf die Bühne, entriß dem zweiten Geiger Adelelmo sein Instrument und setzte im Stehen zu einem unerhörten musikalischen Duell mit dem Detektiv an. Sherlock erhob sich auf der Stelle und nahm die Herausforderung an. Einander zugewandt liefen sie, in atemberaubendem Tempo spielend, über die Bühne. Artur Napoleão am Flügel konnte kaum mit dem furiosen Tempo der Geigen mithalten. Die Bögen flogen so rasend über die Saiten, daß sie eher wie Florette in den Händen kunstfertiger Fechter wirkten. Sowie Holmes die Takte einer Phrase beendete, antwortete die Geige des Marquês de Salles. Völlig entfesselt spielten sie den dritten Satz zu Ende. Den vierten und letzten Teil des Musikstücks begannen und beendeten sie gemeinsam.

Angesichts dieser spektakulären Darbietung ließ das erlesene Publikum im Kristallpalast jede Zurückhaltung fahren. Trotz der Anwesenheit von Dom Pedro, der Kaiserin Teresa Cristina und der Prinzessinnen Leopoldina und Isabel erhoben sich die Konzertgäste und brachen in Beifall und Hochrufe aus: »Bravo! Bravo!«, »Bravo, Holmes! Bravo, de Salles!«

Auf der Bühne gratulierten José White und Artur Napoleão den Wettgeigern zu ihrem hinreißenden Spiel. De Salles und Sherlock sprachen sich beim Verlassen des Podests gegenseitig Lob aus:

»Kompliment, mein Freund.«

»Ich wußte gar nicht, daß Sie Geige spielen, Marquês, und dann noch so brillant. Es war nicht einfach, mit Ihnen mitzuhalten.«

Sarah Bernhardt bahnte sich einen Weg durch die Menge, die sich zum Gratulieren drängelte.

»*Mémorable!* Ich möchte die erste sein, die die Helden küßt. Unmöglich zu sagen, wer besser war. Hätten Sie Säbel gehabt, wären Sie jetzt beide tot!«

Mello Pimenta trat auf den Detektiv zu:

»Meinen Glückwunsch, Senhor Holmes. Schon allein um Sie zu hören, hat sich die Reise gelohnt. Schade, daß wir das nicht auch von unseren Ermittlungen sagen können.«

»Ich weiß nicht, Herr Kommissar. Ich hatte das Gefühl, daß der Mörder ganz in unserer Nähe war.«

»Haben Sie einen Verdacht?«

»Nein, nur ein dumpfes Gefühl, ein ... wie soll ich das ausdrücken ... im Englischen sagen wir *hunch. Just a hunch.*«

»Merkwürdig, ich habe auch so eine Ahnung, aber in unserem Beruf zählen einzig Tatsachen. Leider haben wir, abgesehen von der Sache mit den Ohren und den Saiten, keine weiteren Anhaltspunkte.«

»Doch«, sagte Sherlock und zog das Pferdehaar aus der Westentasche, das er in der Leichenhalle von Carolina de Lourdes' Rockfalten gezupft hatte.

»Was ist das?«

»Ein Haar vom Schweif eines englischen Vollbluts.«

»Und was bedeutet das?« fragte Mello Pimenta.

»Das bedeutet, daß wir demnächst zum Pferderennen gehen«, antwortete Holmes in Rätseln.

Der Marquês de Salles kam zu ihnen, umringt von der

Bande und Maria Luísa, der schönen Baronin de Avaré. Maria Luísa gestand:

»Nach einer Darbietung wie dieser am heutigen Abend bedaure ich den Diebstahl meiner Stradivari etwas weniger. So könnte ich nie spielen.«

Der Buchhändler Solera de Lara äußerte sich wie immer literarisch:

»Phantastisch, eine Kombination aus Paganini und d'Artagnan!«

Chiquinha, die den Detektiv inzwischen schon als Mitglied der Clique betrachtete, fügte begeistert hinzu:

»Senhor Holmes, wenn Sie bei einer meiner Revuen mitmachen möchten, haben Sie keine Hemmungen. Die Nummer, die Sie heute mit dem Marquês aufgeführt haben, ist absolut bühnenreif.«

Albertinho Fazelli förderte aus einem Lederbeutel ein paar kleine Metallbecher zutage und zwei Flaschen 74er Dom Pérignon, den besten Jahrgang des Jahrhunderts.

»Ich bin immer gerüstet«, erklärte er und entkorkte den Champagner.

In bester Laune stießen sie auf den Erfolg des Abends an und feierten in der Bar des Hotels Mac Dowal in der Rua da Princesa D. Januária bis spät in die Nacht weiter. Chiquinha Gonzaga nahm am Klavier Platz und unterhielt die Gesellschaft mit ihrem Polka-Repertoire von »A atraente« bis hin zu »A Radiante«.

Inmitten all der ausgelassenen Stimmung bedauerte Holmes nur, daß Anna Candelária nicht anwesend war und seinen rauschenden Erfolg an diesem unvergeßlichen Abend im Kristallpalast nicht miterlebt hatte.

18

DIE BEINE UNTER SICH GEKREUZT, SITZT ER AUF dem gebohnerten Fußboden seines Schlafzimmers und geißelt sich zur Stärkung den Rücken mit einer Peitsche aus sieben dicken Lederriemen, den Gürteln, mit denen ihn in der Kindheit sein Vater gezüchtigt hat. Obwohl seine Haut bereits von Striemen überzogen ist, fühlt er keinen Schmerz. Seinen Körper derart zu peitschen bereitet ihm sogar ein gewisses Lustgefühl. Die Selbstgeißelung ist notwendig, denn die Stunde der letzten Begegnung naht. Trotz der Ohren und Geigensaiten hat man ihn nicht entlarvt, und jetzt ist er sicher, daß nichts mehr das sehnsüchtig erwartete Ende verhindern wird. Im Palácio de Cristal hat er erneut neben ihr gestanden. Die letzte Frau. Die letzte und die erste. Jene, die in ihm das übermächtige Bedürfnis geweckt hat, die Wollust, die in seinem Körper brennt, zu ersticken. Er lächelt, als er an sie denkt – so mächtig und so verletzlich, so fern und so nah. Sie sonnte sich im Ruhm der Ruchlosen. Mehrmals hat er mit den Händen das schamlose Kleid der Frau gestreift, ohne daß die Umstehenden merkten, wie sein ganzer Organimus bei jeder Berührung vor Abscheu schauderte. Er denkt an Sodom und Gomorrha. An die Engel. Nicht an jene, die über das Seelenheil wachen oder frohe Botschaften verkünden, sondern an solche, die der Herr zur Erde schickt, damit sie seine furchtbarsten Ratschlüsse tun. Die Herolde der Pestseuchen, Gottes Henkersknechte. Auch ihn verlangt es danach, ihr wie ein Racheengel die Seele aus dem Mund zu saugen. Ein Jammer, daß es nicht möglich war, sie mitten im Saal zu vernichten, mitten zwischen dem Pack, das sich um sie drängte. Petrópolis wäre das perfekte Mausoleum für die große Hure. Petrópolis, durch den Hof verluderte Stadt. Petrópolis, Ludrópolis, Hurópolis. Der größten aller Huren würdige Gruft. Er merkt, daß seine Knie langsam zur Seite gleiten. Er senkt den Blick und sieht, daß das Blut, das ihm von den unablässigen Schlägen der Riemenpeitsche den Rücken hinuntertropft, auf dem Fußboden eine zähflüssige Lache gebildet hat, so daß er auf dem warmen Holzbohlenboden ins Rutschen gerät.

Zwar war der Derby Club in São Cristóvão schon vor fast einem Jahr eingeweiht worden, doch noch immer wurde die Rennbahn Prado Fluminense im Jockey Club von São Francisco Xavier von den Wettern bevorzugt.

Selbst die völlig versteinerten Verlierer konnten nicht umhin, die Schönheit der Anlage zu genießen. Ein Besuch auf der Rennbahn gestaltete sich immer zu einer herrlichen *promenade*. Man konnte den Turf auf verschiedenen Wegen erreichen, sogar mit den von Maultieren gezogenen Straßenbahnen der Companhia Vila Isabel; die malerischsten Strecken jedoch führten über die Eisenbahn von Rio d'Ouro am Strand Retiro Saudoso entlang oder in der Kutsche über die Rua da Alegria bis zum Largo do Benfica und von dort über die Rua do Jockey Club.

In den Ställen standen Vollblutpferde aus England, Frankreich, vom Rio de la Plata und aus São Paulo, die ungefähr sechzig Rennen im Jahr bestritten, bei denen mehr als fünfhunderttausend Wettscheine verkauft wurden, recht beachtlich selbst für eine Stadt wie Rio de Janeiro mit ihren vierhunderttausend Einwohnern.

An diesem Tag fand ein Grand-Prix-Rennen statt, und der Kaiser sollte anwesend sein. Zum ersten Mal war der Grand Prix Jockey Club mit fünftausend *mil-réis* für den

Sieger dotiert und mit eintausend *mil-réis* für den Zweitplazierten. Die Morgenzeitungen verkündeten die enorme Summe auf ihren ersten Seiten:

GELDREGEN!
1. Platz – 5:000$000!
2. Platz – 1:000$000!

Auf den Werbeplakaten waren die üblichen Hinweise zu lesen:

* PERSONEN MIT BLOSSEN FÜSSEN IST DER ZUGANG ZUM GELÄNDE UNTERSAGT
* HUNDE, DIE AUF DEM GELÄNDE ERSCHEINEN, WERDEN GETÖTET
* DIE RENNEN ENDEN ERST UM SECHS UHR MIT DEM ANGELUSLÄUTEN

Die vornehme Gesellschaft von Rio de Janeiro strömte an diesem sonnigen Frühnachmittag eines der ersten Julitage auf den Rennplatz. Die Herren in Gehrock und grauem Zylinder, um den Hals ein Fernglas, studierten aufmerksam die erst kürzlich auf den Markt gebrachte Zeitschrift *O Jockey*, um einen Hinweis zu ergattern. Die Senhoras und Senhoritas stolzierten in weiten, bodenlangen, mit Hüftpolstern versteiften Röcken und breiten, reichlich mit Blumen oder Federn und Bänderschleifen verzierten Strohhüten über den Rasen. Vor und nach jedem Rennen flanierten sie in kleinen Grüppchen, weit mehr mit ihrem Aussehen als mit dem Stammbaum der Tiere beschäftigt. So manche erlaubte oder auch unerlaubte Liebschaft nahm dort als eine harmlose Unterhaltung ihren Anfang.

Die Rennstallbesitzer spazierten mit dicken Zigarren im Mund über den Sattelplatz und gaben den einheitlich gekleideten Jockeis Anweisungen, aber immer leise und konspirativ, damit den wettwilligen Glücksrittern keine wertvollen Tips zu Ohren kamen. Der den europäischen Normen angepaßte Jockey Club hielt sich an das Reglement der englischen Pferderennbahnen: *a best of heats*. Der große Schriftsteller Machado de Assis pflegte zu sagen, rassigere Pferde und blassere Teints finde man selbst bei den Rennen von Epsom nicht.

Unter die Turfbesucher, die sich vor der Wettafel drängten, hatte sich Fernando Limeira, der Fuchs, gemischt. Limeira war kein Spieler, doch die Rennbahn bot ihm die einzigartige Gelegenheit, einen seiner einfachsten und genialsten Tricks anzuwenden. Vor dem Rennen stellte er sich dicht neben einen Spieler und flüsterte ihm ins Ohr: »Ich habe unter dem Siegel der Verschwiegenheit vom Pferdepfleger erfahren, daß die Nummer sowieso gewinnt ... du brauchst mir nichts vorher zu geben, aber wenn das Pferd gewinnt, und das ist so sicher wie das Amen in der Kirche, dann zahlst du mir dreißig Prozent von deinem Gewinn.« Waren fünf Pferde gemeldet, wiederholte Limeira diesen Schachzug bei fünf Wettern, wobei er jedem ein anderes Pferd nannte. Nach dem Rennen ging er zu dem, der gewonnen hatte, und kassierte für seinen wertvollen Tip.

Das Grand-Prix-Rennen sollte bald beginnen, zehn Pferde waren gemeldet. Der Fuchs hatte bereits neun Leichtgläubige mit seinen »vertraulichen Informationen« überzeugt. Jetzt fehlte ihm nur noch ein Simpel, dem er den Namen des letzten Pferdes aufschwatzen konnte. Nicht so einfach. Er hatte seine Dienste bereits zwei Portugiesen und drei Fazendeiros aus der Provinz angeboten, aber alle hatten sich taub gestellt. Neun von zehn bedeutete mit ziemlich großer Sicherheit, daß der Sieger darunter war, doch Fernando Limeira haßte das Risiko. Er wurde nervös, er mußte noch einen Kunden finden, bevor der Startrichter mit seiner bunten Fahne das Zeichen zum Start gab. Da erblickte er Salomão Calif in Begleitung seiner Familie. Der Araber war ein leidenschaftlicher Spieler und erfreute seine dicke Frau und die Zwillingssöhne nur deshalb mit einem Ausflug zur Rennbahn, damit er dann große Geldsummen verwetten konnte. Der Fuchs ging auf den Schneider zu und zupfte ihn am Ärmel:

»Salomão, wie schön, dich zu sehen!«

»Wieso schön? Ich kann heute überhaupt nichts schön finden«, knurrte Salomão Calif schlechtgelaunt, denn er hatte noch kein einziges Mal auf das richtige Pferd gesetzt.

»Weil ich für dieses Rennen eine Information aus erster Hand habe. Scarlet Thunder, die Nummer 1, gewinnt. Das weiß ich vom Trainer persönlich«, vertraute er ihm an.

»Ach was! Ich habe mir die Prognosen genau angesehen, und danach gewinnt dieses Rennen ganz klar Panache, die Nummer 4. Und auf den setze ich jetzt meine letzten Taler.«

Panache, aus dem Stall des Präsidenten des Jockey Clubs, war ohne Frage der Favorit. Er mußte den Grand Prix um Längen gewinnen. Fernando Limeira überspielte seine Nervosität, denn die Nummer 4 hatte er bereits einer wettsüchtigen Alten auf der feinen Tribüne verkauft. Er bedrängte Calif:

»Rede keinen Unsinn. Scarlet Thunder gewinnt. Du sollst mir auch gar nichts dafür geben, du weißt ja, daß ich von Freunden nichts nehme. Du wettest, und wenn du was kassierst, ja, dann kannst du mir vom Gewinn etwas abgeben«, schlug der Fuchs vor, während er ängstlich zu den Pferden sah, die sich schon der Startlinie näherten.

»Ich setze auf Panache, und du kriegst nichts«, beharrte

der Araber und warf den gleichgekleideten Zwillingen, die auf dem Rasen spielten, Bonbons zu.

Da griff Limeira zu einem letzten Argument:

»Salomão, du bist mein Freund, und ich kann nicht zulassen, daß du dein Geld so mir nichts, dir nichts verlierst. Ich will dir die Wahrheit sagen. Du hast recht: Panache hätte dieses Rennen mühelos gewinnen können. Selbst die Jockeis wollten heimlich auf ihn setzen.«

»Ja, und?«

Limeira senkte die Stimme noch um eine Nuance.

»Heute morgen hat er sich merkwürdig verhalten, sogar das Futter hat er verweigert. Du weißt ja, wenn ein Tier nicht frißt, dann ist es krank. Da haben der Trainer und seine Freunde beschlossen, den Besitzer zu linken. Sie haben eine Mauschelei abgesprochen. Der Trainer läßt den Gaul trotz alledem als Favorit ins Rennen gehen, setzt selbst aber hoch auf Scarlet Thunder, denn Panache ist der einzige, der ihn hätte schlagen können.«

Der Schneider biß an:

»Wie hast du das alles herausgefunden?«

»Der Stallbursche von Panache hat eine Liebschaft mit der Köchin meiner Eltern«, dachte sich der Fuchs schleunigst aus.

Weiterer Argumente bedurfte es nicht, um Salomão Calif zu überzeugen. Der Araber lief zum Wettschalter und setzte alles, was er noch hatte, auf die Nummer 1. Fernando Limeira zog sich zufrieden zurück, um sich das Rennen aus der Entfernung anzusehen. Falls das Pferd gewann, würde er zurückkommen und seine Kommission kassieren, falls nicht, wollte er möglichst weit weg sein.

Während sich unten auf dem Rasen die Begegnung zwischen Limeira und Calif abspielte, erzählte auf der kaiserlichen Tribüne Dom Pedro II., umringt von Grafen und Baronen sowie dem Marquês de Salles, der den Begleiter der Baronin de Avaré spielte, und dem liebedienerischen Visconde de Ibituaçu, Sherlock Holmes und Dr. Watson von den Wunderheilkuren in Araxá:

»Und ich sage Ihnen, Araxá kann sich in jeder Hinsicht mit Wiesbaden oder Vichy messen. Wann immer es mir möglich ist, verbringe ich dort zwei Wochen, das tut meinem Rheuma ungemein gut. Sie sollten Araxá besuchen, ich bin sicher, daß Dr. Watson als Arzt von den Heilwassern der Stadt beeindruckt sein wird.«

»Ja, vielleicht irgendwann demnächst«, antwortete Watson höflich ausweichend, denn er scheute die unbequeme Reise.

Etwas abseits von ihnen beobachteten Miguel Solera de Lara und Guimarães Passos die jungen Dämchen, die sich mit den neuesten Kreationen aus Paris herausgeputzt hatten.

»Sag mal, Miguel, du bist doch Junggeselle und giltst als gute Partie, kriegst du da keine Lust? Bei so knusprigen jungen Dingern ...«, scherzte Guimarães.

»Ehrlich gesagt, mein lieber Passos, finde ich solche übertrieben zur Schau gestellte Gefallsucht nachgerade lächerlich.« Der Buchhändler gähnte blasiert.

Die Baronin de Avaré las dem Marquês de Salles begeistert Passagen aus der Kritik vor, die im *Jornal do Commercio* über die Soiree in Petrópolis erschienen war:

»... die geborenen Konzertmusiker, denn sie besitzen eine außergewöhnliche Selbstsicherheit, weshalb bedauerlich ist, daß sie, da der eine Detektiv ist und der andere ein Adliger, nicht diese Laufbahn einschlagen, denn daß sie einen Triumph an den anderen reihten, wäre ihnen gewiß ...«

Holmes, der entzückt die über die Rennbahn trottenden Pferde begutachtete, wandte sich an den Kaiser:

»Ich wußte nicht, daß Euer Majestät Gefallen an Pferderennen haben. Wie Sie wissen, ist dies in der englischen Königsfamilie eine sehr alte Tradition. Vor vielen Jahren wurde unserem König George, der ein großer Pferdeliebhaber war, dabei ein derber Streich gespielt.«

Dom Pedro, den Blick unverwandt auf Sherlock gerichtet, reagierte auf der Stelle mit einem lakonischen:

»*Filho da Puta.*«

Das Gefolge des Monarchen erstarrte, sprachlos ob des ordinären Schimpfworts aus kaiserlichem Munde.

»Ganz richtig, *Filho da Puta*«, antwortete Sherlock Holmes seelenruhig.

Der Kaiser brach in lautes Lachen aus, Holmes fiel mit ein. Da die Adligen ringsum noch immer fassungslos dreinsahen, erklärte Dom Pedro:

»*Filho da Puta* war der Name eines Vollbluts, das König George IV. gehörte. So getauft hatte ihn der portugiesische Botschafter, ein Mann, der gern Späße machte und mit dem König eng befreundet war.«

Sherlock Holmes erläuterte:

»Der Ulk hätte normalerweise keine Folgen gehabt, denn der König besaß Dutzende von Pferden; doch ausgerechnet dieses entwickelte sich zum Champion. Es gewann das St.-Leger-Rennen in Doncaster und wurde zu Ehren seines Sieges auf diversen Stichen abgebildet.«

»Zum Glück versteht den derben Witz des respektlosen Lusitaners nur, wer Portugiesisch kann«, ergänzte der Kaiser, der kleinen Runde zugewandt, die nun auch erleichtert lachte.

Als unverbesserlicher Kriecher ließ sich der Visconde de Ibituaçu die Gelegenheit nicht entgehen:

»Einen solchen *double-sens* so subtil erzählen, das kann wirklich nur ein Monarch von edelstem Geblüt.«

Plötzlich ging ein Raunen durch die Menge, und aller Augen richteten sich zum Eingang. Sarah Bernhardt war soeben eingetroffen. Begleitet wurde sie von Philippe Garnier, der den Klatschspalten zufolge nicht nur in der *Kameliendame* den Armand Duval spielte, sondern auch im wirklichen Leben ihr Geliebter war. Sie trug ein wunderschönes blaues Kleid mit weitem Glockenrock und einen breiten, mit Blumen geschmückten Hut, den ein gleichfarbiges Band unterm Kinn festhielt. Wie ein riesengroßer Schmetterling schwebte sie auf Dom Pedro zu:

»Majestät, ich bitte um Vergebung für meine Verspätung. Ich bin in eine Gruppe junger Leute geraten, die eine Kundgebung gegen die Sklaverei veranstalteten. Sie trugen Plakate und sangen, und ihr Protest geriet zu einem Fest.«

»Ich hoffe, man hat Sie nicht belästigt, Madame«, sagte der Kaiser ein wenig pikiert.

»Im Gegenteil, sie waren fröhlich und freundlich. Es hat mir so gut gefallen, daß ich mich fast der Gruppe angeschlossen hätte. Philippe wollte eingreifen, denn er war noch wegen gestern abend besorgt, aber dazu bestand natürlich kein Anlaß.«

»Was war gestern abend?« erkundigte sich Sherlock Holmes.

»Nichts, nur eine unbegründete Sorge meines jungen Freundes. Er bildete sich ein, wir würden von jemandem verfolgt, als wir das Theater verließen.«

»Haben Sie ihn gesehen?« fragte der Detektiv.

»Nein, es war ziemlich dunkel, und er hielt sich auf Abstand. Wahrscheinlich war es nur ein Verehrer. Ich bin es gewohnt, daß man mich so aus der Ferne verehrt, aber

Philippe ist übervorsichtig, wenn es um meine Person geht.« La Bernhardt tätschelte dem Schauspieler die Wange.

»Trotzdem, als ich eben diese schreiende Meute vor der Rennbahn sah, wurde mir angst und bange«, entschuldigte sich Garnier.

»*Chéri*, ich würde diese jungen Leute, die sich für eine so noble Sache einsetzen, nicht als ›Meute‹ bezeichnen. Apropos, Majestät, bitte sagen Sie Ihrer Tochter mein Kompliment, ich habe gehört, daß sie auch für die Abschaffung der Sklaverei eintritt.«

Der Kaiser wechselte rasch das Thema:

»Das Grand-Prix-Rennen beginnt jeden Moment. Möchte Madame Bernhardt auf ein Pferd setzen?«

»Liebend gern, aber ich wüßte wirklich nicht, auf welches. Mir kommen alle Pferde gleich flott vor.«

Sherlock Holmes bot seine Hilfe an:

»Wenn Sie gestatten, mache ich Ihnen einen Vorschlag. Ich habe zugesehen, als die Tiere präsentiert wurden, und auf mich machte Scarlet Thunder den besten Eindruck.«

Sarah sah sich die Liste der gemeldeten Pferde an.

»Ich glaube, mein lieber Holmes, Sie haben sich für dieses Pferd nur entschieden, weil es einen englischen Namen hat. Ich als Französin halte mich an Panache«, antwortete sie ihrem Freund scherzend.

Sie griff in ihr Täschchen und bat Philippe Garnier, für sie zum Wettschalter zu gehen. Sherlock Holmes und Dr. Watson verzichteten auf einen Einsatz; die anderen schlossen sich aus Galanterie Sarahs Tip an.

Wenige Augenblicke später preschten die Pferde über die Rennbahn. Rayo de Luna, ein argentinisches Vollblut, zog rasch an den anderen Pferden vorbei und setzte sich an die Spitze. Das Publikum rief aufgeregt die Namen seiner

Favoriten und feuerte sie an: »Lauf, Biscaia!«, »Los, Saltarelle!«, »Vorwärts, Regalia!«, »Zeig's ihnen, Bonita!«

Die erste Runde war gelaufen, und Rayo de Luna ließ nach und nach Anzeichen von Ermüdung erkennen. Drei Pferde setzten sich vom Hauptfeld ab und machten ihm die Führung streitig: Scarlet Thunder, Bonita und Panache, der auf der Außenbahn lief. Nach den letzten Metern der Kurve bogen sie in die Zielgerade ein und setzten zum Endspurt an. Bonita und Scarlet Thunder galoppierten dicht an dicht nebeneinander und lagen abwechselnd vorn. Die Jockeis peitschten ihnen mit ihren kurzen Gerten die schweißnassen Flanken. Die Menge brüllte unablässig ihre Anfeuerungsrufe. Als Salomão Calif sein Pferd in diesem Kopf-an-Kopf-Rennen sah, hielt es ihn nicht mehr, und er schrie wie von Sinnen mit seinem arabischen Akzent, der gelegentlich durchbrach, wenn er nervös wurde: »Ihberrhol ihn! Loss, Pfärrdchen, ihberrhol ihn!«

Die Herren waren so beschäftigt, daß sie nicht merkten, wie auf der Außenbahn, ganz dicht am Holzzaun, der die Rennbahn begrenzte, Panache in fulminantem Tempo an den anderen vorbeizog. Sarah Bernhardts Favorit übernahm rasch die Führung. Er hatte sogar noch die Kraft, seine Konkurrenten mehrere Meter hinter sich zu lassen, bevor er im Triumph die Ziellinie überquerte.

Der *turfman* Dr. Luiz Gaudie Ley stand schon euphorisch auf dem Paddock und erwartete seinen glorreichen Sieger. Als Präsident des Jockey Clubs und Besitzer war er doppelt glücklich, denn er konnte den Preis aus seiner eigenen Hand entgegennehmen. Alle auf der kaiserlichen Tribüne gratulierten Sarah zu ihrem Pferdeverstand. Die Schauspielerin neckte den Detektiv:

»Was sagen Sie nun, mein lieber Holmes? Zumindest auf der Rennbahn hat Frankreich England geschlagen.«

»Meinen Glückwunsch, Madame. Pech für Frankreich, daß Napoleons Generäle nicht den gleichen Spürsinn wie Sie besaßen«, gab der Detektiv zurück.

»*Touché*«, antwortete die Göttliche lachend.

Sherlock Holmes richtete das Wort an den Kaiser:

»Erlauben Euer Majestät, daß ich mich verabschiede. Wir müssen aufbrechen. Es war ein reizender Nachmittag, meinen tiefempfundenen Dank.«

Watson und Sherlock küßten Sarah Bernhardt die Hand und verabschiedeten sich von allen anderen. Als sie die Tribünenstufen hinuntergingen, drehte Holmes sich um und fragte:

»Bevor wir zum Hotel zurückfahren, möchte ich noch eine Kleinigkeit überprüfen. Auf welchem Wege erhält man Zutritt zu den Ställen?«

Der Marquês de Salles erbot sich, sie zu begleiten:

»Ich kann dort ungehindert ein und aus gehen.«

Sie überquerten den Rasen in Richtung Pferdeställe. Am Eingang zum Paddock erwartete sie der Kommissar Mello Pimenta.

»Marquês de Salles, welche Überraschung, ich hatte nicht damit gerechnet, Sie hier zu sehen.«

»Seit Jahren schon lasse ich mir keinen Grand Prix entgehen, Herr Kommissar. Apropos, für das Kreuz-des-Südens-Rennen im September habe ich selbst ein Pferd gemeldet.«

Sherlock Holmes versuchte, de Salles loszuwerden:

»Vielen Dank, Marquês, ich denke, ab hier übernimmt es der Kommissar, mich zu begleiten.«

Pimenta wandte sich an den Detektiv:

»Nun, Senhor Holmes, wollen Sie mir jetzt endlich verraten, was Sie zu dieser geheimnisvollen Verabredung auf der Rennbahn veranlaßt hat?«

»Kommen Sie, Herr Kommissar«, sagte Sherlock und machte sich quer über den Paddock auf den Weg zu den Ställen. Mello Pimenta zeigte seinen Ausweis und kam mit Watson hinterher. Neugierig geworden, folgte der Marquês ihnen.

Kaum hatten sie den ersten Stall betreten, zückte Holmes seine Lupe und begann, die breiten Lederschutzverkleidungen an den Seiten zu untersuchen, die verhindern sollten, daß sich die Pferde verletzten, wenn sie in die Boxen geführt wurden. Er strich mit der Hand über das Leder und bekam fettige Fingerspitzen.

»Genau, wie ich vermutet hatte ...«

»Was hatten Sie vermutet, Senhor Holmes?« Mello Pimenta schaute ihm aufgeregt über die Schulter.

Holmes antwortete nicht. Statt dessen trat er an das in der Box stehende Pferd heran und riß ihm mit einem kurzen Ruck ein Schwanzhaar aus. Das überraschte Pferd schlug kräftig nach hinten aus und warf den Detektiv zu Boden. Nervös begann das Pferd zu wiehern. Bevor Mello Pimenta eingreifen konnte, kam ein dunkelhäutiger Stallbursche angelaufen.

»He! Was suchen Sie hier?« rief er und versetzte dem am Boden liegenden Engländer einen Fußtritt.

Holmes, den der Pferdehuf nur gestreift hatte, sprang auf die Beine und wich dabei dem Haken aus, mit dem der Bursche ihn am Kinn treffen wollte. Dann ging er in Dekkung und nahm Kampfhaltung ein. Seit seiner Schulzeit war er ein Anhänger der neuen Sportart Boxen und boxte selbst ausgezeichnet. Er schlug mit einer linken Geraden zu, doch zu seinem Staunen wirbelte der Mann zur Seite, vollführte im Handstand eine Pirouette und trat Sherlock mit beiden Füßen. Während der Engländer um sein Gleichgewicht rang, drehte sich der Stallbursche, fast auf der Erde liegend, in einem weiten Kreis und stellte ihm ein Bein, so daß Sherlock erneut zu Boden ging. Watson und de Salles schickten sich an einzugreifen, doch Mello Pimenta kam ihnen zuvor und setzte dem Kampf ein Ende:

»Schluß jetzt! Polizei! Kommissar Mello Pimenta. Wir führen hier eine amtliche Ermittlung durch.«

»Entschuldigung, Herr Kommissar, ich dachte, das wäre die ›Mauschel-Clique‹. Die machen uns hier ständig das Leben sauer.« Der Stallbursche meinte offenbar die Bande, die von Wettbetrügereien lebte.

»Sind Sie verletzt, Senhor Holmes?« De Salles half Sherlock beim Aufstehen.

Besorgt tastete Watson noch seinen Freund auf einen eventuellen Bruch ab.

»Wollen Sie Anzeige erstatten?« bot Pimenta an.

Der Detektiv strich seinen Anzug glatt, der von der handgreiflichen Auseinandersetzung arg verdrückt war:

»Auf gar keinen Fall. Der junge Mann hat mit vollem Recht gehandelt, wer sich hier unrechtmäßig aufhält, sind wir. Eins würde ich nur gern wissen: Was für eine Kampfart ist das? Eine derartige Beweglichkeit mit den Beinen habe ich noch nie gesehen.«

Da der Stallbursche noch immer kleinlaut dastand, erklärte Mello Pimenta:

»Das ist Capoeira.«

»Capoeira?«

»Ja, ein Kampf, den die Schwarzen aus Angola entwikkelt haben. Mich wundert nur sehr, daß der Mann ihn vor meinen Augen praktiziert hat. Er weiß ganz genau, daß Capoeira gefährlich ist. Wir wollen ihn übrigens für gesetzwidrig erklären lassen«, sagte der Kommissar streng.

Sherlock beschloß, ein Wort zugunsten des Stallburschen einzulegen:

»Ich glaube, in diesem Fall sollten wir mildernde Umstände walten lassen. Schließlich befand sich der junge Mann in Lebensgefahr.«

»In Lebensgefahr?« Pimenta schaute zweifelnd drein.

»Hören Sie, Herr Kommissar, meine Boxschläge sind tödlich. Ich habe das, was wir als ›verbotene Faust‹ bezeichnen«, erklärte Holmes und krümmte die Finger.

»Na schön, dieses Mal lassen wir es noch durchgehen. Und jetzt verschwinde, aber schnell, bevor ich die grüne Minna bestelle«, sagte Mello Pimenta und jagte den verängstigten Stallburschen davon.

Holmes ging in die Box zurück, wo das Pferd sich inzwischen beruhigt hatte. Er tätschelte ihm den seidigen Rükken.

»Wenigstens habe ich gefunden, was ich suchte. Meine Schlußfolgerungen waren wieder einmal richtig.«

»Darf ich erfahren, wovon Sie sprechen?« Mello Pimentas Tonfall klang ungeduldig.

Holmes zog ein aufgerolltes Haar aus der Westentasche und hielt es neben das Schweifhaar, das er dem Pferd ausgerissen hatte.

»Als wir im Leichenschauhaus waren, fand ich dieses Pferdehaar in den Kleidungsstücken der Ermordeten. Ich habe sofort erkannt, daß es sich um das Haar eines Vollbluts handelt.«

»Wieso?« fragte der Kommissar.

»Üblicherweise behandeln die Pferdepfleger Mähne und Schweif der Tiere mit einer besonderen Brillantine, damit sie schön glänzen. Wie Sie sehen, sind diese beiden Haare mit der gleichen Paste überzogen.«

De Salles und Mello Pimenta sahen sich die Pferdehaare

an. Watson, der keine Silbe des Gesprächs verstand, wartete geduldig auf eine anschließende Übersetzung. Sherlock Holmes fuhr fort:

»Es handelt sich um die Mr.-Brewster-Pomade, die speziell in der German Street hergestellt wird. Bei genauem Hinsehen werden Sie an sämtlichen Schutzverkleidungen des Stalls Spuren dieser Paste finden. Wenn die Pferde sich an der Stallwand reiben, bleibt sie daran haften.«

»Daraus folgt?« fragte Mello Pimenta, der Holmes' Gedankengänge noch immer nicht richtig begriff.

»Daraus folgt, daß der Mörder, den wir suchen, entweder mit Vollblut-Rennpferden zu tun hat oder selbst welche besitzt«, verkündete der Detektiv.

Der Kommissar zeigte sich von des Engländers unangreifbarer Schlußfolgerung tief beeindruckt:

»Senhor Holmes, ich glaube, wir sind in unseren Ermittlungen einen großen Schritt vorangekommen.«

»Was ich stark bezweifele«, warf der Marquês de Salles ein, während er die Pferdehaare durch die Finger gleiten ließ.

»Wieso das? Die Folgerung des Senhor Sherlock Holmes ist vollkommen schlüssig.«

»Fast. Man kann fühlen, daß die Haare mit unterschiedlichen Stoffen imprägniert sind. Das eine ist tatsächlich mit Pomade überzogen, aber auf dem anderen, das auf der Kleidung der Toten gefunden wurde, befindet sich eine andere Substanz, die rauher ist und nicht so glänzt.«

»Und was sollte das sein?« fragte Holmes, etwas verärgert.

»Pech. Beziehungsweise Kolophonium, das man für Geigenbögen verwendet. Wie Ihnen ja bekannt ist, werden Geigenbögen mit Roßhaar bespannt, und dieses Roßhaar wird immer mit Kolophonium überzogen. Das Haar, das

Sie an der Kleidung des Opfers gefunden haben, stammt von dem Geigenbogen, den der Mörder benutzt«, antwortete de Salles und reichte Sherlock die Pferdehaare zurück.

Holmes wußte, wann er geschlagen war. Trotzdem war er nicht der Mann, der klein beigab:

»Kompliment, Marquês, Sie haben vollkommen recht. Selbstverständlich habe ich das sofort erkannt, ich wollte nur Ihr logisches Denkvermögen auf die Probe stellen.« Er warf die beiden Pferdeschweifhaare weg.

»Können wir gehen?« erkundigte sich Dr. Watson, denn inzwischen war er das Zuhören ohne Verstehen leid.

Alle vier begaben sich zum Ausgang des Jockey Clubs, Sherlock Holmes ein paar Schritte voran, nach außen hin vollkommen unangefochten von dem kleinen Irrtum, der ihn auf die Rennbahn geführt hatte. Als sie den Rasen überquerten, begegnete ihnen Salomão Calif, der verzweifelt Fernando Limeira, dem Fuchs, auf den Fersen war. Wie von Sinnen wedelte der Araber mit zerrissenen Wettscheinen und schrie hinter ihm her:

»Von wegen, Panache hat das Futter verweigert! Lügner, Kanaille! Doppelt und dreifach hat er gefressen! Doppelt und dreifach!« Und fluchte ganz außer sich: »*Filho da puta!* Du Hurensohn!«

Er brüllte so laut, daß sein Fluchen auf der kaiserlichen Tribüne zu hören war. Angesichts der Kaisers Unbehagen ob solcher Ungebührlichkeit überspielte der Visconde de Ibituaçu, immer zur Liebedienerei bereit, die peinliche Situation:

»Noch jemand, Majestät, der die Geschichte mit dem englischen Pferd kennt ...«

19

IN DIESEM JAHR 1886 SAH DER PASSEIO PÚBLICO erheblich anders aus als damals vor gut hundert Jahren, als er seine Tore öffnete.

Zum damaligen Zeitpunkt gab es in der Nähe des Convento da Ajuda eine Lagune, die die Stadt verpestete. Der Vizekönig Luiz de Vasconcellos ließ sie zuschütten, um den Infektionsherd zu vernichten. Damit nicht zufrieden, beschloß er, das zuvor nutzlose, verseuchte Gelände in einen Park umzuwandeln. So entstand der Passeio Público.

Die Grünanlagen entwickelten sich rasch zum Lieblingstreffpunkt der Cariocas, wie sich Rios Bewohner nennen, dort gingen sie lustwandeln und erfreuten sich an der frischen Luft, dem lieblichen Duft der Büsche und dem Zwitschern der Vögel.

Abends auf den Steinbänken unter den Bäumen konnte man das Schmachten einer Viola d'amore zu den Klängen einer Stimme hören, die Liebeslieder sang:

»Alle Lieder, die ich kenn',
Hat der Wind verweht.
Eines nur, von meinem Schatz,
In meinem Herzen besteht …
Fort muß ich gehn, fort muß ich gehn.
Stimmt nicht, ich gehe nicht, nein.
Meine Brust mag in der Ferne sein,
Mein Herz geht nie fort, nein …«

Gegenüber vom Eingangstor lag eine Straße, die vom Volksmund »Schöne Nächte« getauft worden war, denn dort gingen abends bei Mondschein die Liebespärchen spazieren. Nach einigen Jahren tauschte man den poetischen Namen wegen des dort erbauten Brunnens gegen die Bezeichnung »Rua das Marrecas«, »Entenstraße«, ein.

Rund um die gesamte Parkanlage des Passeio verlief eine Mauer, die auf einer weitläufigen Terrasse an der Meeresbucht endete. Das gußeiserne Portal schmückte ein großes, vergoldetes Bronzemedaillon, das auf der einen Seite das portugiesische Wappen trug und auf der anderen Seite die Konterfeis des portugiesischen Königspaars Dona Maria I. und Pedro III. Unter ihren Porträts stand in Reliefletter: »Mariae I et Petro III – Brasiliae Regibus 1783«.

Der von zehn baumgesäumten Alleen durchzogene Passeio erhielt in seiner Mitte einen See. Dieser mündete in Kaskaden, auf deren Steinen und Büschen bronzene Reiher mit träufelnden Schnäbeln hockten. In der Mitte der Kaskaden erhob sich eine naturgetreu angestrichene eiserne Kokospalme, und an ihrem Fuß lagen ineinander verschlungen zwei Kaimane, aus deren Mäulern mit leisem, wohltönendem Plätschern Wasserstrahlen liefen. Hinter diesem Wasserspiel stand die Statue eines Knaben, in der Hand eine Schildkröte, die Wasser in ein steinernes Faß spie. Der Knabe war nackt und trug eine Schärpe mit der Aufschrift: »Spiele ich auch, so nütze ich doch.« Dies war der »Liebesbrunnen«.

An den mit marmornen Schalen und Büsten geschmückten Wegen, die vom Eingangsportal bis zu der weitläufigen Terrasse mit Blick auf die Bucht führten, standen steinerne Tische und Bänke unter Lauben und Jasminbüschen.

Dann gab es noch zur Rechten das ehemalige Café im griechischen Baustil neben dem Musikpavillon, in dem in der guten alten Zeit eine deutsche Kapelle aufspielte. Die liederlichen Studenten hatten ihm den drastischen Spitznamen »Café Mutters Arsch« verliehen, der sich bis zum heutigen Tag gehalten hat. Wenn sie in Gegenwart von Damen darüber sprachen, nannten sie es »Café M.A.« oder »Café Münz-Anstalt«.

Im Jahre 1886 wurden im Passeio Público große Veränderungen vorgenommen. Der Regen hatte die Kokospalme im Wasserfall ruiniert. Allerdings hatte nicht nur das Wetter dazu beigetragen, die Anlagen des Passeio zu beschädigen, auch die Nachfolger des Vizekönigs hatten sich aus Trägheit und Nachlässigkeit nicht um die Pflege der mit so großem Aufwand und gutem Willen geschaffenen Zierden gekümmert. Die Vögel, die den Wasserfall geschmückt hatten, waren verschwunden, und als der König João VI. auf der Flucht vor den Napoleonischen Kriegen Portugal nach Brasilien verlegte, hatte man die kunstvoll gearbeiteten Laternen zur Beleuchtung des Palastes verwendet. »Die Fahrlässigkeit der Verwaltung führt die öffentlichen Einrichtungen schneller zu einem unrühmlichen Ende, als es die durch Alter und Unwetter entstandenen Schäden vermögen«, wie die Zeitungen schrieben.

Schön war er noch immer, der Park. Jetzt aber wurde das fünftausendvierzig Klafter umfassende, mit Gaslaternen beleuchtete Gelände unter modernen Gesichtspunkten neu gestaltet. Nicht mehr die alte Gleichförmigkeit in der Bepflanzung. Die von dem früheren Gartenbauer beabsichtigte Symmetrie wich anmutig geschwungenen Linien, einer eleganten und zugleich beiläufig wirkenden Nachahmung der Natur. Gitter ersetzten die Mauern und gaben den Blick frei auf Rasenflächen unterschiedlicher Größe, die von Blumen übersät waren. Auf dem Rasen wechselten sich vereinzelte Büsche mit dichten Baumgruppen ab, die fast kleine Haine bildeten.

Gleich am Eingang warnte ein Schild neben den Wachhäuschen alle unbotmäßigen Besucher:

Zutritt zum Park verboten für gefährliche Tiere jeglicher Art, betrunkene, berauschte, barfüßige, unschicklich bekleidete oder bewaffnete Personen sowie für Sklaven, auch in gebührlicher Kleidung, mit Ausnahme von Dienerinnen und Ammen mit Kindern.
Ebenfalls untersagt ist der Zutritt für Minderjährige unter zehn Jahren ohne Begleitperson, die sie daran hindert, Schäden anzurichten oder für ihr Alter gefährliche Orte aufzusuchen.
Die Besucher haben von Diebstählen sowie jeglichem Verhalten, das die Pflanzen und Verzierungen der Parkanlage beschädigen kann, abzusehen.

An diesem paradiesischen Ort nun gingen Sherlock Holmes und Anna Candelária spazieren. Der Vollmond leuchtete am sternenbedeckten Himmel. Endlich, nach mehreren gescheiterten Versuchen, gab es für sie ein Wiedersehen. Anna hatte einen theaterfreien Tag, also hatte Holmes die Gelegenheit genutzt und sie ins Maison Dorée am Largo da Carioca zum Abendessen eingeladen und sich dann erboten, sie nach Hause zu bringen. Als sie zu ihrem Haus in der Rua das Marrecas gelangten, schlug Anna vor, den milden Abend bei einem Spaziergang durch den Park zu genießen. Sherlock war im siebten Himmel und strahlte wie ein Jüngling. Er hatte etwas aufregend Neues entdeckt, denn sie gingen die ganze Zeit Hand in Hand. Zum ersten Mal in seinem Erwachsenenleben spürte er wirklich die Berührung einer Frau. Von ihrer weichen, warmen Hand durchströmte ihn ein fast fiebriges Gefühl. Er war nicht mehr Sherlock Holmes, er war nur noch eine Fortsetzung von Anna Candelária. So wollte er für immer mit ihr verschmolzen bleiben. Er empfand als wohltuend, in diesen Augenblicken nicht mehr an die

Geige, die Saiten, die Morde und die abgeschnittenen Ohren zu denken. Anna erzählte ihm leise von den Schönheiten der Umgebung:

»Vom Fenster meines Zimmers kann ich den ganzen Park sehen. Sonntags schaue ich manchmal stundenlang den Menschen zu, die hier den Tag verbringen. Es ist interessant zu beobachten, ohne selbst beobachtet zu werden. Manche Familien bringen Picknickkörbe mit, andere schimpfen die ganze Zeit mit ihren kleinen Kindern, aber seit ich dich kenne, ist für mich das Schönste, den Violaspielern zu lauschen, wenn sie ihre sentimentalen Lieder spielen.« Den Blick unverwandt auf Holmes gerichtet, sang sie leise:

»Vielleicht wirst du einmal, mein Schatz,
die Unschuld meiner Liebe leid,
doch bitte gib in deinem Herzen
keiner anderen meinen Platz.
Was wird aus meinem tiefen Sehnen,
wenn jemals diese Stunde schlägt?
Damit ich richtig weinen kann,
spar' ich schon alle meine Tränen ...«

Holmes wußte vor Verlegenheit nicht, was er sagen sollte. Seine romantischen Kenntnisse beschränkten sich auf einen Besuch am Grab von Keats in Rom und eine Inszenierung von *Romeo und Julia* im Christ Church College in Oxford, in der er die Rolle des Mercutio übernommen hatte. Julia wurde von einem dicken, sommersprossigen Schüler gespielt. Außer im Cannabis-Rausch vor ein paar Tagen hatte er noch nie verliebte Worte ausgesprochen. Ihm fehlte einfach der Umgang mit dem schwachen Geschlecht. Wie hätte er auch lernen sollen, sich mit Frauen zu unterhalten, wenn er keine Schwestern hatte und seit der Boarding School bis zum Caius College in Cambridge immer nur von männlicher Gesellschaft umgeben gewesen war? Sein engster Kontakt mit einer Frau war der Umgang mit seiner Haushälterin Mrs. Hudson. Zum Glück war Holmes ein vielseitiger Mann. Zwar verstand er sich nicht auf lyrische Stimmungen, dafür war er in Botanik ein Fachmann. Als Anna Candelária verstummte, wies er auf die Grünanlagen und säuselte ihr zärtlich ins Ohr:

»Viele Leute glauben, daß solche asymmetrischen Gärten von den Engländern erfunden wurden ...«

»Pardon, Schatz?«

Sherlock räusperte sich und wiederholte noch sanfter:

»Ich sagte: Viele Leute glauben, daß solche asymmetrischen Gärten eine englische Erfindung sind ...«

»Ja?«

»Sind sie aber nicht, mein Liebling. Sie wurden schon im alten China unter der Herrschaft von Long-Teching angelegt, in Europa wurden sie dann von den Engländern eingeführt. Deshalb denken weniger gebildete Menschen, es wäre eine englische Erfindung, du meine große Liebe ...«

»Aha ...«, sagte Anna Candelária und zog den Detektiv beunruhigt zu einer Steinbank unter einem ausladenden Jequitibá-Baum.

»Ja, mein Liebling, in Europa hat der Architekt William Kent den ersten Landschaftsgarten, ähnlich diesem hier, in Stowe House angelegt. Nichts wirkt geordnet, und doch sind die Pflanzen nach wissenschaftlichen Gesichtspunkten zusammengestellt, allerliebste Anna ... Die ungleichmäßigen Formen veranlaßten den Schriftsteller Horace Walpole zu den Worten: für Kent ›ist die ganze Natur ein Garten‹. Ist das nicht wunderschön, meine Geliebte?« schloß Sherlock galant, als hätte er gerade ein Liebesgedicht vorgetragen.

Zunächst war Anna Candelária sprachlos, dann gab sie es ihm lachend zurück.

»Weißt du, was wunderschön ist? Daß ich ganz verrückt danach bin, dir einen Kuß zu geben!« rief sie und drückte rasch ihre Lippen auf Holmes' Mund.

Der Engländer reagierte auf ihre Zärtlichkeit unvermutet feurig. Er wußte gar nicht, daß solch ein Verlangen in ihm brannte. Mit der einen Hand liebkoste er ihre Brüste, und mit der anderen versuchte er gleichzeitig, unter dem weiten Rock der schönen Mulattin einen Weg zu finden. Plötzlich hörte er sich zu seinem eigenen Staunen die kühne Frage stammeln:

»Liebling, können wir nicht zu dir nach Hause?«

»Das würde ich ja gern, aber ich wohne zur Miete, und die Hauswartsfrau ist sehr streng«, hauchte Anna Candelária.

»Dann zu mir ins Hotel?« Sherlock lag halb über ihr auf der Bank und küßte sie.

»Das ist so weit von hier ... Mach weiter! Mach weiter!« flüsterte Anna und preßte den Engländer immer fester an sich.

Wie von Sinnen tastete er ihre unter dem schweren Rock heißen, feuchten Schenkel ab. Die aufgeregte Hand des Mädchens glitt über das Geschlecht des Detektivs. So hitzig er war, sein analytischer Kopf konnte doch nicht darauf verzichten, über dieses erstaunliche physiologische Phänomen nachzudenken – nie hätte er für möglich gehalten, daß sein Glied solche Ausmaße annehmen und derart hart werden konnte. Er knabberte an ihren vollen Lippen, und sie erforschte seinen Mund mit ihrer Zunge. Sie verloren jedes Gefühl für Zeit und Raum. Sie wußten nicht mehr, wo sie sich befanden. Daß es der Passeio Público war, kümmerte sie wenig, das unbändige Verlangen der

Liebenden verwandelte den weitläufigen Garten in ein Schlafgemach. Sie wollten sich die Kleider vom Leib reißen, um die Glut ihrer Körper zu spüren. Fast hätten sie dort, auf dem steinernen, improvisierten Lager, den Höhepunkt erreicht, da wurden sie von einem Wachtmeister des Städtischen Polizeikorps brüsk gestört:

»Polizei! Sie sind verhaftet!«

Die beiden schraken hoch und nestelten an ihren Kleidern. Anna Candelária saß der Schreck tief in den Knochen, doch Holmes fand schnell zu seinem Gleichmut zurück.

»Keine Aufregung, Herr Wachtmeister. Ich versichere Ihnen, daß wir hier nichts Verwerfliches getan haben. Wir haben uns nur unterhalten«, behauptete er, während er die Hemdenzipfel in die Hose zurücksteckte und sich bemühte, den Hosenschlitz unauffällig zuzuknöpfen.

Der Mann von der Kaiserlichen Polizei war so klein wie giftig: »Ihr Portugiesen nehmt euch allerhand heraus. Was denken Sie eigentlich? Sie haben das Gesetz zu respektieren. Das hier ist keine Kolonie mehr!« donnerte er mit Fistelstimme.

»Sie täuschen sich. Ich bin Engländer und heiße Sherlock Holmes.«

»Wer Sie sind, interessiert mich nicht. Ich weiß nur, daß ich Sie bei einem Vergehen gegen die Moral und guten Sitten erwischt habe. Das hier ist der Passeio Público, guter Mann, und nicht das Haus der Mutter Joana!«

Holmes, der diesen Ausdruck als Umschreibung für ein Tollhaus nicht kannte, erwiderte ungerührt:

»Lassen Sie bitte sehr die Frau Mutter dieser Senhorita aus dem Spiel.«

»Schluß mit dem Gerede. Alle beide ab ins Gefängnis!«

»Nein, nicht alle beide. Die junge Dame hat mit dem

Vorfall nichts zu tun. Falls überhaupt etwas Tadelnswertes geschehen ist, dann war sie nur das Opfer des Umstands, daß ich mich vom hiesigen Klima habe hinreißen lassen«, gestand Sherlock und stellte sich beschützend vor Anna Candelária.

Der Polizist wollte protestieren, da er jedoch allein war, entschied er sich angesichts Holmes' resoluter Haltung und vor allem seiner Körpergröße für einen Kompromiß:

»Na gut, aber falls nötig, muß sie später zur Aussage kommen.«

Der Detektiv verabschiedete sich von der noch immer zitternden Anna mit einem britischen *shake-hands*. Sie machte sich rasch auf den Heimweg, bevor der »Hundefänger« es sich anders überlegte. Sherlock drehte sich zum Polizisten um:

»Gehen wir?«

Der Polizist faßte ihn am Arm und führte ihn in Richtung Polizeiwache. Der Größenunterschied zwischen den beiden war so beträchtlich, daß man kaum hätte sagen können, wer wen abführte, hätte der Polizist nicht die schneidige Uniform des Städtischen Polizeikorps getragen.

So wurde im letzten Augenblick verhindert, daß Sherlock Holmes unter den Ästen eines dichtbelaubten Jequitibá im idyllischen Passeio Público seine reizende Jungfräulichkeit verlor.

Der Hauptmann Pina Couto vom fünften Revier des kasernierten Kaiserlichen Polizeikorps war in unbeschreiblich schlechter Laune. Dafür hatte er seine Gründe. Erstens haßte er es, wenn sich während seines Nachtdienstes etwas ereignete; zweitens konnte er nicht ertragen, daß der Name Mello Pimenta neuerdings eine gewisse Berühmtheit erlangte. Und in wesentlichem Maß verantwortlich für diese Bekanntheit war ausgerechnet der große Engländer, der da unnahbar vor ihm saß. Zwar hatte der Polizist, der ihn vor über einer Stunde gebracht hatte, bereits erklärt, unter welchen Umständen Sherlock Holmes festgenommen worden war, dennoch wußte Pina Couto ganz genau, daß er auf diesen Namen keinen Haftbefehl ausstellen lassen konnte, und wenn er es mit noch so großem Vergnügen getan hätte. Schließlich war Holmes persönlicher Gast des Kaisers und damit beschäftigt, die abscheulichen Verbrechen des »Ohrenjägers«, wie ihn die Zeitungen nannten, aufzuklären. Höchst widerstrebend sah er ein, daß er Sherlock nicht wegen eines Vergehens gegen die Moral und guten Sitten den Prozeß machen konnte. Außerdem, wenn der Kommissar Mello Pimenta von dem Vorfall erfuhr, würde er seinen Sportsfreund im Mörderfangen vor jeder Unannehmlichkeit bewahren. Ehe Pimenta eingreifen konnte, wollte er ihn bis zum frühen Morgen in die große Zelle sperren, zu den altgedienten Häftlingen, dem Abschaum des Kerkers. Er war nicht prüde, aber daß ein Ausländer die Gärten der Stadt zu Liebeslauben für Lüstlinge machte, das konnte er nicht so ohne weiteres zulassen.

»Was Sie getan haben, Senhor Holmes, wiegt schwer, sehr schwer. Ich verstehe nicht, warum Sie nicht wenigstens ein Coupé gemietet haben, das Sie um den Park fährt«, sagte der Hauptmann, womit er auf die eleganten, innen mit Spiegeln und Seidendamast dekorierten und außen mit Silberkanten verzierten Mietdroschken anspielte, wahre rollende Betten, die täglich in den Zeitungen angepriesen wurden.

»Ich sagte bereits, daß ich keine Erklärungen abzugeben

habe. Und jetzt lassen Sie bitte den Kommissar Mello Pimento holen.«

»Den kann ich um diese Uhrzeit unmöglich ausfindig machen. Ich bedaure sehr, aber Sie werden die Nacht im Knast verbringen müssen.«

»*Preposterous!*« entfuhr es Sherlock, dem das entsprechende portugiesische Wort nicht einfallen wollte.

»Ich weiß nicht, wie es in Ihrem Land ist. Bei uns sind vor dem Gesetz alle gleich«, behauptete Pina Couto kaltlächelnd.

»Diese Dreistigkeit werden Sie bereuen, das verspreche ich Ihnen.«

»Pardon, Senhor Holmes, aber dreist haben, wie mir scheint, eher Sie sich verhalten …«

Pina Couto rief die Wachen und wies sie an, den Detektiv in das Gefängnis in den Hinterräumen der Revierwache zu bringen. In einer Zelle warteten fünf hünenhafte ruchlose Kerle darauf, ihn mit den für Neulinge vorgesehenen Liebenswürdigkeiten zu empfangen. Beim Anblick der Bösewichter hinter den Gittern bäumte Sherlock sich auf: »Ich verlange zumindest eine Einzelzelle!«

»Der Hauptmann hat aber gesagt, es soll diese sein«, teilte einer der Wachleute mit.

Die Häftlinge riefen ihm ordinär zu:

»Was ist, Süßer, gefallen wir dir nicht?«

»Keine Angst, wir sind ganz lieb zu dir …«

Sherlock versuchte, die Wachleute abzuschütteln, worauf noch einer seinen Kollegen zu Hilfe kam. Er sträubte sich und verlangte, losgelassen zu werden, doch sie zerrten ihn immer weiter. Je näher sie dem Zellengitter kamen, um so lauter brüllten die Häftlinge:

»Warm, wärmer! Am wärmsten! So, ja! Her mit dem hübschen Kerl!«

Gerade wollte der Gefängniswärter die Eisentür aufschließen, da schrie jemand von hinten:

»Laßt den Mann los!«

Der Kommissar Mello Pimenta kam den Gang entlanggelaufen, hinter ihm Pina Couto.

»Alles in Ordnung, Senhor Holmes?«

Holmes schüttelte die Wachleute ab, die ihn noch immer an den Armen festhielten, und ging ihm entgegen:

»Schön, Sie zu sehen, Herr Kommissar. Woher wußten Sie, wo ich bin?«

»Die Senhorita Anna Candelária hat mich über meine Revierwache ausfindig gemacht. Mir war sofort klar, daß Sie nur auf dem vierten, fünften oder sechsten Revier sein konnten. Zum Glück bin ich zuerst hierhergekommen. Zum Glück für uns alle übrigens, für Sie, für mich und hauptsächlich für diesen Idioten Pina Couto. Ich will gar nicht daran denken, was ich getan hätte, wenn Senhor Holmes etwas zugestoßen wäre«, sagte Pimenta mit einem grimmigen Blick zum Hauptmann.

»Entschuldigung, Herr Kommissar. Das Ganze war nur ein Mißverständnis. Als Sie kamen, wollte ich gerade losgehen und den Senhor Holmes freilassen«, redete sich Pina Couto schamlos heraus.

Mello Pimenta machte sich nicht die Mühe, ihm zu antworten. Er drehte sich um und begab sich mit Sherlock auf den Weg zum Ausgang, während die Häftlinge in der Zelle witzelnd jammerten:

»Komm zurück, du Hübscher!«

»Das ist aber schade! So ein Pech!«

»Dabei hatten wir uns schon so auf das Portugiesenbräutchen gefreut ...«

20

NACH FAST ZWEI MONATEN IN RIO DE JANEIRO WAR es schließlich soweit, daß Sarah Bernhardt sich vom brasilianischen Publikum im Teatro São Pedro de Alcântara verabschieden mußte. Für den Abschluß dieser denkwürdigen Tournee hatte sie *Phädra* von Racine gewählt, in der sie die Titelrolle spielte. Dazwischen war sie zu einem kurzen Gastspiel in São Paulo gewesen, wo sie im Teatro São José mit *Feodora*, *Frou-Frou*, *Adrienne Lecouvreur* und, natürlich, der *Kameliendame* aufgetreten war. Die Studenten der Juristischen Fakultät am Largo de São Francisco hatten der Schauspielerin mehrfach einen jubelnden Empfang im Theater bereitet. Begeistert warfen sie ihre Capes auf den Boden und riefen in einer Sprache, die sie für die Victor Hugos hielten, immer wieder: »*Pisez! Pisez! Pour favour, pisez sur nos capotes, madame!*«, wobei sie nicht ahnten, daß ihre Kreation *pisez* eher nach warmem, weichem Regen klang und daß *capote* im Französischen auch Präservativ bedeutete. Die großherzige Göttliche sah ihnen den harmlosen Irrtum nach und erklärte gegenüber den Zeitungen, bevor sie nach Rio zurückkehrte: »*La jeunesse intelligente et généreuse de Saint Paul ne sait pas cacher ce qu'elle sent.*«

Wieder ging Regen über der Stadt nieder, was aber den Glanz des Ereignisses nicht trüben konnte. Vier Tage vorher waren bereits sämtliche Eintrittskarten verkauft.

Trotz der Widrigkeiten, die er tags zuvor erlebt hatte, wollte Sherlock Holmes sich diesen Abend um nichts in der Welt entgehen lassen. Dr. Watson und er sollten die Aufführung von der kaiserlichen Loge aus ansehen. Persönlich fand er zwar, daß Racine Shakespeare nicht das

Wasser reichen konnte, doch die große Sarah Bernhardt auf der Bühne machte jeden Unterschied wett. Er kleidete sich noch an, während Watson ungeduldig wartete:

»Kommen Sie, Holmes. Wir dürfen nicht nach dem Kaiser eintreffen.«

Der Detektiv steckte seine Pfeife und ein Päckchen Cannabis in die Tasche. Seit er Anna Candelária kannte, verzichtete er auf den schädlichen Kokaingenuß zugunsten der sanften Wirkung des Krauts. Er warf einen letzten anerkennenden Blick in den Spiegel und begab sich mit Watson zum Ausgang des Albion.

Der Regen erschwerte die Suche nach einer Mietdroschke. Watson blickte gerade unruhig auf die Uhr, als eine von zwei Schimmeln gezogene Kalesche heranpreschte und vor dem Hotel hielt. Heraus sprang ein hünenhafter Schwarzer, die Peitsche in der Hand, und kam auf Sherlock zu. Es war Mukumbe, das Faktotum der Baronin de Avaré. In überaus korrektem Englisch sprach er sie an:

»Guten Abend, Mr. Holmes, Dr. Watson, ich bin froh, daß Sie noch nicht abgefahren sind.«

»Was ist passiert, Mukumbe? Wir sind bereits spät dran. Wir dürfen nicht den Beginn der Aufführung verpassen.«

»Ich bedaure, Senhor, aber ich glaube, die Herren werden heute abend nicht ins Theater gehen können.«

»Wieso nicht?«

Mukumbe trat näher an Watson und Sherlock heran und fragte sie leise:

»Haben Sie schon einmal etwas von Candomblé gehört?«

»Wie bitte?«

»Candomblé. Das ist die Religion der Yoruba, meines Volkes.«

Watson erwiderte nervös mit einem neuerlichen Blick auf die Uhr:

»Nein, noch nie, und im Moment haben wir auch keine Zeit, uns mit spirituellen Fragen auseinanderzusetzen. In wenigen Minuten geht der Vorhang hoch.«

Er wollte mit Sherlock weitergehen, doch Mukumbe hielt sie mit festem Griff an den Armen zurück.

»Die Angelegenheit ist ernst, Senhor Holmes. Mein *babalorixá*, König Obé Shité III., hat angeordnet, ich soll Sie beide zu seinem *ilê* bringen. Es hat etwas mit den Morden zu tun.«

»Zunächst erst einmal, was, bitte sehr, bedeutet *babalorixá* und *ilê*?«

»*Babalorixá* ist der Hohepriester, und *ilê* ist der Tempel, wo er uns erwartet.«

»Und was haben Sie mit dem Ganzen zu tun?« erkundigte sich Holmes, noch immer verwirrt.

»Ich bin *ogã axogum* des Königs Obá Shité III.«

»Ich verstehe noch immer nicht.«

Mukumbe erklärte hastig:

»*Ogã* ist der Opfermeister, der mit der schneidenden Hand. Wir haben nicht viel Zeit, Senhor Holmes. Der König Obá Shité hat von den Orixás eine wichtige Botschaft über das Ungeheuer erhalten, das die Frauen mordet.«

Watson reagierte gereizt:

»Dann sagen Sie Ihrem König Obershit dem Dritten, wir werden vom Kaiser Pedro II. erwartet.«

Er wollte gerade einer vorüberfahrenden Viktoria winken, doch Holmes hielt ihn zurück:

»Mein lieber Watson, unser Freund hat recht. Wenn diese Angelegenheit mit den Verbrechen zu tun hat, werden wir Sarah Bernhardt heute leider nicht applaudieren können.« Er schob den Doktor in die Kalesche und stieg hinter ihm ein. Mukumbe kletterte auf den Kutschbock, knallte mit der Peitsche, und die Pferde jagten über die nassen Pflastersteine der Rua Fresca davon.

Der *ilê* des *babalorixá* Iorubá Nagô, König Obá Shité, lag am Fuße des Gamboa-Hügels gegenüber vom Strand Chichorra, dicht am Saco dos Alferes. Dort wurde das Ritual der Yoruba-Religion in seiner reinsten Form zelebriert. Als sie in die Rua da Saúde einbogen, hörten Holmes und Watson schon von weitem die Trommeln schlagen, die das Fest verkündeten. Es war der Tag für den Auftritt eines *barco*, wenn die initiierten Männer und Frauen ihre Gottheiten zum ersten Mal verkörperten. Der geheimnisvolle Gesang der *iaôs*, der Frauen, tauchte die Nacht in eine verwirrende tellurische Mystik. Mukumbe ließ die Pferde vor dem *ilê* halten. Alle drei überquerten sie den *terreiro*, auf dem die frisch aus der Klausur gekommenen Initiierten in den reichgeschmückten Gewändern von Xangô, Ogum, Iansã, Nanã, Iemanjá, Oxum, Oxóssi und Oxumarê tanzten. Sie gingen weiter zum *aparê*, dem Thron, auf dem majestätisch der *babalorixá* Obá Shité III. saß.

Die *ogãs* stimmten die letzten *Xirê*-Gesänge an, die beschwörenden Anrufe der höchsten Gottheit Oxalá zum Abschluß der Zeremonie. Ohne ein Wort zu sagen, erhob sich der König Obá und forderte die Besucher auf, ihn in das *peji* zu begleiten, einen kleinen, abseits gelegenen Raum, in dem auf einem Tisch mit weißer Spitzendecke ein Satz Kaurimuscheln lag. Der *babalorixá* bedeutete ihnen, rings um den Tisch Platz zu nehmen. Dann breitete er die Muscheln vor sich aus.

»Zunächst muß ich feststellen, welcher *orixá* in deinem Kopf wohnt, mein Sohn«, erklärte er, an Holmes gewandt. Er nahm die Muscheln in die Hand, warf sie in weitem Bogen auf den Tisch und teilte ihm mit: »Du bist ein Sohn des Xangô.« Er griff nach einer Halskette aus braunen und weißen Glasperlen und legte sie Holmes um: »Diese Kette mußt du immer tragen, mein Sohn. Denk immer daran: Xangô ist dein Vater. Xangô ist dein Beschützer.«

Dann sammelte der *babalorixá* die Kaurimuscheln ein, um sie erneut zu befragen. Wieder warf er die Muscheln zusammen mit Steinen und Münzen, doch dieses Mal fielen die Bestandteile des Orakels wirr durcheinander, als wollten sie sich nicht zu Gruppen fügen. Besorgt sagte der König Obá Shité zu Watson:

»Das verstehe ich nicht. Die *orixás* haben dich hierhergerufen, aber nun wollen sie sich nicht weiter äußern. Tut mir sehr leid, mein Sohn. Allem Anschein nach gibt es hier einen störenden Einfluß.«

Watson, der nicht verstand, worum es ging, erhob sich gereizt:

»Mukumbe, sagen Sie diesem Herrn, daß ich diesen Fetischzauber hier auf keinen Fall mitmache!«

Er drehte sich um und wollte gehen, erreichte aber nicht mehr die Tür. Ein Zittern ging durch seinen Körper, und plötzlich hatte der unerschrockene Dr. Watson, ehemals Arzt beim fünften Füsilierregiment Northumberland, einen Buckel wie ein Alter und wirbelte in der traditionellen Haltung von Omulu durch den Raum. Dreimal drehte er sich um seine eigene Achse, dann fiel er der Länge nach zu Boden.

»Was geht hier vor?« fragte Sherlock Holmes, nun doch erschrocken.

»Nichts Schlimmes. Der Heilige ist in Dr. Watson gefahren«, erklärte Mukumbe.

»Jetzt muß ihm der Kopf geschoren werden«, verkündete Obá Shité.

Holmes bemühte sich, Ruhe zu bewahren.

»Ich weiß, daß Sie die besten Absichten hegen, aber ich kann Ihnen versichern, daß wir für eine Initiierungszeremonie keine Zeit haben.«

Dann begann er, seinen Freund kräftig zu schütteln:

»Watson! Watson! Los, stehen Sie auf, Mann!«

Mukumbe versuchte den Detektiv zu beruhigen:

»Keine Sorge, Senhor Holmes, das ist ein Zeichen dafür, daß Dr. Watson ein sehr sensibler Mensch ist. Er hat das Fluidum des *ilê* in sich aufgenommen. Da er noch nicht initiiert ist, kann jede Gottheit in ihn fahren. Zum Glück war es offenbar sein eigener *orixá*. Es hätte schlimmer kommen können, es hätte ...«

Mukumbe wurde von einem heiseren Gelächter unterbrochen, das aus Watsons Kehle drang.

»... es ist eine *pomba-gira*«, ergänzte Mukumbe entsetzt.

»Was ist das denn?« fragte Holmes noch erschrockener.

Der *babalorixá* Obá Shité nahm die Sache in die Hand und erklärte:

»Das ist ein weiblicher *exu*, ein Dämon mit Dirnennaturell. Normalerweise fährt er nur in Frauen oder aber in ... Ist dieser junge Mann *adé*?«

»Was heißt das?«

»Weibisch«, übersetzte Mukumbe verlegen.

»Nein, er ist Engländer.«

»Dann hat die *pomba-gira* sich wohl geirrt«, folgerte Obá Shité mit einem Achselzucken.

Watson stand auf und tänzelte, die Hände auf den Hüften, mit verführerischen Bewegungen auf Holmes zu.

»Oh, wie *olorundidun*, dieser *Oibó*«, seufzte er, am

Nacken seines Freundes schnüffelnd, der sichtlich pikiert war.

Mukumbe klärte ihn auf:

»Er sagt, daß Sie ein wohlriechender Weißer sind.«

Watson fing an, wie eine vulgäre Dirne zu schreien:

»Was ist? Ich will *oti*! Ich will *itaba*, ihr Scheißkerle! Und zündet die *inãs* an!« verlangte er in völlig akzentfreiem Portugiesisch und Yoruba.

Holmes war noch immer starr vor Entsetzen.

»Nicht zu fassen! Watson hat diese Sprachen noch nie gesprochen!«

»Das ist nicht er, sondern die *pomba-gira*, die nach Zuckerrohrschnaps, Zigarre und Kerzen verlangt«, erklärte Mukumbe.

Der *babalorixá* kam dem Wunsch unverzüglich nach. Watson leerte die ganze Flasche billigen Schnaps in einem Zug und zog mehrmals an der Zigarre:

»*Qué dizê que suncê qué sabê quem é o zirikili?*«

Holmes gelang es, das Kauderwelsch zu entschlüsseln:

»Ja, ganz richtig, wir müssen herausfinden, wer der *serial killer* ist.«

Pomba-gira-Watson kicherte wieder hämisch:

»Hi! Hi! Hi! Hi! Aber du kennst den *zirikili* doch! Bist schon mit ihm ausgegangen! Hast ihn ganz dicht gehabt. Kriegst es nur nich raus, weil du zuviel *itabojira* inner Pfeife geraucht hast ...«

Sherlock brauchte keine Übersetzung, um zu wissen, daß die *pomba-gira* vom Cannabis sprach.

»Wär nich *itabojira*, hättste schon raus, warum *zirikili* Saite daläßt und Ohr mitnimmt! Hi! Hi! Hi! Hi!« *Pomba-gira*-Watson lachte wieder und fuhr fort: »*O zirikili é um okorin de owô odara, e ainda vai kufá outra obirin com a obeté.*«

Erneut diente Mukumbe als Dolmetscher:

»Sie sagt, daß der *serial killer* ein Mann mit viel Geld ist und daß er noch eine Frau mit dem Dolch töten wird.«

»Und warum tut er das?«

Watson setzte die nächste Flasche an und brach in wildes Gelächter aus:

»Warum? Weil der *zirikili kolorí* ist …« Niemand brauchte Holmes zu sagen, daß *kolorí* geisteskrank bedeutete.

Pomba-gira-Watson stemmte erneut die Hände in die Hüften und kreischte:

»Was ist? Ich will *menga*! Ich will *ejé*! Sonst geh ich nicht!«

»Was war das jetzt?«

»Sie verlangt nach Blut. Sie will ein Geflügelopfer, bevor sie seinen Körper verläßt.«

»Lachhaft! Watson ist seit jeher Vegetarier!«

Mukumbe versuchte erneut, ihm die Erscheinung zu erklären, während der *babalorixá* das Gewünschte holte:

»Senhor Holmes, es ist nicht Dr. Watson, sondern die *pomba-gira*, die diesen Wunsch geäußert hat. Ihr Freund ist nur das Medium der Gottheit.«

»Könnte ich nicht fragen, wie der Mörder heißt?«

»Das ist zwecklos. Wenn sie den Körper verlassen will, heißt das, sie will nichts mehr sagen. Wenn Sie mich jetzt entschuldigen, als *ogã axogum* obliegt es mir, das Opfer darzubringen.« Mukumbe nahm das Schlachtmesser und das Huhn aus Obá Shitês Hand entgegen und schlug dem Huhn über Watsons Kopf den Kopf ab.

Pomba-gira-Watson lachte und beschmierte sich von oben bis unten mit dem Hühnerblut, zog eine gräßliche Fratze und rief unter irrem Gelächter: »*Oluparun! Oluparun!*«, was auf Yoruba »Der Vernichtende« bedeutet.

Ebenso schnell wie die *pomba-gira* in Watson gefahren war, verließ sie ihn: Watson sackte wie ein weggeworfener Mantel auf den Boden. Dann stand er, nur ein wenig benommen, auf und fragte:

»So, können wir jetzt gehen? Heute abend passiert bestimmt nichts Besonderes mehr.«

Sherlock Holmes starrte ihn ungläubig an:

»Watson, können Sie sich an irgend etwas erinnern?«

»Natürlich, sehr gut sogar. Wir haben diesen Raum betreten, und dann hat der kostümierte Afrikaner da ein paar Muscheln hin und her geschoben. Sonst war nichts. Ein Jammer, daß wir wegen des Übereifers dieses jungen Mannes die wunderbare Sarah Bernhardt verpaßt haben.«

Verzweifelt versuchte Holmes, ihm Erinnerungen zu entlocken:

»Strengen Sie sich an, Mann! Sagen Sie mir, wie der Serienkiller heißt!«

Der Doktor antwortete kühl:

»Mein lieber Freund, ich fürchte, die tropische Sonne hat Ihnen das Hirn verbrannt. Wie in aller Welt kommen Sie darauf, daß ich diesen abscheulichen Mörder kenne?«

Holmes wollte ihm noch erzählen, was geschehen war:

»Aber, Watson ...«

Doch ohne ihm Gehör zu schenken, eilte ein hochmütiger Dr. Watson zum Ausgang.

»Gehaben Sie sich wohl, meine Herren«, warf er kurz angebunden in den Raum und setzte sich den Hut auf die mit Hühnerblut verklebten Haare.

21

TROTZ DER FRÜHEN MORGENSTUNDE HATTE SICH eine fröhlich lärmende Menschenmenge versammelt, um Sarah Bernhardt zu verabschieden. Wenn sie bei ihrer Ankunft dreitausend begeisterte Menschen empfangen hatten, so drängte sich nun mindestens die doppelte Zahl am Pharoux-Kai.

Die Abschiedsvorstellung mit *Phädra* am Abend zuvor hatte alle Erwartungen übertroffen. Zum Schluß trug der Schauspieler Vasques von ihm selbst speziell zu diesem Anlaß verfaßte Gedichte vor, deren Vierzeiler immer mit dem Refrain endeten: »... dein Name, Sarah Bernhardt!«

Das Publikum geriet außer Rand und Band und warf Hüte, Regenschirme und Gehröcke auf die Bühne. Die französische Kolonie stürmte die Bühne mit einer riesigen *corbeille* in den französischen Farben, bestehend aus Rosen, Kamelien, Hortensien und Vergißmeinnicht.

Trotz des schlechten Wetters begleiteten unzählige Verehrer den Wagen, der die Göttliche nach der Aufführung zum Grandhotel brachte, mit tosenden Ovationen, und bis spät in die Nacht hallten die Rufe »Hoch lebe Sarah Bernhardt!« und Bruchstücke der Marseillaise durch die Straßen.

Um den Kundgebungen bei der Abfahrt zu entgehen, war Sarah, erschöpft und aufgewühlt, sehr früh an Bord des Dampfers *Britannia* von der Pacific Steam Navigation Company eingetroffen, der sie nach Buenos Aires bringen sollte. Doch alle Mühe war vergeblich. Unablässig riefen ihre Verehrer ihren Namen, bis sie an Deck erschien. Gerührt winkten die Leute mit blauen, weißen und roten Taschentüchern.

In der Menschenmenge, die die große Schauspielerin hier zum letzten Mal feierte, standen auch Sherlock Holmes, Artur Azevedo, Miguel Solera de Lara, Guimarães Passos, der Marquês de Salles und natürlich Paula Nei, der sie als erster vor gut anderthalb Monaten an Bord der *Cotopaxi* begrüßt hatte.

Dr. Watson war im Hotel geblieben und damit beschäftigt, die allerletzten Reste des geronnenen Hühnerbluts zu entfernen, die noch auf seiner Kopfhaut klebten. Der gute Watson weigerte sich standhaft zu glauben, welches unerhörte Abenteuer er im *ilê* des Obá Shité erlebt hatte. Er hielt die Sache eher für einen üblen Scherz und behauptete beharrlich, irgend jemand hätte das Blut in seinen Hut gegossen.

Die Heller-Truppe war mit ihrem gesamten Ensemble erschienen. Anna Candelária sagte leise zu Holmes:

»Ich bin traurig.«

»Warum?«

»Bei dieser Abreise muß ich daran denken, daß auch du uns über kurz oder lang verlassen wirst ...«

Sherlock wurde bang ums Herz. Er hatte zu diesem an Überraschungen reichen Land eine große Zuneigung gefaßt.

Er ließ die Xangô-Kette, die der Obá ihm geschenkt hatte, durch die Finger gleiten. Das war es aber nicht. Er wußte, wenn die Stunde schlug, würde es ihm sehr, sehr schwer fallen, von Anna fortzugehen. Da kam ihm eine Idee:

»Willst du nicht nach London mitkommen?«

Anna Candelária sah ihn eine Weile an, als dächte sie über die Möglichkeit nach:

»Ich weiß nicht, das ist wohl schwierig ... mein Platz, mein ganzes Leben war immer hier.«

Bevor der Detektiv insistieren konnte, hörte er in dem Tumult jemanden nach ihm rufen:

»Senhor Holmes!«

Es war der Kommissar Mello Pimenta, der sich einen Weg zu ihm bahnte. Er näherte sich aufgeregt mit einem Kuvert in der Hand.

»Guten Morgen, Herr Kommissar. Sie kommen also auch Madame Bernhardt verabschieden?«

»Eigentlich habe ich Sie gesucht. Ich habe Neuigkeiten«, sagte er, das Kuvert schwenkend.

»Was gibt es?«

»Auf der Wache ist ein Brief des Mörders eingegangen«, sagte er Sherlock leise ins Ohr.

Holmes wollte Pimenta die Nachricht aus den Händen reißen.

»Nein, Senhor Holmes. Hier sind zu viele Leute. Außerdem bekommen wir zusätzliche Unterstützung. Sie haben vermutlich noch nie etwas von Nina Milet gehört.«

»Ich kann nicht das Gegenteil behaupten. Wer ist die Dame?«

»Nina Milet, wer ist das?« fragte Guimarães Passos dazwischen.

»Edmundo Nina Milet ist ein junger Kriminalist und Pathologe aus Bahia, der hier in Rio promoviert. Er ist uns schon bei einigen Ermittlungen sehr behilflich gewesen und interessiert sich für den Fall. Jetzt möchte er uns helfen, das Täterprofil zu erstellen.«

Der Marquês de Salles kam zu der Gruppe dazu und mischte sich ein:

»Täterprofil. Hervorragende Idee. Wir können alle zusammen im Lacombe zu Mittag essen. Ich sage der Bande Bescheid. Ich denke, wir können alle mithelfen.«

Mello Pimenta wollte einwenden, daß er von der Idee

nichts halte. Schließlich war es eine polizeiliche Angelegenheit, doch Sherlock Holmes fand den Vorschlag sinnvoll. Angesichts der Sackgasse, in der sie steckten, war ihm jede Mitarbeit willkommen, auch von Amateuren.

»Dann treffen wir uns also alle im Lacombe? Senhor Holmes kann bei mir mitfahren«, bot sich Guimarães Passos an.

Der Detektiv drehte sich um und wollte das Gespräch mit Anna Candelária fortsetzen, doch sie war still weggegangen und hatte sich dem Heller-Ensemble angeschlossen, das schon Anstalten machte, den Kai zu verlassen. Holmes versuchte noch, sie zu rufen, aber seine Stimme ging im fröhlichen Lärmen der Menge unter.

Von der *Britannia* ertönte ein klagendes Tuten, als bedauerte selbst der Überseedampfer, daß es Zeit zur Abfahrt war. Mehrere kleinere Barkassen geleiteten den sich langsam vom Kai entfernenden Dampfer. Die Passagiere der Barkassen riefen dreimal ein Hoch auf den lebenden Mythos aus. Schließlich warfen sie ihre blauen, weißen und roten Taschentücher ins Wasser, wo sie sich zu einem großen bunten Teppich im Kielwasser des Dampfers vereinigten. Auf dem davonfahrenden Schiff stand Sarah Bernhardt und winkte bewegt mit der brasilianischen Flagge in der Hand.

Das Restaurant Lacombe befand sich in einem zweistökkigen Haus in der Rua São José. Auf seiner Speisekarte standen die unterschiedlichsten Gerichte: Cashewnußsuppe, gebratene Singvögel mit Bananen, Austernteigtaschen, Kürbissprossen, Blattwurzstiele, Schlammschildkröteneier, am Spieß gebratene Araras, Papageien und Wellensittiche, Kalbsbrust mit Meeresfrüchten, Ochsenschwanz mit Linsenbrei, gebratenes Rinderherz, geschmorte Gans mit Farnkraut, Rehsteak, Eidechsen-Frosch-Ragout und Schildkröteneintopf. Die Spezialität des Hauses indes war Schlange. Der Koch Afrânio sprach wie ein gelehrtes Kochbuch: »Das Fleisch der Schlange ist sehr schmackhaft und durchaus dem besten Fisch ebenbürtig, an den es übrigens erinnert. Wer einmal Schlangenfleisch gegessen hat, zieht es jedem anderen vor. Der größte Vorteil jedoch, den der Verzehr dieses Fleisches bietet, ist seine Wirkung bei der Behandlung von Herzbeschwerden, verschleppter Syphilis und vor allem von Lepra, die, sofern noch im Anfangsstadium, durch den Verzehr von Schlangenfleisch vollkommen verschwindet. Überflüssig zu sagen, daß man die panische Angst, die Schlangen den Menschen einflößen, ablegen muß, vor allem aber das Vorurteil, ihr Fleisch wäre giftig – man weiß genau, daß sich ihr Gift nur in kleinen Beuteln unterhalb der Fangzähne befindet. Zudem kann man das Gift sogar unbeschadet schlucken; gefährlich oder gar tödlich ist es einzig in Kontakt mit unserem Blut. Deshalb ist es wichtig, dem Reptil vor dem Zubereiten den Kopf abzutrennen, dann zieht man ihm die Haut ab, und schließlich schneidet man es auf und nimmt es aus. Dann teilt man die Schlange in Stücke und schmort sie mit zwei Löffeln Fett und einer gehackten Zwiebel; man bestäubt sie mit einem Löffel Weizenmehl, gießt eine Tasse Wasser dazu und würzt mit Salz, Petersilie, Pfeffer und etwas geriebener Muskatnuß. Man läßt das Fleisch auf dem Feuer schmoren, bis es gar ist, und fügt der Sauce zwei in einem Glas Wein verrührte Eigelb hinzu. Das Fleisch der lebendgebärenden Schlangen ist dem der eierlegenden vorzuziehen, und von den lebendgebärenden ist die Klapperschlange am zartesten und schmackhaftesten.«

Mit Ausnahme von Albertinho Fazelli, der alles aß, hatte noch keiner von der Bande gewagt, den appetitlichen Leckerbissen zu probieren.

Tatsächlich gingen sie nämlich nicht wegen des Essens ins Lacombe, sondern wegen der zwanglosen Atmosphäre. Die anderen Gäste störten sich nicht an dem Lärm, den die Clique üblicherweise veranstaltete. Sie hatten zwei Tische zusammengestellt, damit alle Platz fanden. Am Kopfende saß der Ehrengast Edmundo Nina Milet. Mit seinen tiefgründigen schwarzen Augen, dem üppigen Schnauzbart und der hohen Stirn erinnerte der ernsthafte junge Mann von vierundzwanzig Jahren manche an den großen Staatsmann Rui Barbosa; andere fanden, die einzige Gemeinsamkeit sei, daß beide aus Bahia stammten. Milet war Pathologe, Kriminalist, außerdem Soziologe und Ethnograph. Er befaßte sich insbesondere mit der afrikanischen Rasse und ihren brasilianischen Abkömmlingen. Der Kommissar Mello Pimenta las den Brief vor, den er vom Mörder erhalten hatte:

»›Verehrter Chef, während Du diese in ungelenken Linien geschriebenen Zeilen liest, bereite ich mich darauf vor, wesentlich klarere Linien in den Leib der nächsten Nutte zu ziehen. Was muß geschehen, damit ich entlarvt werde? Muß ich diesen Huren meinen vollständigen Namen aufs Gerippe schreiben? Ich dachte, der Engländer wäre schlauer als Du und könnte meine Spuren deuten, doch wie es scheint, ist er so dumm, daß er größere Ohren verdient hätte als alle zusammen, die ich schon abgeschnitten habe. Ich hoffe, Ihr amüsiert Euch genau so gut wie ich. Tut bald etwas, denn ich habe Hunger, großen Hunger, und mir bleibt noch eine Saite auf der Fiedel. Apropos Fiedel, fidele Grüße.‹ Unterschrieben ist der Brief mit ›Oluparun‹.«

»Oluparun? Was soll das heißen?« erkundigte sich Chiquinha Gonzaga.

Nina Milet übersetzte das Wort, das Sherlock Holmes im *ilê* des Königs Obá gehört hatte:

»Das ist Yoruba Nagô. Es bedeutet ›der Vernichtende‹, ›der Exterminator‹.«

»Dann ist der Mörder ein Schwarzer«, erklärte Alberto Fazelli unüberlegt wie immer.

Genau in diesem Augenblick betrat der Journalist José do Patrocínio das Restaurant:

»Wie ich sehe, komme ich gerade im richtigen Moment. Kaum ist von einem meiner Hautfarbe die Rede, und sofort unterstellt man ihm, daß er ein Verbrecher ist. Wie es scheint, werden wir nicht nur für die Abschaffung der Sklaverei, sondern auch um unsere Unschuld kämpfen müssen.«

Guimarães berichtete, was geschehen war, machte Patrocínio mit Nina Milet bekannt und schloß:

»Du mußt mit unserem Albertinho Nachsicht haben. Du weißt doch, wie vorschnell er immer ist.«

Der Kommissar Mello Pimenta sprach weiter, während der Brief von Hand zu Hand ging:

»Im Grunde sagt uns diese Mitteilung sehr wenig. Es scheint lediglich, als möchte der Mann entlarvt werden.«

»Er ist mit Sicherheit ein gebildeter Mensch, aber wie ich sehe, hat er absichtlich gekritzelt, damit man ihn nicht an seiner Schrift erkennen kann«, stellte Holmes fest, während er sich den Brief eingehend ansah. »Ist er mit der Post gekommen?«

»Nein, er wurde von einem Botenjungen bei einem Polizisten auf der Wache abgegeben. Sowie er den Brief übergeben hatte, rannte der Junge weg.«

»Vermutlich handelt es sich um einen Mischling«, sagte Nina Milet.

José de Patrocínio reagierte verärgert:

»Wie können Sie eine so leichtfertige Behauptung aufstellen?«

»Daran ist überhaupt nichts leichtfertig. Das ist rein wissenschaftlich. Lesen Sie den *Essai sur l'inégalité des races humaines* von Gobineau, dem engen Freund unseres Kaisers. Da die Schwarzen einer minderwertigen Rasse angehören, bringt die Rassenvermischung degenerierte Menschen hervor, von denen etliche bereits von Geburt an zu Geisteskrankheiten neigen oder kriminelle Anlagen haben.«

»Genau wegen solcher Absurditäten kommt der Kampf um die Abschaffung der Sklaverei nicht voran. Sie sollten sich Ihrer Worte schämen«, erwiderte empört José do Patrocínio, dem derlei Spekulationen des Sozialdarwinismus nicht neu waren.

Nina Milet blieb unbeeindruckt:

»Mein werter Freund, ich spreche in Kenntnis des Sachverhalts. Die Untersuchungen der Phrenologie und Kraniometrie lügen nicht. Nehmen Sie Lombroso, zum Beispiel: Wenn wir uns an seine Theorien hielten, könnten wir die Verbrecher schon festnehmen, bevor sie ihre Taten begehen.«

»Wie das?« fragte Chiquinha Gonzaga erstaunt.

»Indem wir die Bevölkerung mit Hilfe der Phrenologie klassifizieren. Wir wissen, daß bei Menschen mit kriminellen Anlagen Schädel und Gesicht asymmetrisch sind. Die Hinterhauptregion ist bei ihnen stärker ausgeprägt als das Gesicht, sie haben kräftige Augenbrauenbögen und Unterkiefer sowie anomal weit vorstehende Oberkiefer.« Er machte eine Pause. »Und wie die meisten Mischlinge haben sie dicke Lippen und breite Nasenflügel.«

Holmes dachte an Anna Candelária und beschloß, gegen solchen Unsinn einzuschreiten:

»Diese Theorien sind mir wohlbekannt, Doktor Nina, doch scheint mir etwas voreilig, Schwarzen und Mischlingen anzulasten, daß es Verbrechen gibt. Wenn es so wäre, müßten London und Paris die friedlichsten Städte von ganz Europa sein.«

Nina Milet fuhr fast pedantisch in seinem schwülstigen Stil fort:

»Senhor Holmes, Rassenvermischung ist nicht mehr ein Privileg der Neuen Welt. Zudem zitiere ich lediglich aus *L'uomo delinquente*. Desgleichen stellt Lombroso auch fest, daß Menschen mit solchen schädlichen Trieben zu Epilepsie und anderen psychischen Erregungszuständen neigen wie Abstumpfen des Tastsinns, Versagen des Geruchs- und Geschmackssinns sowie starke Schwankungen des Sehvermögens und Gehörs. Ganz zu schweigen von soziologischen Elementen wie Körpertätowierungen und physiologischen wie Beidhändigkeit.«

Holmes drehte sich zu Mello Pimenta um:

»Dann sollten Sie mich lieber festnehmen, Herr Kommissar. Ich mache von klein auf alles mit beiden Händen.«

Alle mußten lachen, wodurch sich die gespannte Atmosphäre, die durch die unpassenden Erklärungen des Kriminalisten Nina Milet entstanden war, ein wenig lockerte.

Der Kommissar bemühte sich um mehr Sachlichkeit:

»So kommen wir nicht weiter. Gehen wir doch die einzelnen Punkte durch. Erstens: Was bedeutet das Abschneiden der Ohren?«

»Eine ungesunde Form von Fetischismus eines Menschen, der gierig nach Zuneigung dürstet ...«, antwortete der Marquês de Salles in Anlehnung an den Romancier José de Alencar.

»Und die Saiten?«

»Das kann schlicht ein geschmackloser Scherz sein«, befand Alberto Fazelli, der nicht viel Phantasie besaß.

Sherlock Holmes griff ein:

»Ausgeschlossen. Er selbst sagt ausdrücklich, daß es sich um absichtlich gelegte Spuren handelt.«

»Warum bringt er nur Frauen um?« fragte Chiquinha Gongaza.

»Weil sie schwächer sind«, mutmaßte Alberto Fazelli.

»Nicht alle«, widersprach Chiquinha.

»Weil er sie haßt«, schlug Paula Nei vor.

»Das ergibt einen Sinn. Aber haßt er alle Frauen?« warf Guimarães Passos ein, als Archivar auf Genauigkeit bedacht.

»Vielleicht ist die Frau für ihn das Symbol für den Sittenverfall, der in unserer heutigen Zeit um sich greift«, bemerkte Solera de Lara gelehrsam.

»Vielleicht hat er vor Frauen Angst«, fügte Chiquinha Gonzaga hinzu.

»Gut möglich. Er hat vor irgend etwas Angst, das sie in ihm auslösen«, vermutete Holmes.

»Oder in ihm nicht auszulösen vermögen«, sagte der Karikaturist Agostini, der bis dahin geschwiegen und auf seinem Skizzenblock gezeichnet hatte.

Er drehte den Block um und zeigte die Zeichnung eines schwarzgekleideten Geigers. Statt eines Bogens hielt er einen übergroßen Zirkel zur Schädelvermessung in der Hand. Um den Hals trug er eine Kette aus Ohren, und er tanzte stampfend auf einem Haufen nackter toter Frauen, aus deren fast unbehaarten Vaginen wie Uhrfedern aufgerollte Geigensaiten hervorquollen. Sein kleines Glied hing schlaff aus der Hose. Die Gestalt war so grauenvoll, daß alle wie hypnotisiert darauf starrten. Erst nach und nach wurden sie gewahr, daß das Monster die Züge des illustren Nina Milet trug.

In bedrücktem Schweigen ging die Runde zum Dessert über, das von Afrânio eigens zubereitet worden war: die »Wonne der Bedürftigen«, eine Süßspeise aus Schokolade und Amber, auf die sich alle begierig stürzten, denn wie der Koch versicherte, war sie hervorragend geeignet, durch sexuelle Ausschweifungen geschwächte Kräfte wiederherzustellen.

22

ER STEHT ALLEIN IN DER KAPELLE NEBEN DEM offenen Sarg der Mutter. Die Ironie des Schicksals wollte es, daß die alte Frau nach langen Jahren eingebildeter Krankheit innerhalb weniger Tage dem verheerenden Blatternfieber erlegen ist. Er empfindet weder Schmerz noch Mitleid. Ein Gefühl von Befreiung durchströmt ihn, während er den übel zugerichteten Leichnam im Sarg betrachtet. Die Negersklaven auf der Fazenda seines Vaters hatten recht, wenn sie ihn, obwohl noch ein Kind, bei nächtlichen Ritualen schwarzer Magie verängstigt Oluparun nannten. Wie der Unheil bringende Engel ist auch er der Verderber. Er ist einer der sieben Engel, die die sieben Schalen der Apokalypse haben. Er ist das Leichentuch der Großen Hure. Die Große Hure kam, die Könige auf Erden zu verderben, und so hat sie den törichten Herrscher der Tropen pervertiert. Basta. Die auf Erden wohnen, werden sich nicht mehr am Wein ihrer Unzucht berauschen. Er weiß, daß Oluparun das Weib voll lästerlicher Namen dahinraffen muß, das immer mit Gold und Edelsteinen und Perlen geschmückte Weib, das in den unreinen Händen den Becher des Unflats und der Greuel ihrer Hurerei hält. Die Stunde ist gekommen, die Große Hure dieses Babylons der Wildnis zu richten. Das Weib, das in ihm das Tier der Unzucht geweckt hat. Nun sind er und Oluparun und das Tier und der Engel zu einem einzigen Wesen verschmolzen. Er ist das Tier, das sich am Blut der Mutter aller Huren und Greuel auf Erden berauschen wird. Er sehnt den Augenblick herbei, auf ihrer Stirn die Inschrift eines Namens zu hinterlassen: GEHEIMNIS. Das Tier haßt die Hure und wird sie einsam und bloß machen *und ihr Fleisch essen und sie mit Feuer verbrennen, denn der Engel hat ihm in den Geist gegeben, den Ratschluß des Oluparun zu tun. Dann erst wird er nicht mehr das Tier sein. Der Engel wird das Tier lieben, das war und nicht mehr ist.*

An diesem kühlen Abend Mitte Juli sitzt die Baronin Maria Luísa Catarina de Albuquerque gemütlich im Boudoir ihres Stadtpalais in Cosme Velho und liest Balzacs *Splendeurs et misères des courtisanes* zu Ende. Da sie keinen Besuch erwartet, ist sie mit einem seidenen *peignoir* über dem dünnen Organdynachthemd bekleidet. Hin und wieder steckt sie sich ein *marron glacé* von der Confiserie Cailtau in den Mund oder trinkt einen Schluck Champagner.

Ein Windstoß blättert ihr die Seite um. Maria Luísa wundert sich, denn sie ist sicher, daß sie die Türen der Terrasse in ihrem Rücken geschlossen hat. Sie wirft einen Blick über die Schulter und sieht ihn auf der Terrasse stehen. Überrascht tadelt sie ihn:

»Sie? Sie haben mich zu Tode erschreckt! Wo gibt es denn so etwas, zu dieser späten Stunde und völlig unangemeldet einfach herzukommen?«

Er spricht kein Wort. Langsam geht er durch den Raum auf Maria Luísa zu. Die Baronin weiß nicht, was sie sagen soll, während er sich ihr düster schweigend nähert. Der Verlust eines geliebten Menschen kann bei den Angehörigen manchmal merkwürdige Reaktionen auslösen, denkt sie.

»Man hat mir gesagt, daß Ihre Mutter verstorben ist. Ich war tief betroffen. Ich weiß ja, wie sehr Sie sie geliebt haben.«

Er antwortet nicht. Sie erhebt sich und weicht unmerklich vor ihm zurück. Er kommt Schritt für Schritt, die Hände auf dem Rücken, immer näher. Der Baronin wird bewußt, daß etwas an seinem Verhalten eigenartig ist. Sie versucht es mit einem Scherz:

»Sie wissen also nicht, daß es einen schlechten Eindruck macht, junge Witwen spätabends zu besuchen?«

Bedächtig löst er die Arme vom Rücken und offenbart die Geige mit ihrer einsamen Saite. Dann streicht er mit dem Bogen über das Instrument und läßt einen tristen langgezogenen Ton erklingen. Maria Luísa erkennt die Stradivari, im selben Augenblick begreift sie entsetzt. Sie läuft zur Tür, um Hilfe zu holen:

»Mukumbe! Mukumbe!«

Sie reißt die Tür auf, ihr Schrei erstarrt im Raum – auf dem Geländerpfosten der Treppe, die ins Vestibül führt, ist ein silbernes Tablett abgesetzt und darauf Mukumbes Kopf. Seine leblosen Augen blicken sie wie um Nachsicht bittend an.

Er zieht sie an den Haaren in den Raum zurück, den langen Dolch in der Hand. Maria Luísa wehrt sich, sie kämpft um ihr Leben, doch gegen seine ungeheuren Kräfte kann sie nichts ausrichten. An seine Beine geklammert, fleht sie:

»Warum?! Warum?!«

Ihr Flehen wird von dem Dolch erstickt, der ihr mit einem harten Stoß durch den Mund fährt und ins Gehirn dringt.

Bleich kniet er sich neben sie, schlitzt ihr die Brust mit der Klinge auf, reißt das noch warme Herz heraus und verschlingt das blutige Organ. Bei dem makabren Schmaus stöhnt er vor Lust, auf seiner Hose zeichnen sich nasse Flecken ab.

Maria Luísa Catarina de Albuquerque liegt Miguel Solera de Lara tot zu Füßen.

Keuchend bleibt er neben dem geschändeten Leichnam knien. Ohne jede Hast trennt er die Ohren ab, vergißt auch nicht das obszöne Beiwerk und gräbt die letzte auf der Geige verbliebene Saite, das Re, in das krause Schamhaar.

Noch ein Detail fehlt an der grausigen Zeremonie. Er feuchtet die Finger mit dem Blut an, das aus dem aufgerissenen Mund quillt, und schreibt auf die Stirn der Baronin das Wort GEHEIMNIS. Dann steht er auf, springt von der Terrasse und taucht in das schützende Dunkel von Cosme Velho.

Arme Baronin de Avaré, lebenslustige Kurtisane am Kaiserhof.

Für Pimenta und Holmes, die an einem Tisch in der Bar des Hotel Albion Kaffee tranken, stand außer Zweifel: Vom ersten Verbrechen an hatte es der Mörder auf die Baronin abgesehen. Mit der Hinrichtung des Opfers in ihrem eigenen Haus war er ein großes Risiko eingegangen. Das bewies das Blutbad, das er auf seinem Weg angerichtet hatte. Außer Mukumbe hatte er rasend schnell drei Sklaven und zwei Zofen getötet, um Maria Luísa zu überrumpeln. Doch nur ihr war die rätselhafte Inschrift zuteil geworden.

»Haben Sie eine Idee, was das bedeutet, Senhor Holmes?«

»Wenn ich mich nicht täusche, ist das ein Verweis auf die Offenbarung des Johannes. Es gibt darin eine Passage, wo der Prophet die ›Große Hure‹ mit dem Wort *Geheimnis* auf der Stirn beschreibt.«

»Ich bedaure, daß der Wahnsinnige eine so schlechte Meinung von der Baronin hatte«, sagte Mello Pimenta, während er langsam mit dem Löffel in der kleinen Tasse rührte.

Sie waren tief deprimiert. Den ganzen Vormittag über hatten sie das Palais in Cosme Velho durchsucht, jedoch nichts gefunden, was zur Aufklärung beitragen konnte. Pimenta hatte mit einem unbehaglichen Gefühl von Erleichterung die Geigensaite eingesteckt. Irgend etwas sagte ihm, vielleicht zu Unrecht, daß damit wenigstens der Zyklus der gräßlichen Verbrechen in Zusammenhang mit der verfluchten Fiedel beendet war. Am frühen Nachmittag hatte er Sherlock Holmes zum Albion begleitet, und nachdem sie gesehen hatten, zu welchem Schauplatz des Grauens das schöne Haus der Baronin geworden war, stand beiden weder der Sinn noch der Appetit nach einem Mittagessen. Schweigend nippten sie an ihrem Kaffee, als der Empfangschef Inojozas aufgeregt in die Bar kam. Sein normalerweise sorgfältigst frisiertes Haar war zerzaust, und er hatte sich nicht einmal die Mühe gemacht, seinen Schnurrbart zu wichsen:

»Senhor Holmes, es ist etwas Furchtbares geschehen. Ich weiß gar nicht, wie ich es Ihnen sagen soll!«

»Was ist passiert?«

»Nie in all meinen Jahren hier im Hotel ist so etwas vorgekommen!«

»Los, Mann, nun sagen Sie schon, was passiert ist!«

»In Ihre Räume ist eingebrochen worden.«

»Wie bitte?«

»Das Zimmermädchen hat es mir gerade mitgeteilt. Als sie zum Aufräumen hineinging, sah sie, daß das Fenster aufgebrochen war.«

Sherlock Holmes und Mello Pimenta eilten hinter Inojozas zur Treppe. Jeweils zwei Stufen auf einmal nehmend, stürzten sie hinauf und liefen zu Sherlocks Zimmer. Ein bleiches Zimmermädchen erwartete sie zitternd am Eingang. Holmes öffnete rasch die Tür und ging hinein. Auf den ersten Blick sah nichts nach Unordnung aus, abgesehen von den beiden aufgestemmten Fenstern, die schief in den Angeln hingen. Plötzlich wies Mello Pimenta auf das Bett und sagte mit Grabesstimme:

»Da, Senhor Holmes.«

Auf dem Bett lehnte an den Kopfkissen die »Schwanengesang«, die vor zwei Monaten der verblichenen Baronin de Avaré gestohlene Stradivari-Geige. Ohne die Saiten wirkte das Instrument obszön nackt. Am Geigenbogen steckte eine knappe Mitteilung in verschnörkelter Schrift. Ein einziges Wort in englischer Sprache: *goodbye*.

Sherlock Holmes konnte beim besten Willen keinen Grund mehr finden, noch länger in der Stadt zu bleiben. Daß er sich an den lässigen Lebensrhythmus von Rio de Janeiro angepaßt hatte, stand außer Zweifel. Er legte sich spät schlafen und stand spät auf, und es verging kein Tag, an dem er sich nicht seine Pfeife mit einer Portion Cannabis stopfte. Vom Kokain war er endgültig zum Gras übergegangen. Und auch dem Zuckerrohrschnaps sprach er zu, natürlich immer mit Eis, Zucker und Limonen. Doch mittlerweile drängte Dr. Watson immer beharrlicher auf eine Rückkehr in die Baker Street. Deshalb saß er einen Tag nach dem tragischen Ende der Baronin mit der Stradivari unter dem Arm und Watson an seiner Seite in einem kleinen Besuchersalon des kaiserlichen Palastes in Boa Vista und wartete auf Seine Majestät, den Kaiser.

Die Türen öffneten sich, Dom Pedro II. trat ein und begrüßte sie. Er war sichtlich niedergeschlagen und wirkte noch älter als auf seinen Porträts.

Mit tiefer, trauriger Stimme sprach er seine Gäste in Englisch an:

»Mr. Holmes, Dr. Watson, ich bedauere, daß Ihr Besuch in Brasilien unter so unseligen Umständen stattgefunden hat. Gern hätte ich Sie eingeladen, sich einige Zeit in Petrópolis zu erholen, doch zwingen mich zur Zeit die Staatsgeschäfte, am Hof zu bleiben.«

»Eure Majestät sind sehr liebenswürdig, aber auch wir müssen mit dem nächsten Schiff abreisen. Ich bin gekommen, mich für die großzügige Gastfreundschaft zu bedanken und Ihnen die endlich, wenn auch unter verhängnisvollen Begleitumständen, wiederaufgefundene ›Schwanengesang‹ zurückzubringen«, sagte Holmes und reichte ihm das Instrument.

Der Kaiser lehnte die Geige taktvoll ab:

»Verzeihen Sie, Mr. Holmes. Die ›Schwanengesang‹ würde mich nur schmerzlich an meine liebe Freundin erinnern. Allein bei ihrem Anblick bricht mir das Herz.« Verstohlen wischte er sich eine Träne ab.

»Ich verstehe, Majestät. Aber was soll ich damit tun? Immerhin ist es eine Stradivari.«

»Sie wissen, daß diese Geige offiziell nie existiert hat. Nach außen hin gehört die ›Schwanengesang‹ José White, der gerade zu einer Europa-Tour abgereist ist. Bitte behalten Sie das Instrument.«

Verwirrt über das Angebot zögerte Sherlock Holmes:

»Ich weiß nicht, ob ich ein, trotz der damit verbundenen blutigen Geschichte, so wertvolles Geschenk annehmen kann.«

Der Kaiser insistierte:

»Aber selbstverständlich, es bleibt unter uns, zur Erinnerung an Ihren Aufenthalt in den Tropen.«

Da Sherlock noch immer schwankte, fuhr Dom Pedro fort:

»Mr. Holmes, wenn Cäsar von seinen Schlachten als Sieger im Triumphzug nach Rom heimkehrte und die Menge ihm begeistert zujubelte und ihm wie einem Gott huldigte, pflegte er sich von einem Sklaven an seiner Seite ins Ohr flüstern zu lassen: ›Du bist dick, alt und hast eine Glatze ...‹ Das sollte ihn daran erinnern, daß er nur ein Mensch war. Bescheidenheit ist die Mutter aller Tugenden. Behalten Sie die ›Schwanengesang‹ als Trophäe des schwierigen Falls, den Sie nicht haben aufklären können.«

Bewegt nahm Holmes die Geige wieder entgegen.

»Ich bin Ihnen zutiefst dankbar, Majestät. Eins allerdings beschäftigt mich immer noch. Die Spuren, die zu legen dem Mörder so wichtig war. Er hat davon sogar in dem Brief gesprochen, den er uns geschickt hat, aber ich kann nicht entschlüsseln, was sie bedeuten.«

»Martern Sie sich nicht, Mr. Holmes. Die Ohren abzuschneiden und die Saiten dort zurückzulassen, wo er sie zurückließ, entspringt gewundenen, zusammenhanglosen Gedankengängen eines verwirrten Geistes«, philosophierte resigniert Dom Pedro II.

»Mag sein. Als einziger Trost bleibt uns die Gewißheit, daß der verrückte Geiger kein weiteres Verbrechen mehr begehen wird.«

»Können wir dessen sicher sein?« fragte der Kaiser.

»Mir scheint, ja. Die Saiten sind verbraucht, und die Geige ist zurückgegeben, also nehme ich an, daß die grausame Gier des Ungeheuers befriedigt ist«, antwortete Sherlock bedrückt.

Der Monarch bemühte sich, ihn aufzuheitern:

»Donnerwetter! Wieder eine brillante Schlußfolgerung, Mr. Holmes. Wie gelingt Ihnen das nur?!«

Ehe Sherlock etwas erwidern konnte, kam ihm der bis dahin schweigende Watson zuvor. Mit kühner Vertraulichkeit, die dem Detektiv und dem Kaiser die Sprache verschlug, antwortete er dem Monarchen:

»Ganz einfach, mein lieber Pedro ...«

23

ANNA CANDELÁRIA HATTE DA EINEN ZUMINDEST originellen Ort ausgesucht, um sich mit Sherlock Holmes zu treffen: den Ägyptischen Saal des Kaiserlichen Nationalmuseums. Immer wenn sie bei einer dringlichen Entscheidung unsicher war, zog sie sich in diesen exotischen Raum zurück. Das zwischen der Rua da Constituição und der Rua Conde D'Eu gegenüber der Praça da Aclamação gelegene Museum besaß eine umfangreiche Sammlung echter Mumien aus der Pharaonenzeit. Die ersten hatte ein italienischer Antiquitätenhändler namens Nicola Fiengo mitgebracht; die Zollbeamten standen damals ratlos vor der ungewöhnlichen Fracht und wußten nicht, wie sie das kostbare Gepäck einstufen sollten. Zunächst befanden sie indigniert, eine solche Ladung Leichen sei Ausdruck mangelnden Respekts vor den brasilianischen Zollbehörden, doch nach langem Beraten und Nachschlagen in ihren Handbüchern und alten Schwarten gestatteten sie schließlich die Einfuhr der Mumien unter der Klassifizierung »mehrere Stück Trockenfleisch«. Als Dom Pedro I. von den Mumien erfuhr, war er begeistert und kaufte sie für das kürzlich gegründete Königliche Museum. Später wurde das Museum durch einen bedeutenden Zugang bereichert – nach einem Besuch Dom Pedros II. in Ägypten machte ihm der Vizekönig Ismail den Sarkophag und die Mumie der Priesterin Sha-Amun-Em-Su aus dem Tempel des Gottes Amun zum Geschenk. Die Priesterin war mit bloßen Armen und Beinen mumifiziert worden, ein in den letzten Dynastien aufgekommenes Verfahren. Auf der ganzen Welt gab es nur weitere drei Mumien dieser Art. Um sie als Besonderheit auszustellen, war wenige Monate zuvor, angrenzend an den Hauptraum, eine Art Reliquienschrein gebaut worden. Der Sage nach hing der Mumie ein kurioser Fluch an: Bei empfindsamen Frauen setzte – auch außerhalb ihrer Periode – die Menstruation ein, sobald sie sich der kleinen Sha-Amun-Em-Su näherten.

Sherlock Holmes erblickte Anna Candelária in der Mitte des Raums neben der Bronzestatuette des Hohepriesters Menkheperre. Ihre braune Haut hob sich deutlich gegen das makellose Weiß ihres Leinenkleides ab. Geräuschlos ging er zu ihr und flüsterte ihr von hinten zu:

»Mein liebes Kind, ich muß dir sagen, daß ich die ägyptische Sammlung des British Museum zwar sehr schätze, doch verstehe ich nicht, warum du mich in diesem finsteren Mausoleum treffen wolltest.«

Lächelnd griff Anna nach seiner Hand:

»Entschuldige, Liebling, aber wenn ich über etwas Wichtiges nachdenken muß, komme ich immer hierher. Wie du siehst, herrscht hier Stille wie in einer Kirche, und man ist fast allein. Außerdem wirkt es klärend auf meinen Geist, wenn ich neben Menschen, die schon so lange tot sind, über das Leben nachdenke.«

»Und worüber hast du nachgedacht?«

»Über dein Angebot, mit dir nach London zu gehen«, sagte Anna Candelária und schlug die Augen nieder.

Holmes' Pulsschlag ging schneller:

»Ich hoffe, die Mumien haben sich als gute Ratgeberinnen erwiesen.«

»Ich fürchte, du wirst sie und mich hassen.«

Sherlock bemühte sich, seine Gefühle zu beherrschen:

»Das heißt, du kommst nicht mit?«

»Bitte versuch mich zu verstehen, Liebling. In London wäre ich wie ein Fisch auf dem Trockenen. Wie lange würde unsere Liebe in der Fremde währen?«

»Aber ich bin hier doch auch in der Fremde.«

»Das ist etwas anderes. Du bist ein Mann und sprichst unsere Sprache. Du hast so mühelos die hiesigen Sitten angenommen, daß man dich schon für einen Brasilianer halten könnte, hättest du nicht deinen Akzent.«

»Anna, in London wärst du meine Frau, du wärst Anna Candelária Scott Holmes«, versprach der Detektiv feierlich.

»Ich habe meinen Beruf, ich bin zu selbständig, um nur Ehefrau zu sein.«

»Du könntest arbeiten. Das englische Theater zählt zu den besten der Welt.«

»Wem willst du etwas vormachen? Ich spreche doch kein Wort Englisch.«

»Das würdest du im Handumdrehen lernen. Und es gibt noch etwas, was du nicht weißt. Ich war auch schon Schauspieler. Bei der Sasanoff Shakespearian Company, unter dem Namen William Escott«, sagte Holmes mit verlegenem Stolz.

»Tatsächlich?« fragte Anna zweifelnd.

»Ich schwöre es, bei allem, was mir heilig ist. Ich habe viele Freunde in den englischen Theatertruppen«, sagte Holmes.

»Das würde nichts helfen. Ich fange gerade erst an, bisher habe ich noch nichts Besonderes vorzuweisen, aber man hat mir jetzt eine schöne Rolle in *Zé Caipora* versprochen, das der Schauspieler Machado im Teatro Príncipe Imperial einstudieren will.« Es rührte Sherlock Holmes, daß sie so ohne weiteres die Kulissen des Rossio mit den Bühnen des Londoner West End verglich, aber er begriff, daß er Anna für immer verloren hatte. Er dachte daran, alles aufzugeben und bei ihr zu bleiben, doch er ahnte, daß ihn das Schicksal früher oder später zurück nach London treiben würde. Er war tief unglücklich. Die Liebesleidenschaft wallte in seinem Herzen auf. Er begehrte diese junge Frau, wie er noch nie in seinem Leben etwas begehrt hatte. Er hatte von einem Leben an ihrer Seite geträumt, wollte ihr zuhören, sie berühren, an ihrem Mund saugen, ihren Atem einatmen. Dennoch wußte er, daß er sich mit Anna Candelárias unbeugsamem Entschluß abfinden mußte. Eng umschlungen gingen sie durch den Raum und betraten die Totenkammer der Sha-Amun-Em-Su.

»Ich reise morgen ab. Kommst du zum Schiff?« fragte Holmes kaum hörbar, so aufgewühlt war er.

»Nein, mein Liebling. Ich sage dir lieber jetzt Lebewohl. Ich weiß nicht, ob ich die Kraft hätte, dich am Kai zu sehen.«

»Dann ist dies jetzt der Abschied?«

Anna umarmte ihn und flüsterte ganz leise:

»Bevor du gehst, möchte ich dich wenigstens einmal in mir gespürt haben ...«

»Hier?« fragte Sherlock perplex.

»Warum nicht? Wir sind doch allein. Die Aufseher sind lauter alte, versehrte Veteranen des Paraguay-Kriegs. Die sitzen am Eingang und rühren sich nicht vom Fleck«, antwortete sie, vor Erregung zitternd.

An den Sarkophag der Priesterin gelehnt, schmiegte Anna sich an ihn. Sie küßte ihn, berauschte sich an seinen heißen Lippen. Holmes erwiderte ihren Kuß mit noch größerer Heftigkeit. Etwas angenehm Feuchtes, Warmes umfing sein Geschlecht. Er trat zurück, um sich von seinen störenden Kleidern zu befreien. Da sah er die Erklärung für die warme Feuchtigkeit. Ein großer runder Blutfleck zeichnete sich auf Anna Candelárias blütenweißem Kleid ab. Der Fluch der Sha-Amun-Em-Su hatte sich abermals erfüllt.

Sherlock Holmes wich betreten zurück. Zwar war sein ganzer Körper von wildem Verlangen beherrscht, doch unter solchen Umständen Liebe zu machen war für einen treuen Untertan der Königin Viktoria schlichtweg undenkbar.

Mit den Fingerspitzen streichelte er der geliebten Frau über das Gesicht, dann ging er, in der Gewißheit, daß er seine unbezwingbare Keuschheit mit nach London zurücknehmen würde.

Nur der Kommissar Mello Pimenta und Júlio Augusto Pereira, der Marquês de Salles, waren zu Holmes' und Watsons Abreise nach England erschienen. Im Gegensatz zur fröhlichen Verabschiedung von Sarah Bernhardt herrschte traurige Stimmung. Sie standen an Bord der *Kaikoura*, die innerhalb weniger Minuten mit Kurs auf Liverpool ablegen sollte. Sherlock Holmes hatte wieder seine dicke englische Kleidung angelegt. Auf dem Kopf trug er seine Mütze und über dem Gehrock das lange karierte Cape. Neben ihm an der Reling lehnte der Geigenkasten. Er bedankte sich bei seinen brasilianischen Freunden:

»Und vergessen Sie nicht, wenn Sie nach London kommen, gibt es in der Baker Street 221 *b* immer einen Platz.«

»Danke, Senhor Holmes«, stammelte Mello Pimenta gerührt. Er wußte, der umgängliche, temperamentvolle Engländer würde ihm fehlen.

»Und sollten Sie wieder einmal nach Brasilien kommen, bestehe ich darauf, daß Sie bei mir wohnen«, erwiderte de Salles.

»Vielen Dank für das liebenswürdige Angebot, Marquês, doch fürchte ich, das ist ziemlich unwahrscheinlich.«

Während sie sich unterhielten, stieg ein schwarzgekleideter Mann hastig die Schiffstreppen hinauf. Vier Sklaven schleppten sein aus zahlreichen Koffern bestehendes Gepäck an Bord.

Mello Pimenta erkannte ihn sofort:

»Sehen Sie mal! Ist das nicht Miguel Solera de Lara?«

De Salles rief seinen Namen:

»Miguel! Hier!«

Der Buchhändler kam zu ihnen.

»Guten Tag, meine Herren. Wir reisen also zusammen, Senhor Holmes, Dr. Watson? Welch glückliche Fügung.«

»Ich wußte gar nicht, daß Sie nach England fahren. Eine Vergnügungsreise?« fragte Sherlock.

»Nein, ich ziehe um. Ich werde mich in London niederlassen.«

Der Marquês de Salles stichelte:

»Du gehst also nach England, verabschiedest dich aber auf französisch.«

»Du weißt doch genau, daß ich diesen alten Wunsch hege, du hast dich sogar darüber lustig gemacht«, erwiderte Miguel Solera gereizt.

»Sie wollten schon immer in London leben, Dr. Miguel?« erkundigte sich Mello Pimenta neugierig.

»Ja, Herr Kommissar. Hätte meine arme Mama nicht immer gekränkelt, wäre ich schon vor langer Zeit umgezogen. Jetzt, wo sie nicht mehr ist ...«, sagte Solera de Lara düster.

»Mein Beileid, Senhor de Lara. Ich wußte nicht, daß Ihre Mutter verstorben ist«, sagte der Detektiv.

»Danke, Senhor Holmes. Die Ironie des Schicksals will es, daß der Alptraum, den der Verlust meiner Mutter für mich bedeutet, mir die Verwirklichung eines Traums ermöglicht – eine kleine Buchhandlung in London zu haben, ein beschauliches Leben zu führen und mich dem Studium der Klassiker zu widmen.«

»Falls Sie etwas brauchen, stehe ich Ihnen ganz zur Verfügung. Es wird mir eine Freude sein, die großzügige Gastfreundschaft, die ich in Ihrem Lande erfahren habe, ein wenig erwidern zu können.«

»Haben Sie vielen Dank, Senhor Holmes. Wenn Sie mich jetzt bitte entschuldigen, ich muß mich um mein Gepäck kümmern«, verabschiedete sich Miguel Solera de Lara mit einer angedeuteten Verbeugung.

Sie blickten der trübsinnigen, schwarzgekleideten Gestalt nach, die in Richtung Kabinen verschwand. Sherlock Holmes sagte:

»Armer Kerl. Er ist wirklich niedergeschmettert.«

»Ja, er hat sich ganz für seine Mutter aufgeopfert. Miguel ist ein guter, edelmütiger Mensch«, bemerkte de Salles, was in seinem Mund einen merkwürdigen Klang hatte.

Ein Steward kam Bescheid sagen, daß alle Gäste von Bord gehen mußten. Die *Kaikoura* war bereit, die Anker zu liften. Mello Pimenta reichte Watson die Hand und umarmte gerührt den Detektiv:

»Leben Sie wohl, Senhor Holmes, ich empfinde es als Ehre und besondere Gunst, daß ich Sie kennenlernen durfte. Ihnen beiden eine gute Reise.«

Bevor Sherlock in irgendeiner Weise reagieren konnte, drückte der Kommissar dem Engländer auf beide Wangen einen Kuß.

Der Marquês de Salles verabschiedete sich von Watson, und da er die Sprache des Herzens nur zu gut kannte, zog er Holmes am Arm beiseite:

»Mein lieber Freund, eine lange Überfahrt ist für Liebeskummer die beste Arznei.«

Der Detektiv lächelte dankbar. Dann zog er ein Päckchen aus der Rocktasche und reichte es dem Marquês.

»Das ist mein letzter Rest Cannabis. Bitte behalten Sie es. Ich könnte es nicht mehr rauchen, ohne dabei an Anna Candelária zu denken. In der Erinnerung wird sie für mich immer *die Frau* bleiben«, gestand er und steckte sich die leere Pfeife in den Mund.

Der Dampfer fuhr ganz gemächlich aus dem Hafen heraus, so als hätte sich die Trägheit der Tropen an seinen Rumpf geheftet. An Deck stand Sherlock Holmes und blickte nachdenklich zu den beiden Freunden am Pharoux-Kai, die ihnen aus der Ferne nachwinkten. Liebevoll strich er über seinen alten Geigenkasten, der nun insgeheim die »Schwangengesang« beherbergte. Neben ihm stand Watson und machte sich in einem kleinen Heft Notizen.

»Was schreiben Sie da? Ihre Eindrücke von der Reise?«

»Nein, Holmes. Ich befolge endlich den Rat, den Madame Sarah Bernhardt mir gegeben hat. Ich werde alle Ihre Fälle aufschreiben. Die Französin hat recht, der Spaß dürfte ein hübsches Sümmchen einbringen. Was halten Sie davon? Ich habe auch schon einen Titel: *Die Abenteuer des Sherlock Holmes.*«

»Ausgezeichnet, Watson, aber die Geschichte, die wir hier in Brasilien erlebt haben, die dürfen Sie als einzige niemals erzählen«, sagte der englische Detektiv und betastete unter dem Hemd seine bunte Xangô-Kette. Worauf ein rauher Schrei aus seiner Kehle drang, der unverwechselbare Gruß an die Gottheit Xangô:

»Kawô-Kabiyèsilé!«

24

UNTER DEM STERNENHIMMEL EINER WARMEN, wolkenlosen Nacht gleitet die Kaikoura *gemächlich über den Ozean. Er steht allein auf dem Oberdeck des alten Schiffes und atmet die laue Atlantikluft ein. Voller Verachtung denkt er an den Ausländer, der nicht in der Lage gewesen ist, die so deutlichen Signale seiner blutigen Spur zu verstehen. Er lächelt. Zugegeben, er hat mit gezinkten Karten gespielt. In England werden die Noten der Tonleiter mit Buchstaben bezeichnet. Für den blöden Engländer hießen die Saiten der Geige, ein Instrument, das in der Öffentlichkeit zu spielen er, Miguel, nie gewagt hatte, G, D, A und E. Für die romanische Welt hingegen hießen sie SOL, RE, LA, MI. Euphorisch buchstabiert er in seiner nächtlichen Einsamkeit den Winden vor: MI von Miguel, SOL von Solera, LA von Lara, RE von* Recanto de Afrodite, *dem Namen seiner Buchhandlung, ein Geniestreich. Aphrodite. Der begriffsstutzige Spurentüftler hat nicht an die Göttin aus der griechischen Mythologie gedacht. Der angelsächsische Barbar wußte nicht, daß die Tochter des Uranos, geboren aus dem schäumenden Sperma der abgehackten Genitalien ihres Vaters, von den Huren verehrt wird und die Schutzpatronin aller Liebesdienerinnen ist. Aphrodite, in ihrer Muschel verehrt. Der beschränkte Ermittler weiß nicht, daß die Vagina auch Muschel genannt wird. Auf portugiesisch* concha *oder* cona. *Wie das englische* cunt. *Er lacht über das Wortspiel. Die Muschel, die Vulva, wo er die Saiten, klebrignaß vom Schweiß der Todesangst, in die sündigen Haare gedrückt hat. Bleiben noch die Ohren. So unmißverständlich. Wieder lacht er. Im Grunde hat er immer gewußt, daß der ein-*

fältige Brite sie niemals mit ihm in Verbindung bringen würde. Ohren. Eselsohren. Eselsohren im Buch. Buch, Buchhändler. Miguel Solera de Lara. Der armselige Tropf spricht zwar gut Portugiesisch, doch diesen Ausdruck kannte er nicht. Er zieht ein zerknülltes Taschentuch aus der Hosentasche, entfaltet es und betrachtet die eingetrockneten Knorpel, die er den Opfern abgeschnitten hat. Dann tritt er an die Reling und wirft die letzten Spuren seines ungesühnten Verbrechens ins Meer. Endlich hat er Frieden. Er, das erlöste Tier, er, der Engel des Bösen, er, Miguel Solera de Lara, er, der Oluparun. Ein beunruhigender Gedanke stört seine innere Harmonie: Was aber, wenn sich in irgendeinem Rock eine Messalina verbirgt und das mühsam befriedete Wesen in ihm erneut zum Ausbruch bringt? Ungerührt zuckt er die Achseln. Gleichviel. Er trägt den Dolch der heidnischen Rituale aus seiner Kindheit bei sich. Die kalte Klinge an seinem Leib besänftigt seinen Geist. Zum letzten Mal blickt er von weitem auf das Land, in dem er geboren ist, ein Land von den Ausmaßen eines Kontinents, nun, aus der Entfernung, winzigklein, fast ein konturenloser Schatten. Leb wohl, Brasilien, leb wohl, du Land der Sonne. Albions Nebel erwarten ihn.

THE STAR

LONDON, DEN 2. SEPTEMBER 1888

Whitechapel – Nie zuvor wurde ein Mord mit derart bestialischer Brutalität begangen. Das Messer, vermutlich eine breite, spitze Klinge, wurde der Frau in den Unterleib gestoßen und anschließend nach oben gezogen, und zwar nicht nur einmal, sondern zweimal. Der erste Schnitt führte quer über die Leiste und oberhalb der linken Hüfte in einem Winkel nach rechts; der zweite hingegen zog sich in gerader Linie über die Körpermitte bis zum Brustbein hinauf. Eine solche Tat kann nur das Werk eines Geisteskranken sein.

THE TIMES

LONDON, DEN 4. OKTOBER 1888

An den
Chef
Central News Office,
London City

Verehrter Chef,

Wie ich höre, heißt es noch immer, die Polizei hätte mich am Wickel, aber das ist gelogen. Wenn sie die Schlauen spielen und behaupten, sie wären auf der richtigen Fährte, kann ich nur lachen...

Ich bring die Huren um, und ich mache weiter, bis man mich faßt. Gute Arbeit, die ich beim letzten Mal geleistet habe. Das Weibsstück hatte nicht mal Zeit zum Schreien. Wie wollen Sie mich jetzt kriegen? Ich liebe mein Handwerk und will es wiederaufnehmen.

Sie werden bald aufs neue von mir und meinen lustigen Späßchen hören.

Das nächste Mal schneide ich, nur so zum Jux, dem Frauenzimmer die Ohren ab und schicke sie der Polizei...

JACK THE RIPPER
London, den 3. Oktober 1888

Anmerkung

Diese Geschichte ist frei erfunden.

Auch die historischen Personen, die darin vorkommen, sind frei gestaltet.

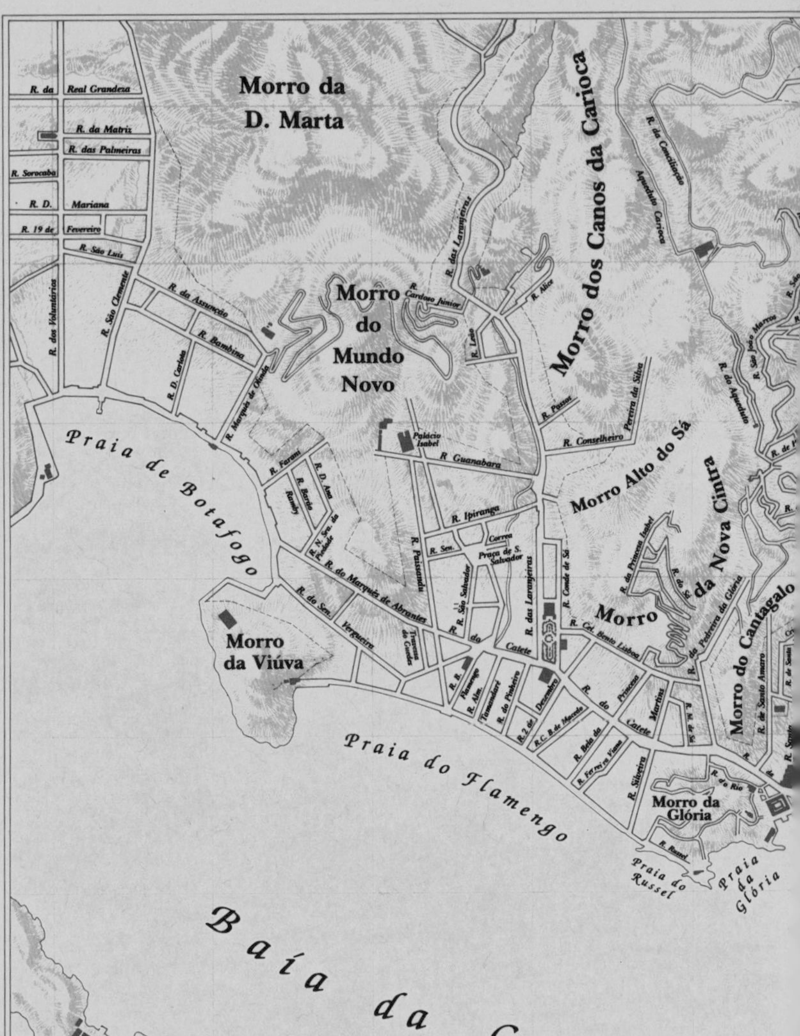
Morro da
D. Marta
Morro
do
Mundo
Novo
Morro dos Canos da Carioca
Morro Alto do Sá
Morro da Nova Cintra
Morro do Cantagalo
Morro da Viúva
Morro da
Glória
Praia de Botafogo
Praia do Flamengo
Praia do Russel
Praia da Glória
Baía da Guanabara
Fortaleza
de S. João
Bateria São Teodósio
Bateria São João
Palácio Isabel
R. da Real Grandeza
R. da Matriz
R. das Palmeiras
R. Sorocaba
R. D. Mariana
R. 19 de Fevereiro
R. São Luís
R. dos Voluntários
R. São Clemente
R. da Assunção
R. Bambina
R. D. Carlota
R. Marquês de Olinda
R. das Laranjeiras
R. Cardoso Júnior
R. Alice
R. Leão
R. Passos
R. Conselheiro
Pereira da Silva
R. Guanabara
R. Farani
R. D. Ana
R. Barão Ramby
R. Ipiranga
Correa
Praça de S. Salvador
R. Paissandu
R. São Salvador
R. do Marquês de Abrantes
R. do Sen. Vergueiro
Travessa do Guedes
R. do Catete
R. Conde de Sá
R. Gel. Bento Lisboa
R. da Princesa Isabel
R. da Pedreira da Glória
R. da Conciliação
Aqueduto Carioca
R. do Aqueduto
R. São João Marcos
R. de Santo Amaro
R. Flamengo
R. Alm. Tamandaré
R. do Pinheiro
R. 2 de Dezembro
R. C. B. de Macedo
R. Bela da Princesa
R. Ferreira Viana
R. Silveira Martins
R. do Catete
R. do Rio
R. Russel